황금
책갈
피

황금책갈피

초판1쇄 인쇄 2006년 11월 23일 | 초판1쇄 발행 2006년 11월 27일 | 초판2쇄 발행 2007년 7월 25일

지은이 박현수 | 펴낸곳 예옥 | 펴낸이 이승은 | 등록 제 2005-64호(등록일 2005년 12월 20일)

주소 서울시 마포구 동교동 200-16 101호 | 전화 02-325-4805 | 팩스 02-325-4806

ISBN 89-957612-5-3 03810

✳ 이 도서의 국립중앙도서관 출판시도서목록(CIP)은 e-CIP 홈페이지(http://www.nl.go.kr/cip.php)에서 이용하실 수 있습니다.

박현수 시평론집

황금 책갈피

예옥

이 세계의 바탕에 있다는

쪼개지지 않는

단단하고 영원한 어떤 것이란

결석처럼 일종의 병일 뿐

소용돌이치는

내 마음의 한가운데에 있는 건

텅 빈 에너지

묵상과 같이 고요하지만

무정형의 열정으로 뜨거운

텅 빈 중심

틈으로 가득 차 있는 무정형의 계기들

힘들이 촘촘히 박혀 있는

간격들

모든 것의 빈터이자

생성의 풀무인 이 회오리의 눈

회오리치는

사유들이

지친 등고선을 쟁기질해버리고

엉킨 위도와 경도를

써레질해버리는 거지

그리고 아무 일도 없었다는 듯

한순간

소멸해버리는 거야

내 그림자를 온대성 저기압이라 부른대도

그건 루머일 뿐

절정만이 삶이니까

'시총詩塚'이라는 무덤이 있다.

시총은 임진왜란 때 전쟁의 이슬로 사라진 정의번의 유해를 장사 지낼 수 없었기 때문에 그 사람이 생전에 지은 시를 묻어 만든 무덤이다. 이렇게 『조선의 풍수』라는 책을 통해 경상북도 영천군 자양면에 있는 정의번鄭宜藩의 시총을 알게 되었다.

시총은 나로 하여금 시에 대해 다시 생각하게 만들었다. 벼르고 벼른 끝에 출가하듯이 길을 떠난 것은 길 가득 벚꽃 이파리가 유사流砂처럼 흐르던 어느 봄날이었다. 차바퀴에 그 부드러운 몸들이 으깨지는 것이 두려워 차를 밀듯이 천천히 나아가던 그런 봄날이었다. 자주 길은 어긋나고 이정표는 사라져버린 낯선 길이었다.

양지바른 언덕에 무덤들이 따스하게 모여 있었다. 시총을 찾아가서 점자 읽듯이 비문을 오래도록 짚어 읽었다. 내가 시를 쓰고, 또 시에 대한 평론을 쓰고, 시를 연구하고 있다는 사실에 새삼 안도감을 느꼈다. 내 안 어디에선가 열락이 파문처럼 퍼져 나오고 있었다. 비문은 시를 두고 쓴 어떠한 평론보다 숭고한 문장이 아닐 수 없었다. 비문의 내용을 옮기면 다음과 같다.

시로써 무덤을 삼음은 예법에는 없는 예이다. 선유先儒께서 초혼招魂과 장례에 대하여 논하되, 혼魂은 하늘로 돌아가고 백魄은 땅으로 돌아가느니 진실로 체백體魄이 없으면 사당에서 제사 지낼 뿐 혼기魂氣는 장례 지낼 수 없는 법이라 하였다. 그러한즉 화살로 복復을 하고 옷으로 초혼한 것으로는 모두 무덤을 삼을 수 없다. 오로지 시라는 것은 그 사람을 상징한 것이기에 가히 체백에 해당한다고 할 수 있으니 시로써 무덤을 삼음은 그 또한 예에 어긋나지 않을진저. 세상에는 반드시 뼈로 장례를 한 것은 다행이라 여기고 시로 장례한 것은 불행이라 여기지만 거친 벌판에 뼈를 묻은 것이 한둘이 아닐지언정 마침내 후멸朽滅로 돌아가는데 그 사람과 시는 끝내 오래토록 썩지 않는 것이니 이 무덤은 얼마나 위대한 것이랴!

이 지상에 시가 몸을 대신하고 누워 계신 위대한 무덤이 있으니 우리는 얼마나 복된 존재인가. 단순한 수사학으로서가 아니라 거부할 수 없는 하나의 실재로서 우리 앞에 이렇게 시의 위의威儀를 증명하고 계시니 이 무덤은 얼마나 위대한 것인가. 시라는 것이 정신적인 산물에 그치는 것이 아니라 인간의 몸을 당당히 대신할 수 있는 또다른 육체라니, 시가 물질이면서 동시에 정신이라니 이보다 더 아름다운 유산이 어디 있을 것인가.

시가 인간의 몸을 대신해 무덤에 누울 수 있는 근거는 무엇일까. 비문을 쓴 이는 "오로지 시라는 것은 그 사람을 상징한 것이기에 가히 체백에 해당한다〔獨詩者象其人者也可以當體魄〕"고 간명하게 밝힌다. 이 닮음象 혹은 본뜸, 상징이라는 것은 무엇일까. 서정적 동일성이 바로 이것이 아닐까. 수사학에서 벗어나 세계와 소통하는 실천적 서정성을 이로부터 짐작할 수 있다.

또한 시총은 우리에게 '텅 빈 중심'의 힘을 보여준다. 시총의 한가운데 있는 것은 체백, 즉 인간의 뼈와 살이 아니다. 그 중심에 누워 계신 분은 '시詩'이다. 시가 적힌 종이는 썩어 마침내 후멸로 돌아간다. 후멸로 돌아간 종이 대신 남아 있는 것은 무엇일까. 얇디얇은 종이가 사라진 텅 빈 공간일 뿐이다. 시총의 중심은 비어 있다. 그래서 그곳에는 아무것도 없는 것일까.

시가 적힌 종이는 썩지만 거기에 한번 적힌 시는 결코 썩지 않는다. 시는 몸이면서 정신이며, 물질이면서 영혼이며, 현실이면서 동시에 초월이기 때문이다. 시총 속에 있을 그 공간은 시의 몸이 누운 투명한 공간이며 동시에 생성 중인 활력, 빈 터의 에너지이다. 이 텅 빈 중심으로부터 문학과 삶은 새로운 지향을 발견하게 될 것이다.

비문을 되짚어 읽는 동안 서녘노을은 하루치의 개벽을 찬란하게 마무리하고 있었다. 순간 새 한 마리가 시총 저쪽에서 날아와 서녘의 금빛 도가니 속으로 녹아 들어갔다. 차르르. 깃소리가 황금문자로 가득한 책장 넘기는 소리를 닮았다.

이 책은 열 해 가까이 발표해온 평론 중에 내 빛깔이 선명한 것을 모아 망설임 끝에 엮는 첫 평론집이다. 3부로 이루어진 이 책에서, 1부는 이 세계의 균열을 눈치 채고 공중정원처럼 존재하는 시에 대해, 2부는 수사학 속에 놓인 서정성, 환각으로서의 서정성을, 3부는 새로운 풍경을 보여줄 낯설고도 오래된 시각들을 다루었다. 원래의 글들을 대부분 다시 손보았다. 부디 이 글들이 수사학을 넘어서 실천적 활력으로 독자에게 다가갔으면 하는 기대를 감히 가져본다.

　　이 책은 어쩌면 탄생하지 않았을 수도 있다. 이 책이 나오기까지 격려하고 채근해준 여러분께 감사를 드린다. 일일이 이름을 밝히는 결례를 범하지는 않겠다. 이 책이 세상으로 나아갈 수 있는 길을 닦아준 예옥에 감사를 표한다.

　　이 평론집을 시총과 시총을 만든 위대한 문화에 바친다.

천둥번개 후 햇빛 쏟아지는 늦가을에
박현수

차례

3 숭고의 비전

그러나 그 책은 이제 더 이상 넘겨지지 않는다. 어느 누구도 표지를 넘겨 다음 페이지를 볼 수 없다.

넘겨지지 않는다는 이 사실 때문에 현대의 서정 시인들은 존재한다. 표지만의 책이 그들의 존재기반이 되는 것이다.

그렇다고 옛시인처럼 신을 대신하여 그 본문을 쓸 수도 없다.

이제는 이 책의 표지를 꼼꼼하게 읽는 자세, 포즈만이 필요하다. 현대의 서정 시인들은 이 세계라는 표지만의 책 앞에서,

거대한 벽이 되어버린 책 앞에서 끊임없이 좌절하고 끊임없이 꿈을 꾼다.

1

균열의 무늬

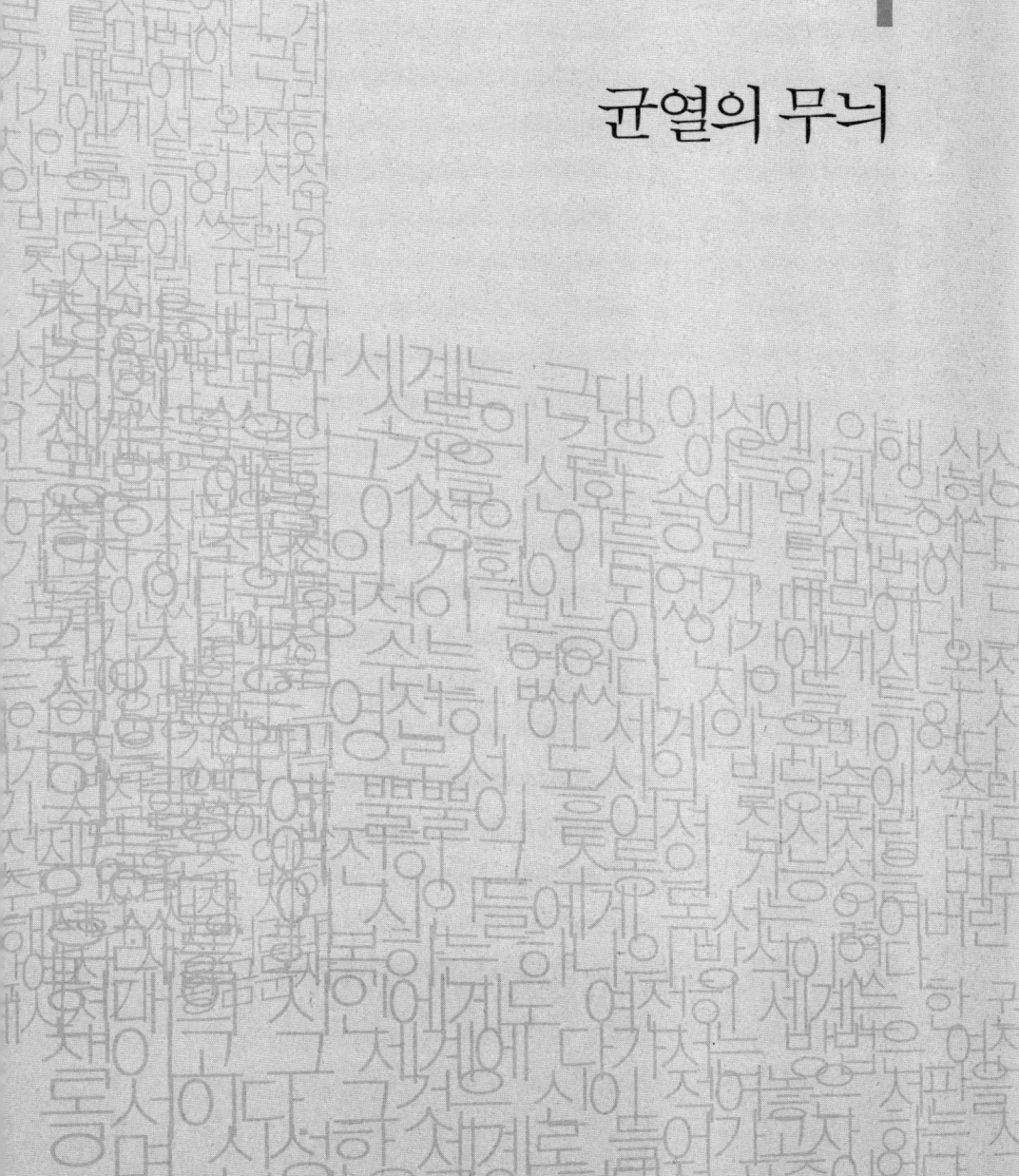

균열과 환각, 느와르 풍의 수사학까지

1. '내부로서의 외부' 혹은 수사학

담론의 표층에 형성되는 기표들의 결에 대한 명상이 바로 수사학이다. '결'이라는 이미지를 사용할 때, 우리는 흔히 기표들의 무늬가 저절로 나타나는 것이 아니라 심연에서 올라오는 어떤 힘에 의해 형성된다고 말하고 싶은 유혹에 빠진다. 그런 유혹에 따르면 그 힘은 수사학의 이면에 존재하는 정형화된 세계관 혹은 이데올로기가 된다. 그래서 모든 형식은 그 이면에 형이상학적 전제 없이 나타날 수 없는 것이 된다. 그것은 전통적인 미학의 기본 전제이다.

　　이데올로기는, 그러나, 기표들의 결에 의해서만 알 수 있다. 아니 이데올로기의 존재 자체는 기표들에 의해서 생성되는 것이다. 기표 이전에 그것은 존재하지 않는다. 기표의 개입으로 혹은 기표를 바탕으로 사유는 비로소 움직이기 시작한다. 절대적 기의로서의 이념이 기표 없이는 스스로 존재할 수 없다는 이런 논리를 초월적 관념론자는 견딜 수 없을지도 모른다. 마치 극단적인 주리론자인 기정진奇正鎭(1798~1876)이, 주기론의 '리理'를 "신체에 불필요한 혹이나 천리마에 붙어 있는 파리"와 같이 무의미한 존재라고 하여 비판한 것처럼. 기표에 의해 생성될 수밖에 없는 기의라면 신체의 혹이나 천리마의 파리처럼 허망한 것일 수밖에 없다.

이 세계의 바탕에 영원불변의 단단한 근원을 상정하던 시대는 행복했다. 그 시절 모든 사유는 어딘가 있을 그것을 증명하는 데 온힘을 쏟았다. 단단한 원자를 찾아서 서구의 화학은 주기율표를 완성하며 세계의 배치를 완료하는 듯했다. 이제 세계의 비밀을 모두 갈무리한 마지막 지도가 완성되는 듯하였다. 그러나 현대물리학은 그 단단한 원자가 더 이상 쪼개지지 않는 단일 물질이 아니라, 어떤 공간에 놓인 하나의 에너지에 불과하다는 것을 확인하였다. 세계는 허망하고 공허한 것으로 다시 발견되었다.

세계의 확실성은 회의의 대상이 되었다. 세계가 근원적인 단일한 요소에 의해 구성되어 있다는 믿음의 붕괴는 인문학에서 어떤 억압적인 중심도 부정하는 해체주의, 노마디즘 등을 낳았다. 단단한 것들 대신에 몰랑몰랑한 것들이 대안으로 선택되어 현재 이런 개념들이 인문학에서 주목받고 있다. 기존의 억압적인 이데올로기 역시 심층에서 모든 것의 기반으로 존재해야 했던 지난한 역할에서 벗어났다. 이념이 자리 잡고 있던 심층적 기반은 애초에 존재하지 않았다. 이제 표면이 그 자체를 떠받치고 있는 기반으로 다시 해석되어야 한다. 수사학이 이 시대의 형이상학으로 태어나게 된 것은 바로 이런 이유 때문이다.

수사학은 궁극적으로 기표들의 결 혹은 표면, 형식 그 자체가 빚어내는 이념을 탐구한다. 문학에서 이 수사학은 가장 빛이 난다. 그래서 기표의 결로 나타나는 형식은 그 자체가 문학의 이념이 된다. 잠언 형태의 메시지로 환원될 몰형식적 이념은 관념 속에 선험적으로 존재하는 것으로 가정될 뿐, 그것의 생성은 어떤 식으로든 언어 혹은 어떤 기표의 몸을 통해서만 가능하다. 시에서 이런 형식 혹은 기표의 결은 절대적이다. 그리고 시의 자율성이 강조되면 될수록 그것의 영역은 더욱 확고해진다. 서정시의 정의에 대해 고민하던 람핑이 시행의 나눔이라는 형식적 특질에서 논의의 최종적인 근거를 마련한 것도 표면의 무게를 다시 생각하게 해주는 일례가 된다.

수사학은 기표에 대한 애정을 바탕으로 성립한다. 그것은 내부의 외부이자 동시에 외부의 내부이다. 내부는 내외內外의 이분법이 가져온 허상 혹은 환각이다. 근원적으로 모든 이념은 표면이며 외부일 뿐이다. 문학이나 철학에서 내부 역할을 하였던 이념은 애초에 하나의 외부에 불과하였다. 『주역』 건괘에 나오는 '문재중文在中' 은 이런 사유의 일단이다. 수사학으로서의 '문' 은 이미 내부에 존재하는 것이 아니던가.

그러나 이념의 외부성은 관념론적인 전도에 의해서 어느 순간 내부로 치환되었다. 주리론의 '리理' 라는 개념의 형성에서도 이런 전도를 확인할 수 있다. 원래 '리理' 는 구슬 옥玉 변에 속하는 글자로서 그 의미는 옥구슬의 형식적인 측면에 초점이 맞추어져 있다. 이 글자는 구체적으로 구슬 표면에 선명하게 드러나는 '무늬나 결' 을 의미하였던 것이다. 이것은 사물의 밖에 드러나 있는 형상이다. 그러나 이 어휘가 추상화되면서 사물의 질서를 의미하는 조리條理라는 뜻으로, 마음이 옳게 여기는 바 누가 생각하여도 지극히 옳다고 판단되는 그런 보편타당한 것으로, 또 사실을 사실일 수 있게 하는 이유를 뜻하는 것으로 의미가 확장되면서 이 글자는 어느새 옥구슬의 내부로 들어가버렸다. 즉 처음의 '옥의 무늬나 결' 또는 '근육의 섬유 조직' 과 같은 구체적인 외부적 형상을 의미하던 이 말은, 후에 사물의 내부로 들어가 사물의 존재 원인, 즉 '원리' 라고 하는 추상적인 의미를 부여받은 것이다. 내부와 외부가 마법과 같이 치환되어 원래대로 되돌려놓는 것이 더 이상하게 보일 정도가 되었다.

내부와 외부의 치환, 이것은 일종의 진리를 암시하고 있다. 더 정확하게 말하면 이것은 치환이 아니라 외부가 내부로 자신의 영역을 확장해가는 것이다. 이런 과정은 기존의 형이상학이 자신의 자리를 굳혀가는 방식을 보여준다. 형이상학은 외부에서 내부로 들어간 후 외부를 부정하였지만, 수사학은 외부를 철저하게 고수하며 거기에서 내부로서의 외부라는 자신의 영역을 확립하였다. 수사학은 외부, 표면 혹은 기표로부터 내부, 심층, 기의 혹은 이념을 생성시킨다. 수사학은 우리 시대의 형이상학이다.

2. 의사과학으로서의 계몽의 수사학

우리 시의 시작은 계몽의 수사학에 의해 가능하였다. 모든 기표들의 선택과 배열은 이성과 진보에 대한 믿음을 실어 날랐다. 계몽이란 이성과 진보의 신화를 현실에 실현시키는 기획이다. 그래서 계몽 담론은 미성년의 상태에서 벗어난 성인의 언어를 선택한다. 성인의 언어는 논리적이며 이성적이다. 개화기 문학에 나타나는 계몽의 수사학은 이런 특징들을 근간으로 하여 발현된다.

　개화기의 경우, 특히 산문에서 두드러지긴 하지만, 당대 문학에 가장 빈번하게 나타나는 수사학은 열거법과 대조법이다. 이것은 근대와 전근대의 사유가 섞여 있는 과도기적 수사학으로서, 고전적인 문채文彩가 근대의 문채로 새롭게 의장을 만들어가는 과정 중의 수사학이다. 이들 수사학은 그러나 계몽의 강력한 메시지가 중심이 되는 이 시기에 그 자신의 양식을 전경화하지는 못한다. 아직 정치적 선언으로부터 문학의 자율성이 획득되지 않았기 때문일 것이다.

　전근대와 연속성을 지닌 열거법과 대조법이 이 시대에 애호되던 이유는 어디에 있을까. 먼저 열거법은 청산유수처럼 유창하게 말을 잘 하는 것이 미덕이 되는 고전적인 시대의 수사학이다. 이것은 또한 발화자의 박학다식함을 과시하는 데 사용된다. 열거법은 유창함과 박학다식함을 기본적인 조건으로 삼는다. 그 둘은 동전의 양면처럼 밀접하게 연관되어 있다. 박학다식이 곧 유창함이 될 때 열거법의 효과가 극대화되기 때문이다. 이런 표현법이 개화기 계몽 담론의 중심적인 수사학으로 등장한 것은 계몽시대의 지식인이 백과전서파가 되어야만 했던 시대적 소명과 관련이 있다. 당대의 지식인은 잡다한 지식, 특히 서구 문명에 관한 지식을 많이 알고 있어야 했다. 최남선의 「경부철도가」, 「세계일주가」 등은 기행 양식을 통해 자신의 백과전서적 지식을 열거한 대표적인 경우가 될 것이다. 그 외에도 정인보, 신채호 같은 사람이 당대 백과전서파의 역할을 수행해냈으며 그들의 글에 열거법이 다수 등장하는 것도 여기에 연유한다.

백과전서파의 요구 외에 본질적으로 더 중요한 선택 조건이 있다. 그것은 열거법이 일종의 의사논리적인 특성을 지니고 있다는 것이다. 나열되는 대상의 층위와 범주에 대한 구분도 일종의 논리적 사고를 요하지만 더 근본적으로 열거법에는 논리적으로 생각될 수 있는 인과관계가 포함되어 있기 때문이다. 명사의 단순 열거에는 그런 요소가 희박하지만 종속절을 지닌 문장일 경우 모든 열거는 인과관계를 포함하고 있다(유사 열거법이라 할 수 있는 연쇄법이 대표적인 예가 된다). 가령 "나폴레옹 수하에 무수한 무명 소영웅이 아니면 구라파를 제패하는 대사업을 이루지 못하였을 것이오"라는 문장에서 원인, 이유, 조건 등을 나타내는 종속절은 주절과 어떤 인과관계를 형성한다.

엄격하게 말하면 이것은 근대 합리주의에 입각한 과학적 논리가 아니다. 앞의 문장을 논리적으로 설득하기 위해서 필요한 것은 무명 소영웅이 대사업에 어떤 과정을 통해서 영향력을 행사할 수 있는지, 그것이 어느 정도의 현실성을 지니는지에 대한 논리적인 설득이다. 하지만 개화기 논설의 열거법은 이런 지루한 설득의 과정을 생략하고 있다. 여기에서 개화기 시대에 팽배한 계몽의 조급성을 읽을 수 있다. 이런 설득의 과정이 없는 개화기 담론의 열거법은 따라서 박학다식한 지식을 순식간에 쏟아내면서 실제로 존재하지 않지만 그 자체에 빈틈없는 논리가 내재해 있다고 믿게 만드는 의사논리일 뿐이다. 이성적 사고와 가까운 듯하지만 실제로는 그것과 거리가 있는 개화기 열거법은 그래서 의사과학, 의사논리의 수사학이라 할 수 있다.

대조법도 이와 유사한 경향을 지닌다. 이 수사학은 어떤 점에서 계몽 담론과 적합성을 지니는 것일까. 단적으로 말하여 대조법이 지닌 이항 대립 적인 요소 때문이다. 먼저 이항 대립을 기본적인 요소로 삼고 있는 대조법 은 논리학과 밀접한 연관을 지닌다. 아리스토텔레스가 이 대조법을 높이 평 가한 것도 바로 그 점 때문이다. 그는 일찍이 대조법의 본성과 관련하여 "사 물들은 대립에 의해 가장 잘 알려지고, 대립물이 나란히 놓일 때 가장 잘 인 식되기 때문"에, 그리고 "(논박적인 삼단논법의) 반론의 방식이 정반대 결론의 병치란 점에서 논리학과 유사하기 때문"에 대조법은 즐거운 문체라고 하여 적극 추천한 바 있다. 대조법이 논리학과 친연성을 지닌다는 점에서 종속절 을 지닌 열거법이 보여주는 것과 유사하다. 이것은 이성을 기반으로 하는 계몽의 논리에 부합하는 측면이 있다.

그런데 이항 대립은 차이를 강조한다는 점에서 어떤 의도를 감추고 있 다. 주지하다시피 대조법은 반대물의 부정적 제시가 기본적인 생각을 더욱 놀랍게 하기에, 강조를 위한 가장 강력한 수단이 된다. 긍정하고 강조하기 위한 대상을 분명하게 전제하고 있기 때문에 대조법에서는 역설법과 같은 양가적 가치는 인정되지 않는다. 이런 특성상 대조법에서는 애증이 분명해 야 하고 무엇을 옹호하고 무엇을 반대하는가가 선명해야 한다는 주장이 나 온다. 대조법의 이항 대립은 이질적인 것이 공존하는 상생의 법칙이 아니라 하나를 인정하고 다른 하나를 억압하는 배제의 논리를 기반으로 하고 있다. 이런 논리는 계몽의 논리와 동일한 맥락을 지닌다.

개화기 담론의 대조법에 담긴 이항 대립은 한국—외국, 과거—미래, (계몽의)객체—주체 등에서 전자를 반대하고 후자를 옹호한다. 이 도식은 개 화기 내내 전혀 전복되지 않는다. 배제의 논리는 옹호와 반대를 뚜렷하게 드러내며 차이를 부각시킨다. 서구의 사례는 실상이 어떻든 간에 긍정적인 대상이 되고, 한국의 그것은 자학과 비난의 대상으로 전락한다. 대조법이 개화기 담론의 중요한 수사학이 되는 것은 개화기 담론에 깔려 있는 이와 같은 선악 이분법에 연유한다. 그러나 이런 논리는 결국 자기비하의 논리를 파급시키는 악영향을 끼친다. 이것은 개화기 계몽의 한계가 아닐 수 없다.

이항 대립을 기본적인 자질로 삼고 있는 대조법과 유사한 범주로 문답법을 들 수 있다. 개화기 산문에 자주 나오는 문답법 역시 아무것도 모르는 민중의 질문과 유식한 지식인의 명쾌한 답이라는 계몽의식의 내적 특질을 반영한 것이다. 이 역시 계몽의 주체와 객체의 엄격한 구분 및 전자의 옹호와 후자의 반대를 전제하고 있는 표현법이라 할 수 있다. 최남선과 같은 계몽적인 지식인들이 『조선상식문답』과 같은 책을 쓴 것도 문답법이 지닌 이런 특성과 연계되어 있는 것이다.

개화기 문학에 사용되는 열거법과 대조법은 더 큰 범주에서 살펴본다면 동일한 기반을 지니고 있다. 그것은 그 두 표현법이 모두 이성적 논리를 흉내내고 있다는 점이다. 그래서 개화기 산문의 주도적인 이 두 가지 표현법은 의사과학의 문학적 표현이라 할 수 있다. 이것이 계몽의 수사학이다. 열거법과 대조법의 연계는 형식적인 차원에서의 유사성으로 나타나기도 한다. 두 가지 사실이 어떤 중심점을 두고 정반대로 열거된다는 점에서 대조법은 열거법의 하위 범주가 될 수도 있다는 사실이 그것이다.

개화기 시에만 주목할 경우, 계몽의 수사학은 양식만 달리했을 뿐 기본적인 특성은 유사하게 나타난다. 장형長形의 가사에서 열거법이나 대조법 등이 많이 사용되고 있는데, 그 외 다른 시에서도 메시지의 직접적인 제시를 방해하지 않는 부차적인 요소들의 변화에 수사학의 초점을 맞추고 있다. 그래서 시에서도 메시지의 선명한 제시를 강조하거나 보조해주는 수사학이 선택되었다. 그것은 주로 용언의 활용에서 그 특성을 발휘하는 어미語尾의 수사학이다. 수많은 개화기 가사에서 '~하세'라는 청유형이나 '~하라'는 명령형의 수사학이 주도적으로 나타난다. 이것은 계몽의식에 잠재되어 있는 선민의식이나 지도자 혹은 선각자의식의 반영이라 할 수 있다.

개화기 시와 산문에 나타나는 수사학은 문체의 3분법, 즉 비유법(직유, 은유, 활유 등), 강조법(반복, 열거, 점층, 대조 등), 변화법(도치, 설의, 명령, 역설, 문답 등) 중에서 비유법이 거의 사용되지 않는다는 점에 특징이 있다. 비유법 대신 강조법이나 변화법에 속하는 문체들이 개화기 문학에 주로 등장한 것은 계몽의 성격과 관련이 있을 것이다. 계몽의 수사학은 기본적으로 비유가 없는 투명한 문체를 선호한다. 주장하는 바를 우회적으로 접근하지 않고 직접적으로 표현하고자 하는 욕망, 즉 기의에 곧바로 다가가고자 하는 욕망이 투영된 것이 바로 투명한 문체이다. 그것은 계몽의 대상이 전근대적인 몽매한 대중이기 때문에 지적인 독해 과정이 필요한 비유법이 계몽의 효과를 반감시킬 것이라는 수사학적 고려가 반영된 것이다. 비유법과 달리 강조법이나 변화법은 메시지의 직접적인 전달에 방해가 되지 않으면서 단순하고 지루할 수 있는 전달 방식을 새롭게 보이는 효과를 지닌다. 이것은 메시지의 내용을 그대로 보존하면서 그것을 다양한 방식으로 주입시켜 대중을 미성년의 상태에서 구출하고자 하는 계몽의 전략과 맞아떨어진다.

계몽의 수사학을 이어받은 것은 리얼리즘 시들이다. 카프의 시들 역시 비유법에 대한 경시를 기반으로 하여 이루어졌다. 그들의 시에는 개화기 시들에서 보이던 명령형이나 청유형이 전형적으로 사용된다. 그들 역시 개화기 시인들이 가졌던 절박함과 조급함으로부터 자유롭지 못하였던 것이다. 이것은 해방공간의 시에서 더욱 극적으로 나타났다. 이후 계몽의 수사학이 가장 찬란하게 꽃을 피운 것은 바로 1970년대의 민중시일 것이다. 민중시 역시 메시지의 전달이 절박한 건 마찬가지였지만 그래도 다양한 방식에 주목하였다. 현장의 목소리가 순화된 형태로 전달되기 시작하였으며, 문체들도 비유법에서 많이 선택되었다. 이것은 당시 문단의 분위기가 그런 정치의 미학화에 상당한 관용을 베풀었기에 가능한 일이기도 하며, 리얼리즘 근본주의자들의 소멸에 따른 결과이기도 하다. 그런 점에서 민중시가 적극적으로 발표되던 시기는 계몽의 수사학이 가장 퇴보한 시기였다고 할 수 있을 것이다.

3. 서정시, 동일성의 수사학

수사학의 대가들은 대부분 궤변학파이다. 그래서 그들은 로고스 중심주의를 신봉하는 고답적인 철학자들로부터 많은 비난을 받았다. 플라톤 같은 사람이 수사학을 멸시한 것은 당연하다. 플라톤이 금과옥조로 여기던 '진리'와 같은 개념을 수사학자들은 그다지 심각하게 생각하지 않았기 때문이다. 수사학자들에게 이 세계는, 절대적 진리라는 철골로 굳건하게 구축되어 있는 완벽한 구조물이 아니었다. 그들에게 이 세계는 구멍이 숭숭 뚫리고 균열로 가득한 해면海綿과 같은 것이었다.

　시에서 이 균열을 어떻게 바라보느냐에 따라 시의 양상이 크게 달라질 수 있다. 이 균열을 있는 그대로 바라볼 것인가, 아니면 일종의 환각을 통하여 그 균열을 넘어설 것인가 하는 태도가 그것이다. 전자는 균열을 이미 주어진 진실로서 받아들이고 그에 따라 이 세계를 비극적으로 해석하는 데 반하여 후자는 균열의 존재를 부정하고 새로운 질서를 통하여 이를 근원적으로 은폐하고자 한다. 시에서는 후자가 전통적인 방식이다. 이른바 서정시가 이런 태도를 기반으로 이루어진다.

　서정시는 계몽의 수사학의 변경에서 활성화된다. 전후의 시들을 대상으로 할 때 계몽의 수사학이 절정에 달하던 1970년에 서정시는 민중시의 미학화에 일조를 하였다. 그 당시 서정시는 민중시의 범주에 들어 있었다고 할 수 있다. 그래서 1920년대 카프 시에서 보이던 메시지 전달의 생경함을 내면화하는 전략에 어떤 도움을 주었다는 점에 1970년대 서정시의 의의가 있었다고 할 수 있다. 신경림, 이성부, 조태일, 최하림, 정희성, 하종오 같은 시인은 엄격하게 말해서 민중시보다 서정시를 쓰는 시인이라고 해도 좋을 정도로 계몽의 수사학을 서정적으로 내면화하는 시인들이다. 따라서 당시 민중시의 성공은 바로 이러한 카프 시의 서정화에 힘입은 바 크다.

계몽의 수사학이 1990년대 들어 급격하게 퇴조할 때 서정시가 새롭게 부상하였다. 그리고 이번에는 서정시가 리얼리즘 시나 모더니즘 시를 흡수하여버렸다. 기존의 실험시를 쓰거나 참여시를 쓰던 쟁쟁한 시인들도 모두 서정시의 세계로 돌아갔다. 서정시는 무한한 포용력으로 이들 시인들의 때 늦은 귀환을 묵묵히 받아들였다. 황지우, 이성복, 박노해 등은 기존의 감각을 벗어던지고 서정시풍을 새롭게 연습하느라 여러 시행착오를 거쳤다. 그러나 그들의 서정시는 그 전의 세계에서 보여주었던 생생함을 상실해버렸으며, 새로운 경지를 개척하는 데도 실패하였다. 그것은 그들이 서정시의 세계를 이해하는 데 실패하였기 때문은 아닐까 생각된다.

서정시의 핵심은 자아와 세계의 환각적인 동일시이다. '마법성'이라고도 부를 수 있는 이런 성격은 서정시의 고유한 특성이다. 마법성의 세계를 가장 잘 보여주는 예로 레스코프의 「알렉산드리아의 보석」(발터 벤야민, 반성완 역, 『발터벤야민의 문예이론』, 민음사, 1983, 180쪽)의 일절을 들 수 있다.

〈저 좋던 옛날〉에는 한때 지구의 품 안에 있던 돌과 천공에 떠 있던 별들이 아직도 인간의 운명에 관여하던 시대가 있었다. 또 이 시대에는 오늘날처럼 하늘 위에서이건 땅 밑에서건간에 모든 것이 인간의 운명에 무관심하지 않았고 또 어느 곳으로부터도 운명의 목소리가 들리지 않았기 때문에 인간은 자신의 운명을 스스로 결정할 수 있었다. (중략) 그것들(별과 돌—인용자)이 인간들과 얘기하던 시대는 이미 지나가버렸다.

돌과 별이 인간의 운명에 관심을 가지고 인간들과 얘기하던 "저 좋던 옛날"은 서정시의 시대이다. 거기에서 세계와 자아 사이의 균열은 인정되지 않는다. 서정시의 세계는 라캉의 상상계처럼 분별지가 관여하지 않는 곳이다. 그 세계는 말 그대로 상상계 자체이다. 거울 단계에서 아이가 좌우로 전도된 거울 속의 자기 모습을 자신의 진정한 모습으로 알고, 이와 같은 방식으로 자신과 어머니를 동일시하는 것처럼 서정시의 세계에는 어떤 차이나 균열도 존재하지 않는다(혹은 그런 것처럼 행동한다). 이것은 조화로운 은유의 세계이다. 이런 세계는 인식의 차원에서 획득되지 않는다. 일종의 체화 또는 적극적인 내면화를 거쳐야 가능하다. 하지만 앞의 전향 시인들은 그런 내면화에 실패한 것으로 보인다. 그들은 많은 서정 시인들 중의 하나에 불과했다.

서정시는 지금도 여전히 창작되고 있으며 갈수록 그 영역이 확장되고 있다. 서정시의 앞날은 어둡지 않다. 운이 좋게도 좋은 시인들을 그 후예로 두고 있기 때문이다. 이성선, 이준관, 장석남, 이윤학, 박형준, 문태준 등이 서정의 세계를 확고하게 지키고 있다. 이 중 이준관은 레스코프가 말하던 "저 좋던 옛날"의 연장선상에서 시를 쓰는 시인으로 주목할 만하다.

> 부엌의 불빛은
> 어머니 무릎처럼 따뜻하다.
>
> 저녁은 팥죽 한 그릇처럼
> 조용히 끓고,
> 접시에 놓인 불빛을
> 고양이는 다정히 핥는다.
>
> 수돗물을 틀면
> 쏴아— 불빛이 쏟아진다.

부엌의 불빛 아래 엎드려
아이는 오늘의 숙제를 끝내고,
때로는 어머니의 눈물,
그 눈물이 등유가 되어
부엌의 불빛을 꺼지지 않게 한다.

불빛을 삼킨 개가
하늘을 향해 짖어대면
하늘엔
올해의 가장 아름다운 첫별이
태어난다.

_ 이준관, 「부엌의 불빛」 전문

    부엌의 불빛은 '지금 여기'의 세계를, 사물과 인간이 소통하는 "저 좋던 시대"로 만든다. 그 과정은 추호의 망설임도 없이 순식간에 일어난다. 모든 것은 불빛 속에서 생명을 나눈 존재들로 다시 태어난다. 고양이, 수돗물, 숙제하는 아이도 그 속에서 조화와 평강을 누린다. 그리고 천공에 떠 있는 "올해의 가장 아름다운 첫별"은 불빛을 삼킨 개의 짖음에 대한 응답으로 태어난다. 불빛을 통하여 지상의 부름에 이처럼 천상은 응답한다. 이 세계 속에서는 어느 것도 고립되어 있지 않고 생명의 연대 속에 존재한다. 이 불빛이야말로 서정성의 본질이라 할 수 있다. 이 시에 나오는 이런 비전은 가장 전통적인 서정시의 특성을 보여준다.
    문태준의 「맨발」은 또다른 측면에서 서정시의 특성을 보여준다.

    어물전 개조개 한마리가 움막 같은 몸 바깥으로 맨발을 내밀어 보이고 있다

죽은 부처가 슬피 우는 제자를 위해 관 밖으로 잠깐 발을 내밀어 보이듯
이 맨발을 내밀어 보이고 있다
　펄과 물속에 오래 담겨 있어 부르튼 맨발
　내가 조문하듯 그 맨발을 건드리자 개조개는
　최초의 궁리인 듯 가장 오래하는 궁리인 듯 천천히 발을 거두어갔다
　저 속도로 시간도 길도 흘러왔을 것이다
　누군가를 만나러 가고 또 헤어져서는 저렇게 천천히 돌아왔을 것이다
　늘 맨발이었을 것이다
　사랑을 잃고서는 새가 부리를 가슴에 묻고 밤을 견디듯이 맨발을 가슴에
묻고 슬픔을 견디었으리라
　아— 하고 집이 울 때
　부르튼 맨발로 양식을 탁발하러 거리로 나왔을 것이다
　맨발로 하루 종일 길거리에 나섰다가
　가난의 냄새가 벌벌벌벌 풍기는 움막 같은 집으로 돌아오면
　아— 하고 울던 것들이 배를 채워
　저렇게 캄캄하게 울음도 멎었으리라

_문태준, 「맨발」 전문

　　이준관의 시가 서정시의 신비적 비전을 관조적 묘사로 보여주고 있다
면, 문태준의 시는 그것을 내면화된 방식으로 보여준다. '내면화'라는 말 자
체도 서정시의 이데올로기를 반영하는 전형적인 어휘이다. 이 내면화는 사
물을 시인의 내면으로 끌고 들어와 일종의 교감 혹은 상응의 상태로 만듦을
뜻한다. 이를 통하여 세계는 자아와 의사소통할 수 있는 상태로 화하는 것
이다. 위의 시가 서정시로 불리게 되는 근원적인 지점은 조개의 맨발이 인
간의 그것과 동일하다는 인식이다. 밖으로 나와 있는 조개의 살은 어떤 망
설임도 없이 바로 '맨발'이 되어버린다. 그 순간 조개는 이 세계에 대한 연

민을 지닌 성자와 같은 존재로 변화된다. 첫 행에서 이루어진 동일시가 이 시의 전체 뼈대를 형성하면서 모든 비유는 자연스럽게 진행된다. 시인이 '~했을 것이다', '~리라' 등의 추측형 어미를 계속 사용하고 있지만 독자는 그것을 추측이 아니라 확신으로 아무런 의심 없이 받아들인다. 이것은 일종의 환각이지만 이것이 가장 자연스럽게 받아들여지는 곳이 바로 서정시의 세계이기 때문이다. 아니 이런 환각을 가장 자연스럽게 받아들여야 비로소 서정시의 세계가 이루어질 수 있다고 하는 것이 올바른 지적이리라.

　앞에서 살펴본 시들은 신비적 비전을 담보해주는 초월적 기의, 즉 신이라는 존재를 어딘가에 상정하고 있어 일종의 형이상학적인 시라 할 수 있다. 이런 의미에서 서정시는 근원적으로 형이상학적이다. 세계는 자아와의 유대로 근원적인 평온을 누리고 있다. 그렇기 때문에 기표들도 기의와 직접적인 교류를 하며 의미의 평화를 누린다. 기표와 기의의 평화로운 공존은 은유에서 비유 주체(원관념)와 비유 객체(보조관념)의 평화로운 공존으로 나타난다. 그리고 그 공존은 균열이나 빈틈을 보이지 않고 정서적 교감으로 잘 유지된다. 문태준의 시에서 사람과 조개는 비유의 주체와 객체로서 현실적으로 서로의 연계성을 전혀 지니지 않은 별개의 존재이지만 이 시에서 그 둘은 연민을 통하여 거리를 메우고 있다. 이런 정서적 교감이 바로 균열을 넘어서는 서정적 힘의 실체라 할 수 있다. 이 서정적 힘은 앞으로도 유효할 것이 틀림없다.

　서정시는 지금도 강력하게 자신의 영역을 확장해가며, "시=서정시"의 등식을 강요한다. 하지만 동일성의 사유를 바탕으로 형성된 것이기에 그 이외의 시까지 포괄할 수 없다. 이제 이야기할 느와르 풍의 시들은 더 이상 서정시라 할 수 없기 때문이다. 이런 시들을 포괄하기 위해 서정시의 의미를 확장하는 것은 구차한 방식이 아닐 수 없다.

4. 느와르 시와 탈골의 수사학

이 세계는 인간의 힘으로 건널 수 없는 균열로 가득하다. 그 균열을 환각으로 극복하고자 하는 시도가 서정시로 나타난다면, 이 균열을 있는 그대로 받아들이면서 이 세계의 비극을 폭로하고자 하는 시도가 포스트아방가르드 시로 나타난다. 이런 시를 쓰는 시인들에게 자아와 세계 사이에 놓인 심연을 환각으로 넘어선다는 것은 자기기만에 불과하다. 또 그것은 세계의 비극을 더욱 극단으로 만드는 역할만 할 뿐이다. 포스트아방가르드 시 혹은 느와르 시는 환각에 의존하고 있는 서정시의 세계에 날카로운 칼을 들이대어 그 세계를 갈기갈기 찢어버린다.

포스트아방가르드 시 혹은 느와르 시는 근래 시 평론의 중심적인 대상으로, 몽환적이면서도 공격적이고 파괴적인 이미지들로 가득한 일군의 시들을 가리킨다. 이와 관련하여 잔혹시, 환상시, 추의 미학, 미래파, 엽기시 등의 용어가 사용되지만 아직까지 그 특성을 명확하게 나타내는 명칭은 만들어지지 않았다. 아마 학문적으로 정리하기에는 포스트아방가르드 시가 적당할지도 모른다. 평론적인 감각으로 여기에서는 이들 시를 느와르 풍의 시, 즉 느와르 시라고 부르고자 한다.

느와르 시의 특성은 비현실적인 이미지들의 과격한 사용에 있다. 그리고 그 이미지들은 갈수록 음울한 색채를 띤다. 이들 이미지는 파괴적이고 가학적인 것에 집중되어 있다. 비현실적이고 환상적인 상상력은 누가 더 잔혹스러운가를 다투는 양상으로 치닫는다. 잔혹함이 드러나는 방식은 모든 세계를 파편화하는 것이다. 신체는 갈기갈기 찢겨져 나가고 문장과 문장, 문장의 구성 성분은 균열 속에 던져져 있다. 자연스러운 어떤 것도 이들 시에서는 거부된다. 모든 것은 파편으로만 존재한다. 파편은 어떤 방식으로도 총체성을 보증하지 않는다.

우리는 거대한 굴뚝의 마을을 건너갔다. 그가 내 아버지의 무덤을 찾아 냈다. 내가 무덤을 파헤치고 그가 내 아버지의 머리를 잘라냈다. (중략)

그도 자신의 두개골을 꺼냈다. 내가 웃었다. 그가 웃었다. 우리는 두 개 의 해골을 들고 굴뚝 위로 올라갔다. 그가 사다리를 치웠고 내가 먼저 해골 을 입에 물고 트럼펫처럼 불어대기 시작했다.

_ 박상순, 「트럼펫을 불어라」 부분

느와르 시의 맨 앞자리에는 1991년에 등단한 박상순이 있다. 그의 시 는 논리적, 현실적 맥락을 전혀 고려하지 않는다. 작품 속에서 우리가 주제 라고 부르는 어떤 단단한 중심을 찾고자 할 때 그의 시는 실망만 안겨줄 것 이다. 그 대신 부유하는 이미지들의 충돌과 이합집산에서 어떤 자유로움을 찾는 사람들에게 그의 시는 문학의 새로운 차원을 제시해줄 수도 있다. 이 들 시에서 주제는 작자에 의해서 주어지는 것이 아니라 독자가 사후적으로 만드는 것에 불과하다. 위의 초기시에 나타나는 파편화된 신체의 이미지는 일관된 질서로 환원될 수 없는 세계의 모습이다. 비논리 속에 단절되어 있 는 신체들은 이 세계가 지닌 근원적인 균열과 잔혹의 반영이다. 찢겨나간 세계, 흩어진 사지들, 맥락에서 이탈된 문장들, 바로 이것이 느와르 시의 문 법이다.

이런 시풍을 일군의 젊은 시인들이 공유하고 있는데, 이수명, 정재학, 함기석, 김참, 김언희, 김민정, 여정, 김근, 조말선, 이장욱 등이 이 범주에 속한다. 그 중에서 정재학의 시를 보자.

피뢰침 위에는 헐렁한 살 껍데기가 걸려 있는데 어머니가 촛불로 밥을 지으신다. 암이 목구멍까지 올라왔는데 어머니가 촛불로 밥을 지으신다. 맥박이 미친 듯이 뛰는데 어머니가 촛불로 밥을 지으신다. 손톱이 빠지기 시작하는데 어머니가 촛불로 밥을 지으신다. 누군가 나의 성기를 잘라 버렸는데 어머니가 촛불로 밥을 지으신다. 목에는 칼이 꽂혀서 안 빠지는데 어머니가 촛불로 밥을 지으신다. 그 칼이 내장을 드러냈는데 어머니가 촛불로 밥을 지으신다. 펄떡거리는 심장을 도려냈는데 어머니가 촛불로 밥을 지으신다. 담벼락의 비가 마르기 시작하는데 어머니가 촛불로 밥을 지으신다.

_정재학, 「어머니가 촛불로 밥을 지으신다」 부분

이 시는 세계의 균열을 환각으로 넘어서고자 했던 서정시의 세계를 조롱하는 의미를 담고 있다는 점에서 일종의 메타시라 할 수 있다. 이 시는 전통적으로 서정시가 즐겨 사용하는 후렴의 반복구를 사용한다. 후렴은 세계의 동일성을 독자에게 환기하는 역할을 하며, 이것이 수미상관으로 나타날 때에는 시적 완결성을 보증하는 역할을 한다. 이 시에서 "어머니가 촛불로 밥을 지으신다"는 서정적인 반복구는 서정시의 세계를 모방하는 한 방식으로 보인다. 그러나 이 구절이 아무리 반복되어도 이 시는 서정성을 확보하지 못 한다. 반복구 사이사이에 놓인 점점 더 강도를 더해가는 잔혹한 이미지 때문이다. 벗겨진 살 껍데기, 목구멍까지 올라온 암, 빠진 손톱, 잘린 성기, 칼에 꽂힌 목, 칼이 드러낸 내장, 도려낸 심장 등이 이 서정적인 반복구에 관형사처럼 붙어 있다. 이것은 서정의 세계라는 것이 실제로 얼마나 잔혹한 것인가를 강조하는 것처럼 읽힌다. '어머니가 촛불로 밥을 지으시는' 서정의 세계는 난자당한 신체에서 흘러나오는 피로 흥건하다. 세계의 균열을 메우고 있는 것이 참혹한 피뿐임을 이 시인은 말하고 있는 것이다.

느와르 시에 나타나는 문장들은 기존의 문법 관념에서 볼 때 철저하게 비문非文에 속한다. 인용된 시에 나타나는 문장들은 형식적으로나마 주어, 서술어를 갖추고 있지만 여전히 비문이다. 모든 문장은 찢어진 신체처럼 탈골되어 있다. 모든 문장 성분은 절단된 사지처럼 여기저기 흩어져 있다. 이것을 조립해서 어떤 완성된 밑그림을 읽으려는 시도는 실패로 끝나고 말 것이다. 왜냐하면 탈골된 문장은 처음부터 완전한 신체를 가져본 적이 없기 때문이다.

　　탈골의 수사학을 기존의 수사학적 개념으로 접근한다면 이와 가장 가까운 것으로 난유亂喩, catachresis를 들 수 있을 것이다. 일종의 수사학적 오류에 해당하는 난유는 적절한 용어가 존재하지 않는 어떤 것을 기술하기 위해 이용 가능한 용어를 적용하는 것으로, 특히 억지스런 혹은 혼합된 은유를 만들기 위한 단어의 부적절한 적용을 의미한다. 밀턴이 부정한 성직자를 '눈먼 주둥이'라 부른 예처럼 '주둥이가 눈멀다'라는 주술관계의 결함이 난유의 핵심이다. 느와르 시에서도 문장은 문법적 결함으로 가득하여 탈골된 문맥이 엉킨 뱀처럼 정리되지 않는다. 쾌도난마의 질서를 여기에서 바라는 것은 무리다. 이 세계를 당분간 고통스럽게 지켜보는 것 외에는 다른 방법이 없다.

포스트아방가르드의 문법, 잔혹시

1. 완결된 종말

역사적 아방가르드는 끝이 났지만 미학적 아방가르드는 영원하다. 요즘 부쩍 많이 등장하는 잔혹한 상상력은 근래에 성황을 이루는 아방가르드의 새로운 판본, 즉 포스트아방가르드이다. 환상시로 부르기에는 너무도 공격적이고 그로테스크한 이들 시는 그래서 '잔혹시' 혹은 '느와르 시' 라는 이름이 더 적절할 것이다.

　잔혹시에서 잔혹함은 주제이자 소재이면서 동시에 기법이자 세계관이다. 이들 시에서 기존의 완결성은 사라진다. 시에서 요구되던 최고이자 최후의 규범이었던 '완결하라!' 는 명제는 이들 시에서는 웃음거리일 뿐이다. 모든 문장들은 기존의 완결된 문법에서 모조리 벗어나 있다. 주어와 서술어는 뒤엉켜 있으며, 주어 자리에 적절한 명사가 들어서지 않으며 서술어 자리에 주어와 어울리는 동사가 멈춰서지 않는다.

기존의 서정시와 참여시는 완결성을 강조한다는 점에서 전통적인 장르라 할 수 있다. 이들 시에서 완결성을 가장 잘 보여주는 것은 비유이다. 비유는 하나의 체계를 이루어 수미일관 그 틀을 유지한다. 필자는 이를 '비유체계'(신범순 교수의 '서판'이라는 개념도 이와 상통한다)라 부른다. 비유를 하나의 체계로 사용하는 이런 경향은 이 세계가 눈에 보이지 않는 완결된 질서에 의해 유지된다는 생각을 반영한다. 서정시가 그 질서를 현재의 숨어 있는 차원에서 찾는다면 리얼리즘 시는 그 질서를 미래에다 배치한다.

신춘문예에는 이런 비유 체계를 사용한 시들이 거의 한 편씩 들어 있다. 2005년 경향신문의 「오페라 미용실」이 그런 경우다(그 전의 작품 중에 좋은 비유체계를 사용한 시로는 「고래」를 들 수 있다).

> 그는 매일 미용실 바깥의 오페라를 감상한다
> 미용실 눈썹처마에 모아둔 나뭇잎 음표들이 옹알거릴 때
> 가위를 갈다가 번뜩이는 악보의 밑동,
> 백지에 오선을 긋던 어머니는 병세를 자르지 못해
> 머리에 자란 음표를 모두 빼내 옮겨 적었고
> 연주가 서툰 아버지는 가파른 골목길로 내려가 돌아오지 않았다

이 시의 주저음은 '세계=오페라(음악)'이다. 이 주저음에 입각하여 오페라 혹은 음악과 관련된 단어들, 음표, 악보, 오선, 연주, 옥타브, 음치, 아리아 등의 단어들이 등장한다. 물론 이들 비유 객체들을 떠받드는 비유 주체(원관념)가 따로 존재한다. 이 시는 이 비유의 세계와 시인의 의도가 완결된 체계를 이룬다. 그러나 현대시에서 이런 비유 체계는 알레고리와는 다르다. 알레고리가 모든 것이 일대일로 대응하던 안정된 시대의 비유라면, 현대의 비유 체계는 군데군데 틈이 벌어져 있는 시대의 비유이다.

모더니즘 시에서도 이 규칙은 여전하다. 김기림이나 정지용의 초기시

「구두」나 「파충류 동물」은 비유 체계로만 쓰인 시라 할 수 있다. 전자는 '구두=배', 후자는 '기차=파충류 동물'이라는 비유 체계로 형성되어 있다. 이들 시는 이성 중심주의의 시들답게 한 치의 빈틈도 없이 논리적으로 완결되어 있다.

그러나 실험시라 부를 수 있는 아방가르드 시에서 이런 완결된 비유가 사용되는 경우는 없다. 아방가르드 시 자체가 이성의 닫힌 완결성을 거부하면서 출발하였기 때문이다. 실험시는 기존의 닫힌 세계에 대한 부정을 바탕으로 새로운 세계에 대한 갈망을 품고 있다. 그들은 세계를 전혀 다른 관점에서 바라본다. 어느 소재도 단일한 시각에 묶여 있지 않다. 어떤 어휘도 당위적으로 가 있어야 할 문법적인 자리가 없다. 그러나 실험은 실험으로 실행되자마자 하나의 현상으로 수용된다. 실험을 뒤따르는 수많은 유사 실험들이 그 실험을 일상으로 되돌려놓기 때문이다. 후각처럼 실험은 늘 피로하고 쉬이 지친다. 그래서 실험시에는 늘 새로운 소재, 기법을 찾아야 한다는 부담감이 따라다닌다.

2. 찢겨진 세계

근래 등단하는 많은 시인들이 잔혹시의 경향을 추종한다. 이들은 대부분 1970년대산이다. 물론 박상순, 이수명의 일부 시에서도 이런 경향이 발견되지만 가학성이 체질화된 것처럼 보이는 것은 앞의 1970년대산 시인들이다. 그로테스크한 시를 가학적으로 낳아대는 그들 생의 밑바탕엔 무엇이 있었던가?

잔혹시는 가학성을 바탕으로 한다. 소재에서 그 대상이 외부일 때는 가학적이고 그것이 내부일 때는 자학적이다. 자학은 자신에 대한 가학이라는 점에서 가학과 같은 맥락이다. 이들 시에 등장하는 소재들은 언제나 찢기거나 뜯기거나 잘리거나 떨어져 나간다. 이는 원시세계의 잔혹성을 닮아 있다. 자식을 잡아먹는 크로노스 신이 등장하는 서구 신화나 호랑이에게 자신의 사지를 뜯어주는 우리나라의 설화가 이에 해당한다. 이것은 인간의 본능에 근원적으로 내재해 있는 가학성을 뜻하는 것인지도 모른다. 그 중 김근의 시를 보자.

논의 대상이 된 김근의 시에서도 이런 가학성을 지닌 시어들이 대거 등장한다. 『시와 사상』(2005, 가을)에 발표된 세 편의 시(「검은 손톱」, 「잘 접어 만든 종이인형처럼」, 「밤마다 축제」)에서만 그 예를 찾아보아도 그 목록은 만만찮다.

물고 뜯었네, 짓무르고, 손톱으로 눌러 죽이는, 굳게 갇히고(「검은 손톱」)

비집고 들어가고, 쑤셔넣어지지는 않고, 구겨지고, 죽어 땡땡볼은, 떼어버리지 못하고, 비틀리기만, 구겨지고(「잘 접어 만든 종이인형처럼」)

쓸어내렸다, 툭툭 쳐내렸으나, 깊게 패이고, 짓찧어도, 골백번 고쳐죽어도(「밤마다 축제」)

잔혹시의 가학성에는 세계는 분열되어 있다는 인식이 포함되어 있다. 잔혹시의 시인에게 세계는 갈기갈기 찢긴 것으로 파악된다. 전후에 조향이나 송욱 같은 아방가르드 시가 등장하는 것도 이 찢긴 세계와 무관하지 않다. 이런 파편으로서의 세계는 기존의 조각 그림과 다르다. 이전의 시인에게도 세계는 조각 그림처럼 따로 존재했다. 하지만 그 조각들은 하나하나 모으면 전체 완결된 그림을 형성할 수 있는 총체성 속의 일부였다. 그때 시인은 그 조각에 숨겨져 있는 큰 그림을 읽어내는 예언자였다. 이 세계의 모든 사물은 초월적 존재가 중요한 의미를 담아놓은 하나의 기표였다. 독서에 대한 비유가 많이 사용된 것도 이 때문이다. 숨겨진 의미를 읽어내는 것은 그래서 매혹적이었다. 시인은 모두 소풍 때의 보물찾기 게임을 하는 아이들처럼 즐거웠다.

소년들은 모두 검은 손톱을 길렀네 너무 더디 자라는 손톱들로 소년들의 말 알아듣기 힘들었네 저녁이 되면 공중변소의 아가리에서 게워져 나오는 어둠 어둠 속에서 아직 사람보다 짐승이 많아 소년들은 서로 물고 뜯었네 물고 뜯으며 벌거숭이 몸과 몸을 맞댔네 주름 많은 항문과 번데기 같은 성기를 맞대고 붉어진 갈비뼈와 죽지뼈를 맞대고 밤과 밤을 맞대고 몇백 년 저희들끼리 짓무르고 소년들은 길고 허옇게 꿈틀거리는 회충들을 낳아놓았네 회충들 금세 싹이 트고 어미와 아비와 소녀들이 되었네 길고 허옇게 꿈틀거렸네 길고 허옇게 꿈틀거리는 이제 겨우 어미와 아비와 소녀들인 것들을 손톱으로 눌러 죽이는 것만이 소년들의 유일한 놀이였네 공중변소의 아가리 안에서 벌어진 일이었네 아직 사람보다 짐승이 많아 소년들의 잠 깊고 깊었네 더디 자라도 검은 손톱들은 소년들의 잠 쪽으로 꼬부라졌네 검은 손톱들로 소년들의 잠 굳게 갇히고 소년들의 말 알아듣기 힘들었네 소년들한테는 소년들뿐이었네

_김근, 「검은 손톱」 전문

잔혹시에서 세계는 상처나고 찢긴 채 드러난다. 원래 온전한 것이 있는지조차 알 수 없다. 세계가 하나의 완결된 모습을 지니고 있다고 하는 것은 이들에겐 들통난 거짓말에 지나지 않는다. 세계는 근원적으로 갈가리 찢겨져 있고 뭉개져 있다. 이 세계를 구성하는 여러 요소들이 유기적으로 연계되어 있다는 것은 신화일 뿐이다. 세계의 여러 요소들은 이 시의 소년들처럼 "물고 뜯으며 벌거숭이 몸과 몸을 맞"대고 있을 뿐이다. 이 맞댐은 유기적 통합과 거리가 먼 것으로 "주름 많은 항문과 번데기 같은 성기를 맞대고 붉어진 갈비뼈와 죽지뼈를 맞대고 밤과 밤을 맞대고 몇백 년 저희들끼리 짓무르고" 있다

는 표현에서 확연히 드러난다. 세계의 유기적 결합이 전통적인 사유에서 정상적인 체위와 관련되어 있다는 것은 그리 낯선 이야기도 아니다. 남녀의 성행위는 유기적 결합방식의 비유였다. 여기에서 결합방식은 그와 다르다. 그리고 그것은 조화에 가 닿지 않고 "저희들끼리 짓무르고" 있을 뿐이다.

3. 잔혹시의 문법

이 가학성이 문법에 나타날 때에는 '비문'이 된다. 종속절과 주절의 질서 혹은 인과는 파괴되어 있다. 주어와 서술어, 조건절과 주절의 호응은 전통 문법의 헌법 제1조 1항이다. 호응은 조화를 상정하고 있다. 이것은 또한 위계질서와 맞물려 있다. 주어를 중심으로 움직이는 태양계가 여기에 있다. 이또한 완결된 비유가 아니던가.

　잔혹시에서는 주어와 서술어의 호응도 거부되고, 조건이나 원인인 전제를 나타내는 종속절은 주절과 전혀 다른 차원에 놓인다. 전혀 다른 차원에 놓인 문장들이 분해되어 있다가 서로 다른 주어와 서술어에 붙어 있으니, 이것들은 애초에 호응의 대상이 될 수 없다. 잔혹시는 이 호응을 파괴하는 데서 미학적 즐거움을 찾는다.

　　　―너무 더디 자라는 손톱들로 소년들의 말 알아듣기 힘들었네
　　　―아직 사람보다 짐승이 많아 소년들의 잠 깊고 깊었네
　　　―저희들끼리 짓무르고

　첫 번과 두 번째 문장에서 앞뒤 부분은 인과적인 연결에서 벗어나 있다. 첫 문장에서 말을 알아듣기 힘든 이유로 제시된 것은 "더디 자라는 손톱들"이다. 일상문법에서 말을 알아듣기 힘든 것과 손톱의 이미지와는 무관하

다. 물론 시인의 사유에서 그 둘은 자연스러울지 모른다(아니 고통스러울지 모른다). 우리가 감탄하는 「별이 빛나는 밤」이라는 그림의 부푼 별들이 고흐에게 애초에 그렇게 보인 것처럼. 그러나 다른 사람에게 이 두 이미지를 하나로 묶어 보여주는 데에는 수많은 노력이 필요할 것이다. 같은 부류의 시인들도 예외는 아닐 것이다. 마찬가지로 두 번째 문장에서도 사람보다 짐승이 많은 사실이 왜 소년들의 잠이 깊은 이유가 되는지 관계가 불분명하다. 마지막 문장에서, 실수에서 온 것인지 알 수 없지만, '짓무르다'의 사용은 부적절하다. '짓무르다'는 자동사로서 목적어를 사용할 수 없지만 여기에서는 소년들이 서로를 '짓무르는' 것으로 나타난다. 이 동사는 타동사 '짓누르다'처럼 사용되고 있다.

잔혹시에서 나타나는 이런 문법적 일탈은 세계의 무질서를 반영하고 있으며, 기존의 질서에 대한 회의와 거부, 공격을 담고 있다. 그러나 이들 시에서 이 세계의 질서의 허위성이나 그 질서 뒤에 감추어지고 억압된 이면의 구조에 대한 통찰은 보이지 않는다. 다만 상처난 세계를 상처난 문법으로 보여주고 있을 뿐이다. 그래서 더 잔혹하다.

4. 무료한 세계

가학성은 또한 이 세계의 무료함을 반영한다. 잔혹시는 이 무료함, 변화없음에 대한 저주이다. 이 무료함은 세계를 어떤 식으로든 달리 보이게 만들고 싶다는 욕망을 자극한다. 김근의 산문이 이를 잘 보여준다. 시와 함께 발표된 그의 산문 중 일부는 다음과 같이 시작한다.

태어난 집은 사라졌다. 몇 해 전 몹쓸 놈의 길이 집을 뒤덮고 갔다. 길이 뒤덮고 가기 전에 우리 식구는 집을 황급히 빠져 나왔다. 세간도 살았던 모양 그대로 두고 오로지 몸만 빠져나와 새로 살 집으로 기어들어갔다.

이 구절은 자신의 집이 도로공사로 인하여 사라진 것을 표현한 것이다. 새로운 도로가 나면서 자신이 태어난 집이 사라진 것을 그는 "몹쓸 놈의 길이 집을 뒤덮고 갔다"고 표현한다. 실제 도로공사는 진행상 집들을 철거하기까지 여러 단계를 거치게 마련이지만 여기에서는 그것에 속도를 붙여 황급히 처리하였다. 그것도 낯설다. 그리고 여기에서도 다른 집으로 이사간 것을 "새로 살 집으로 기어들어갔다"고 가학적으로 처리하였다. 단순하게 직설적으로 표현할 것을 이렇게 낯설게 만들고 있다.

무료함, 이것은 시학의 적이다. 잔혹시는 이 무료함에 대하여 공격적으로 반응한다. 세계를 어떤 수를 써서라도 무료하지 않게 만드는 노력에 가학성이 동반되는 것은 잔혹시를 쓰는 시인들의 독특함이다. 이 가학성은 그들에게 가해진 새로움에 대한 중압감을 보여주는 것은 아닐까. 그들은 이제 여러 시도들이 모두 소진된(?) 현대시의 역사 앞에 서 있다. 새로 시작하는 자에게는 '튀는' 어떤 것이 절대적으로 필요하다. 새로운 시인들은 어떤 문법으로 신선한 시를 들고 나올까 하는 많은 시인들의 기대를 받는다. 이 가학성은 그것에 대한 반응은 아닐까. 그리고 그것이 그들의 세계관과 맞물린 것은 아닐까.

'잔혹한 낯설게 하기', 이것은 의도를 쉽게 들키는 것에 대한 두려움을 반영한다. 시인들은 신인일수록 의도를 감추는 것에 많이 신경을 쓴다. 그러다 나이가 들면 자신의 목소리에 자신을 가진다. 그래서 나이 들수록 시인들의 시가 무미건조해지고 단순한 아포리즘으로 귀결되는 것이다. 김춘수의 시가 후기에까지 읽히는 것은 아마도 그 감춤이 시학적으로 단련이 되어 있었기 때문일 것이다. 그러나 잔혹시는 낯섦에 잔혹함을 더하고 있다. 두 배로 새로운 이유도 거기에 있다. 하지만 그 잔혹성이 어디까지 갈지 두렵고, 설렌다.

혼종성의 시대와 최근의 시적 흐름

1. 일각수의 문화

혼종성hybridity은 다문화 시대의 표징이다. 따라서 혼종성에 대한 비판적 시각에는 단일성 혹은 순수성에 대한 갈망이 깔려 있다. 단일한 문화는 독백의 문화이자 자웅동체의 문화로서 외부적 자극을 필요로 하지 않는다. 단일 문화는 외부의 불순한 요소를 배제하며 모든 것을 자체 조달하는 '일각수의 문화'이다. 이때 혼종성이란 오염과 불순함의 표징일 뿐이다.

일각수의 문화에 대한 꿈은 어느 시대에나 존재한다. 그런 문화에 대한 갈망은 제도로서의 글쓰기에 반영된다. 글쓰기 규범의 최고 지위에 있는 대학의 국어 작문 역시 이 문제를 빠트리지 않는다. 특히 아라비아 숫자나 알파벳이라는 이질적인 기호에 대한 처리가 이 문제를 요약적으로 보여준다.

단어는 문장 중의 어떤 다른 요소와 어울릴 때 선택상의 제약을 받는다.

(중략) 그런데 이런 선택조건을 어기고 단어를 잘못 골라씀으로써 문장을 나쁘게 만드는 일도 드물지 않다. 먼저 다음 예들이 그 한 예다. '19, 3, 2, 1' 등을 '열아홉, 셋, 둘, 하나'와 같은 고유어 계통의 수사로 바꾸어야 올바른 문장이 될 것이다.

㉠ 나는 19살의 대학교 일학년생이다.

㉡ 내 주위에도 인숙이라는 이름을 가진 사람이 3이나 있다.

㉢ 누구나 눈 2, 코 1, 입 1을 가지고 있다.[1]

여기에서 제기되고 있는 것은 단어가 지닌 선택상의 제약 문제이다. '19살'이라고 쓰고 '열아홉 살'이라고 읽는 것은 표음문자로서의 한글의 정체성을 크게 위협하는 현상이다. 이것은 우리 언어에서 드물게 발견되는 일종의 훈독訓讀이기 때문이다(훈독은 시간을 읽는 방식이다). 우리는 정확한 언어 사용을 위해 '19세'와 '열아홉 살', 둘 중의 하나를 택해야 한다. '19살'이나 '열아홉 세'로 쓰는 것은 우리 언어의 정체성을 혼란스럽게 하는 일이다.

이런 관점에서 볼 때 훈독과 음독을 동시에 사용하고 있는 일본어는 애초부터 혼종성에 길들여져 있는 잡종의 언어이다. 한글은 한자 문화권에서 거의 유일하고도 완전하게 한자의 영향으로부터 벗어나 있으며, 혼종성에 대한 위대한 거부를 수행한 문자이다. 따라서 한글은 혼종성의 시대에 순수성을 상징하는 문자라 할 수 있다. 그리고 이 한글에 대한 사랑은 고유어, 순수 우리말에 대한 사랑과 같은 의미를 지닌다.

우리 현대문학사에서 이와 같은 일각수의 정신을 가장 극단적으로 보여주는 문인으로 최남선을 들 수 있다. '단군민족주의'[2]로 명명될 수 있는

---

1. 서울대 교양교재편찬위, 『국어작문』, 서울대출판부, 1991, 147쪽.
2. '단군민족주의' 혹은 '단군내셔널리즘'은 신용하에 의해 처음 사용된 것으로 알려져 있으며, 이후 정영훈에 의해 적극적으로 사용되었다. 신용하, 「신채호의 애국계몽사상(하)」, 『한국학보』, 19 · 20집, 1980. 정영훈, 「한국사 속에서의 '단군민족주의'와 그 정치적 성격」, 『한국정치학회보』 28집 2호, 1994. 12. 구체적인 내용

사상사적 기반을 지닌 최남선이 대부분의 저작을 한자어와 한문풍의 문장으로 서술했다는 것은 주지의 사실이다. 그리고 그것들을 철저하게 국한문 혼용체로 썼다. 그런데 단군과 관련된 시 작품들이 우리말 중심으로 되어 있다는 점은 주목할 만하다.

> 아득한 어느 제에 님이 여기 나립신고
> 버더난 한가지에 나도 열림 생각하면
> 이 자리 안찾으리까 멀다 높다 하리까
>
> _최남선, 「단군굴에서」 부분

> 한아버지
> 한아버지를 뵈온 이 눈은
> 다른 아모것도 다시 보지 아니하야도 섭섭한 것 업습니다.
> 한아버지의 품에 싸힌 저는
> 왼 세상과 왼 동무를 다 일흘지라도 결코 외로움이 잇슬리 업습니다.
>
> _최남선, 「백두산근참기」 삽입시 부분

묘향산의 단군굴 참배 경험을 바탕으로 하고 있는 「단군굴에서」는 전체가 우리 고유어로만 구성되어 있으며, 「백두산근참기」 삽입시는 한자 노출을 극히 억제하며 고유어 중심으로 전개된다. 후자에 한자 표기가 몇 군데 있으나 한자어 자체도 극히 적을 뿐 아니라 모든 한자어가 한자로 표기된 것도 아니다. 그런데 다른 작품들에는 거의 예외 없이 모든 한자어가 한자로 표기되어 있다. 이런 사례를 보면 최남선의 사유 속에서 한자어는 우리

은 박현수, 「전통주의의 형성」, 한국현대시학회 편, 『20세기 한국시의 사적 조명』, 태학사, 2003 참조.

고유어와 대립적인 존재로 인식되고 있으며 그의 국한문 혼용체에도 불구하고 문화의 혼종성은 근본적으로 부정되고 있음을 알 수 있다.

우리의 현대 전통 서정시는 이런 의식의 연장선상에 놓여 있다. 외래문화의 흔적을 하나도 지니지 않으며 태초의 처녀성을 순수하게 지키고 있는 일각수의 문화에 대한 동경을 우리 서정시에서 쉽게 찾을 수 있다. 언어 문제와 관련해서 우리는 그것을 우리말 중심주의라 명명할 수 있다. 이는 김소월을 필두로 해서 김영랑, 정지용, 서정주 등 우리의 전통 서정시인들에게서 뚜렷하게 드러난다. 김소월에 대한 김억의 평가에 그런 생각이 가장 잘 요약되어 있다.

본시 소월이의 시단에 대한 움직일 수 없는 큰 공적은 그 표현 수법의 하나로의 언어외다. 그 당시로 말하면, 모두 다 외국어식 언어 사용에 열중하여 조선말다운 조선말을 사용치 못하던 때에, 소월이는 순수한 조선말을 붙들어다가 생명 있는 그대로 자기의 시상 표현에 사용하였던 것이외다. 아마 이 점에서는 그때의 어떠한 시인이든지 소월이에게 훨씬 미치지 못하던 것인 줄 압니다.[3]

김억이 높이 평가하는 것은, 외국어식 언어 사용으로 인해 우리말이 혼탁해지고 오염되어 있을 때 김소월이 '순수한' 우리말을 시적 질료로 훌륭하게 사용하였다는 사실이다. 외국어식 언어 사용의 구체적인 의미는 밝히지 않았지만 여기에서는 일본어 · 영어와 관련된 외래어 문제, 어법과 구성 등 표현상의 문제 전반을 지칭하는 것으로 보인다. 그런 불순한 요소들 때문에 '순수한 조선말'의 사용은 더욱 빛이 난다. '외국어식 언어'와 '순수한

---

3. 김억, 「소월의 추억」, 『김소월전집』, 문장사, 1981, 421쪽.

조선말'의 대립은 다른 시인에게서도 공통적으로 드러난다. 이런 대립에서 후자가 강조되는 것은 당연한 일이다. 김영랑의 시가 "조선어의 운용과 수사에 있어서는 기술적으로도 완벽"[4]한 것으로 평가되는 것에서 그런 면을 확인할 수 있다. 또한 김소월, 김영랑과 같이 정지용과 서정주 역시 그들의 작품에서 우리말 중심주의가 증명된다. 그리고 정지용은 "우리말이란 시에는 선천적으로 훌륭한 말"[5]이라고 하며 우리말에 대한 자부심을 직접적으로 드러내고 있다. "어떤 말이나 붙잡아 놀리면 그대로 시가 되는 경지에 이른…… 부족 방언의 요술사"[6]로 불리는 서정주 역시 당대 시의 관념어 과잉을 문제삼을 때 "신문잡지에 일정 치하 이래 관용해온 그 소위 문화인적 어세라는 것에서 긁어모아 온 인습을 지양하고, 넓고 뿌리 깊고 전통적인 민족 생활어의 속으로 들어가서 시인 각자의 시적 체험에 맞추어 선택하고 조직"[7]해낼 것을 요구한 바가 있다. 이들 전통적인 서정 시인들은 공통적으로 '외국어식 언어 사용'을 비판하며 우리말의 가능성을 전적으로 신뢰한다.

또한 혼종성이라는 개념이 식민 담론의 양가성과 관련된 신식민주의의 핵심어라고 할 때 그것과 가장 관련이 깊은 것은 타자의 언어인 일어계 어휘 문제이다. 우리 언어생활에서 일어 어휘의 대량 유통은 식민지 시대의 산물이다. 이오덕의 『우리글 바로쓰기』에서 가장 많이 할애하여 공격하는 것 역시 "우리말을 병들게 하는 일본말"이다. '수순', '입장', '속속', '지분' 등의 명사뿐만 아니라 '되어지다', '~에 있어서', '~에서의' 등의 동사, 조사에까지 광범위하게 걸쳐 있는 일본어의 편재는 일본어의 영향력이 우리 문장 구조에까지 깊숙이 침투한 것임을 보여준다.

---

4. 정지용, 「영랑과 그의 시」, 『정지용 전집 2』, 민음사, 264쪽.
5. 박용철, 정지용 대담, 「시문학에 대하야」, 『정지용전집 2』, 민음사, p.291. 또 시인들의 어휘부족 현상에 대해서는 정지용은 "그것은 되지 안흔 말입니다. 만날 외국어를 먼저 알고서 그것을 번역하려니까 그러치 다시 말하면 조선말을 번역적 위치에 두니 그러치, 그럴 리가 있나요."라며 반박하고 있다.
6. 유종호, 「소리 지향과 산문 지향」, 『미당 연구』, 민음사, 1994, 338쪽.
7. 서정주, 「시의 언어」, 『서정주문학전집 2』, 일지사, 1972, 40쪽.

이제 전통적인 시인들이 옹호해왔던 순수성이 더 이상 완전하게 유지
될 수 없는 난감한 시대가 되어버렸다. 괄호에 한자를 넣지 않은 채 '불감청
이언정 고소원야'라는 말을 쓰고, 'SK'나 'DJ' 대신, 에스케이나 디제이로
쓰던 한겨레신문에서도 '19살 미만의 청소년'이라는 표현을 자연스럽게
사용하고 있다(「한겨레」, 2003. 11. 14.). '열아홉 살'이라는 길고도 복잡한 표기
대신에 많은 사람들은 '19살'을 선택한다. 서구 외래어의 문제도 마찬가지
이다. 서구 제국주의의 영향 아래 들어온 수많은 어휘들 그리고 그런 것들
을 내면화해온 우리 현대문학사는 그래서 혼종의 역사이기도 했다. 이제 대
학의 국어 작문식 전통 규범은 조금씩 설득력을 잃어가고 있다. 아니 그 책
에서만의 고립된 설득력을 지니게 되는 중이다. 식민지와 관련된 이 강요된
혼종성 때문에 식민주의에서 이 개념은 부정적으로 다루어진다. 이런 역사
적인 과정 때문에 혼종성에서 가능성을 읽는 것은 조심스러운 일이 된다.
서정시를 쓰는 행위 자체가 지금까지 이런 혼종성의 흐름에 대한 자발적인
거부의 몸짓이었기 때문에 더욱 그러하다.

2. 풍화 불가능성과 시각적 실험

우리말의 순수성에 대한 옹호를 모체로 하는 서정시에서 생경한 기호나 도
표뿐만 아니라 외래어나 비문학적 언어는 상당히 이질적으로 느껴진다. 윤
동주가 「또다른 고향」에서 '풍화작용風化作用'이라는 어휘를 놓고 그것이 시
어답지 못하다고 매우 불만스러워했다는 유명한 일화가 있거니와, 자연과
학에서 비롯된 개념어가 시어로서 부적절하다는 인식은 혼종성에 대한 부
정적 반응을 보여주는 예가 된다. 그러나 그도 적절한 다른 어휘를 찾지 못
해 불만스럽지만 어쩔 수 없이 그 어휘를 그대로 사용하였다고 한다.
    혼종성은 문화접변의 시기에 이런 불가피성을 띠고 나타난다. 이때의

혼종성은 기존 문화와 다른 문화의 차이에 주목하는 용어로서 대체 불가능성을 전제로 한다. 유사한 내용을 지닌 어떠한 외래문화에도 기존 문화 속에 끝까지 융해되지 않고 남아 있는 앙금들이 있게 마련이다. 기존 문화의 강력한 풍화작용에도 풍화되지 않는, 즉 기존의 문화적 술어로 환원되지 않는 어떤 외래적 요소들이 있다는 것이다. 하나의 문화가 모든 이질적인 요소를 미리 갖추고 있을 수는 없으며 기존 문화의 소화력에는 항상 한계가 있기 때문에 이런 요소가 생겨난다. 언어문자 면에서는 개화기부터 쏟아져 들어온 여러 외래어와 아라비아 숫자, 문장 기호를 포함한 각종 기호들이 대표적이다. 이런 풍화 불가능성에 바탕을 둔 언어적 요소들이 기존 문화에 유입될 때 혼종성이 형성된다. 기존의 문화에 융해되기에 이질적인 면이 강할 때, 그런 요소들은 불균형 속에 자신의 모습을 생경하게 드러내지만 그것은 곧 그 문화 내에서 하나의 위치를 자연스럽게 차지하게 된다. 외래어에 대한 취급이 한 예가 될 것이다. 일본 표기법의 영향일 수 있지만, 해방 이전에는 외래어가 주로 낫표나 겹낫표(「마돈나」―이상화, 「나의 침실로」) 혹은 방점(모오닝코오트―정지용, 「예장」)으로 표시되어 외래성이 강조되었다가 이후에 그런 현상이 사라졌다. 외래어는 처음에는 특별히(?) 취급해야 할 대상이었다가 차츰 다른 어휘와 동등한 것으로 자리 잡았다.

　우리 시에 나타난 외래어의 경우를 살펴보아도 이런 자연스런 자리 잡기를 확인할 수 있다. 외래어의 남용이 생각보다 심각한 정도는 아니라 할 수 있다. 마침 어느 시 전문지에서 올해 등단한 신인 시인 20여 명의 작품이 실린 것이 있어 외래어 사용 현황을 눈여겨보았다. 40여 편의 시 중에 외래어가 서른네댓 개 정도 쓰이고 있었다. 포크레인, 팬티, 나프탈렌, 스웨터, 토큰, 티셔츠, 카메라, 빌딩, 컨베이어벨트, 캔버스, 파파베린, 로그아웃, 콘트라베이스, 수자폰, 비올라, 자크 라캉, 아이스박스, 인큐베이터, 메모리, 파일, 킬로미터, 시멘트 블록, 인도네시아, 발리, 랑다, 호텔, 해피엔딩, 컨셉, 비디오페스티발, 베란다, 오 메흐드 메흐드, 콘돔, 베란다, 넥타이 등이 그것이다. 이 중의 대부분은 우리가 일상적으로 자연스럽게 사용하는 것들이다. 가끔 특수 분야와 관련된 것들이 있었으며 시적 효과를 고려한 낯선 외래어 사용도 있었다. 그 중 가장 부자연스러운 외래어가 많이 사용된 시 한 부분을 살펴보자.

> 토요일은 말야 충무로 활력연구소에서 "중간은 슬퍼도 마지막은 해피엔딩이 좋아요"라는 컨셉으로 진행된 〈10만원 비디오페스티발〉을 봤어 "중간은 슬퍼도 마지막은 해피엔딩이 좋아요" 그래서 옛날 옛날에로 시작되는 이야기들은 마지막이 모두 오래오래 행복하게 살았습니다로 끝나버리는 건가
>
> _한미숙, 「어쩌면 해피엔딩」 부분

해피엔딩이니 컨셉이니 비디오페스티발 같은 말들은 서구 추수적인 경향의 외래어라 할 수 있다. 이것들은 행복한 결말, 개념 혹은 주제, 비디오축제 등으로 번역되어도 무방할 것이다. 따라서 이런 어휘들은 풍화 불가능성을 지닌 불가피한 것들이라 할 수 없기에 부자연스러운 외래어라 할 수 있다. 그러나 시 전체에서 시인은 당대의 언어 현상을 인용 형식으로 사용하고 그것으로부터 어떤 의미를 끌어내는 전개 방식을 취하고 있기 때문에 외래어에 대한 기본적인 인식이 없는 경우로 보기 어렵다. 이처럼 신인 시인 거의 대부분이 불가피한 경우 외에는 외래어를 사용하지 않고 있어 우려할 만한 현상은 발견되지 않았다. 오히려 너무 토속적인 소재와 서정에 매달려 시처럼 보이게 만드는 데 골몰하는 작품이 많은 게 더 불편했다. 이런 결과를 볼 때 외래어 사용의 표면적인 문제보다도 그 속에 깔린 이데올로기나 형이상학을 탐구하여 그와 관련된 새로운 시적 흐름의 의미를 짚어보는 것이 훨씬 가치 있는 일이라 생각되었다.

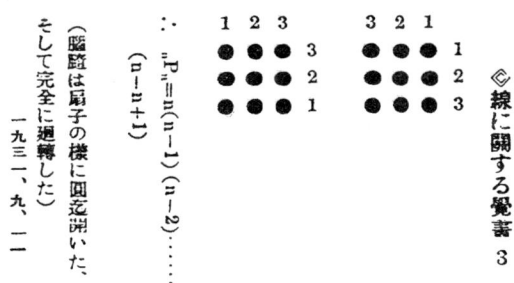

_ 이상, 「선에 관한 각서 3」 전문

혼종성의 시대에 외래적 요소를 가장 적극적으로 이용하여 문학적 성취를 이루어낸 시인으로 우리는 이상을 들 수 있다. 그는 전통 서정적인 순수성의 관점에서는 용납되지 않을 많은 시도를 보여주었으며 그것은 여전히 새로운 문학의 절정에 놓여 있다. 그는 자신의 시를 통해 수많은 이질적인 기호들이 기존의 문학 요소들로 번역될 수 없다는 점을 단호하게 드러낸다. 외래어는 물론 수많은 도표와 기호들이 아주 자연스럽게 시 속으로 유입된다. 그에게 외래어나 외래적 요소들은 하나의 기호에 불과하다. 그런 경향을 대표적으로 보여주는 것이 「선에 관한 각서 3」이다. 그는 이 시에서 아라비아 숫자와 점, 수학기호 등을 과감하게 사용한다. 이럴 때 일본어도 일종의 수학기호와 유사하게 사용된다. 그가 사용하는 기호들은 기존의 서정성 혹은 순수성으로 용해되지 않는 것이다. 형체가 사유를 담지하고 있기에 이런 시도는 언제나 시각적인 실험이 된다. 이런 경향은 이후 실험적인 시에서 반복 등장한다.

박남철은 이런 실험정신을 이어받아 지속적으로 실험적인 작품을 발표하는 우리 문단의 몇 안 되는 시인 중의 하나이다. 그의 시는 사진이나 그림, 도표 등을 적극 도입하고 표기도 제한을 두지 않는다. 외국어 표기와 각종 도표, 사진 등의 이질적 요소들이 작품 곳곳에 나타나 글의 선조적 이해를 방해한다.

왜 죽였나?
왜 죽였나!

封密城君事實載權陽寸記及本朝遺事墓所配
位失傳乙丑設壇享祭……

〈헤미르야, 景明王의 제1왕자이신 이분이 바로 우리
密陽朴氏의 우두머리시니라〉
(중략)

어리구구우우…

SHIRA HADNAI OROI DĒR
SHIRA SORONG—TATAJ BAINA HÜI
SHIRA UGURAGAN SHIMGÜLÜG—SEN
E—JI BAN SANAD IRBEL GUNIS MARA HÜI

_박남철, 「박해미르─2〔試稿〕」 부분

이 시에는 한문 원전이 그대로 몇 페이지씩 열거되고 알파벳으로 쓰인
낯선 언어들이 아무런 제한 없이 삽입되기도 한다. 이것은 한문 사적 기록과
비영어권 알파벳 문장이 그대로 노출되고 있어 전통 서정시의 순수성과 가장
멀리 떨어져 있는 그야말로 전형적인 혼종성의 텍스트라 할 수 있다. 이 외에
도 6, 7쪽씩 아무런 글자도 없이(쪽수만 빼고) 백지 상태로 남겨둔 작품의 제목
은 「バカヤロウ!」이다. 우리에게 익숙한(?) 이 말을 '빠가야로!'로 표기하지
않고 일본 알파벳(가타카나)으로 직접 드러낸다. 이 정도의 차원이라면 외래어
의 문제는 아주 사소한 것에 불과하다. 시적 효과를 위해 외래어가 아니라 외

국어 표기를 직접 사용하는 것이다. 이것은 전통 서정성의 입장에서 볼 때 시로서의 자격을 갖추지 못한 것일 수 있다. 그러나 이것은 이미 패러다임의 문제이기 때문에 비교를 거부한다. 그렇기에 박남철은 혼종성의 시대적 특성을 적극적으로 이용하여 시적 성취를 이끌어낸 시인이라 할 수 있다.

혼종성의 시대는 외래적 요소를 하나의 기호로 취급할 뿐이다. 기호는 일종의 상형문자로서 기존의 서정적 언어로 환원될 수 없는 풍화 불가능성을 간직하고 있다. 그래서 젊은 시인들이 기호를 적극적으로 시에 도입하는 것이다. 서정시로 회귀한 황지우가 초기에 실험을 적극적으로 보여준 이후 다른 시인들도 새로운 시도를 두려워하지 않게 되었다. 기호를 사용하는 다음 작품이 그다지 실험적으로 보이지 않는 것도 그 때문일 것이다(이 정도로 우리 시는 관용을 지니게 되었다!).

지하 1층 식품 매장 재크가 엘리베이터를 타고 있습니다
(엘리베이터의 ↑ 속에 뿌리가 자라고 있습니다)
1층 신변 잡화 매장을 지나 재크는 올라갑니다
(엘리베이터의 ↑ 속에 뿌리가 자라고 있습니다)
2층 숙녀 의류 매장을 지나 재크는 올라갑니다
(엘리베이터의 ↑ 속에 뿌리가 자라고 있습니다)
(중략)
엘리베이터의 ↑ 속에 자라고 있는 뿌리는
하늘 아래 모든 埋葬으로 통합니다

_이원, 「재크의 콩나무」 부분

지극히 단순한 재치와 언어유희를 사용한 시이긴 하지만, 여기 사용된 기호(↑)가 서정적 언어로 환원될 수 없는 어떤 요소를 잘 보여준다는 점에서 의미가 있다. 그 기호는 엘리베이터에서 발견되는 하나의 버튼을 가리키

지만 동시에 제한된 상황 속에서 무모할 정도로 강요되는 자본주의의 성장
의지나 속도를 의미하기도 한다. 기호는 너절한 설명을 시각적이고 즉각적
인 사유로 대체한다. 이 기호가 반복되면서 시각적 효과는 더욱 강해지고
그만큼 엘리베이터의 속도감은 커진다. 이 기호가 부담하고 있는 의미와 효
과는 '올라가는 화살표' 혹은 다른 설명어로 환원될 수는 없을 것이다. 그리
고 이 시는 일종의 서정시라 할 수 있는데 그 속에서 이 기호는 그리 낯설어
보이지 않는다. 이제 우리 시는 혼종성의 시대 한 가운데에 있는 것이다.

혼종성은 근원적으로 시뮬라크르와 연계되어 있다. 시뮬라크르의 세계
에는 절대적 순수성이 존재하지 않기 때문에 절대적 대립도 존재할 수 없
다. 여러 기호들이 등장하는 함기석의 작품이 말하는 것도 본질의 증발에서
오는 당황스러움인데, 그것은

> 𝄞가 하루는 눈금들을 다 지워버리더니 내 위에
> ━━ 한 개를 더 긋고는 사라졌어
> 연관공이 말했어. 저건 분명 쇠파이프야요
> 형사가 말했어. 피살자가 버려진 강줄깁네다
> 연관공과 형사가 말싸움을 하는 동안 𝄞가
> ⅢⅢⅢ 그으며 지하도로 들어갔어, 그때서야 목수가
> 구두를 가리키며 말했어, 거봐요 사다리라니깐요
>
> _함기석, 「𝄞가 하루는」 부분

시뮬라크르적 상황에 대한 인식을 반영하고 있다. 그림으로 표시된 어
떤 사람(𝄞)이 밑줄을 탄생시켰지만 그것은 도화선, 머리카락으로 서로 다
르게 읽힌다. 그리고 거기에 다른 기호가 계속 덧붙여지면서 쇠파이프, 강
줄기, 사다리 등으로 바뀌어간다. 기호는 증식하면서 규정을 거부한다. 애
초부터 기호는 서정성이 간직하고 있던 본원적 세계와 이탈된 존재이기에

이런 증식은 시뮬라크르적인 증식이라 할 수 있다. 이런 생각이 기호를 사용한 시에서 토로되고 있다는 점은 우연이 아닐 것이다.

혼종성은 외래어를 포함한 타자적 요소의 개입을 사실화하는 개념이다. 낯선 외래어와 외국어, 각종 기호 등의 등장은 전통 서정시에서 볼 때 우리 문학의 오염으로 비춰질 수 있다. 그러나 다른 문화와 접촉이 더욱 많아지는 시대에 우리말의 가치 제고와 불가피한 외래어의 수용이 대립적인 개념으로 비춰져서는 안 될 것이다. 오히려 새로운 시도들이 지닌 의미가 더욱 적극적으로 평가될 필요가 있다. 그런 실험적인 시를 지속적으로 시도하고 있는 전투적인 시인으로 이승훈, 성귀수 등이 있으나 여기에서는 다룰 수 없음을 밝혀둔다.

3. 혼종성의 내면화와 자폐적 방언의 시

외래적 요소를 표상적 기호로 치환하는 혼종성의 시들은 시각적 실험으로 나아가지만, 그것을 내면화할 때는 자폐적 방언으로 나타난다. 혼종성의 내면화는 전통적 서정주의와 전혀 다른 기반에 자신만의 세계를 구축하고자 한다. 전통적 서정주의가 우리말의 순수성을 강조하며 감성의 깊이를 획득할 때, 혼종성의 시들은 건조한 사막 한 가운데에서 형이상학적이고 관념적인 세계를 확장해나간다. 혼종성의 내면화란 혼종성이 이 세계의 근원적인 진리임을 믿는 것이다. 그럴 때 모든 것은 기호화되어 이 세계를 재구성하게 될 것이다.

우리는 그런 세계를 피터 빅셀의 『책상은 책상이다』에서 찾아볼 수 있다. 이 세상의 변화를 간절하게 원했던 한 남자는 지지부진한 세계의 변화 대신 현실의 언어 세계를 자신의 세계 내에서 해체해버린다. 그는 적당한 노력 끝에 드디어 자기 자신만의 세계에 도달한다.

아침에 그 늙은 남자는 한참동안 그림 속에 누워 있었다. 아홉시가 되자 사진첩이 울렸다. 그 남자는 일어나서는, 발이 시렵지 않도록 깔아놓은 장롱 위에 섰다. 그러고 나서 그는 신문에서 옷가지를 꺼내어 그것을 걸쳐 입고는 벽에 걸린 의자를 들여다보았다. 그런 다음 그는 양탄자 옆의 자명종에 앉아서 거울을 꼼꼼히 뒤적이다가 그 속에서 어머니의 책상을 발견했다.

그는 침대를 그림으로, 책상을 양탄자로, 의자를 자명종으로, 신문을 침대로, 거울을 의자로, 자명종을 사진첩으로, 양탄자를 장롱으로, 그림을 책상으로, 사진첩을 거울로 부르는 소승적인 노력 끝에 이 세계에 도달했다. 이 소승적이고 자폐적인 언어 대체 작업은 기존 세계의 실재를 더 이상 신뢰할 수 없기 때문에 가능한 것이다. 그가 버린 것은 일상적이고 전통적인 언어이며, 그가 새롭게 얻은 것은 개인적으로 구축한 추상적인 언어이다. 이 언어들은 현실과 어떤 연계도 지니지 않고 있다는 점에서 공중정원의 언어이며 자신만이 이해할 수 있다는 점에서 자폐적이며 고립적인 방언이다.

순수성의 실재를 부정하는 혼종성의 철학을 내면화하는 시인은 위의 우화 속에 나오는 남자처럼 고독하고도 소승적인 노력 끝에 자폐적인 방언을 가질 수 있다. 자폐적 방언으로 쓰인 시는 소통되지 않는 개인 문법의 시이다. 개인 문법을 사용하는 시인들은 이질적인 외래적 기호들을 전혀 사용하지 않고도 내용상으로 가장 이질적인 시들을 산출한다. 이런 방법은 시각적 실험시들이 빠지기 쉬운 깊이 상실의 위험을 감추거나 회피하는 데 도움이 되기 때문에 많은 젊은 시인들이 관심을 가진다. 아마 이런 흐름은 박상순으로부터 시작하는 것이 좋을 것이다.

첫번째는 나
2는 자동차
3은 늑대, 4는 잠수함

5는 악어, 6은 나무, 7은 돌고래

8은 비행기

9는 코뿔소, 열번째는 전화기

첫 번째의 내가

열번째를 들고 반복해서 말한다

2는 자동차, 3은 늑대

몸통이 불어날 때까지

8은 비행기, 9는 코뿔소,

마지막은 전화기

숫자놀이 장난감

아홉까지 배운 날

불어난 제 살을 뜯어먹고

첫번째는 나

열번째는 전화기.

_박상순, 「6은 나무 7은 돌고래, 열번째는 전화기」 전문

이 시의 화자는 자신만의 언어를 위해 개인의 어휘 목록을 외워나가던 피터 빅셀의 그 남자와 닮아 있다. 숫자 하나에 그 숫자와 전혀 무관한 단어를 하나씩 연결하며 시인은 자신의 자폐적인 방언 체계를 완성해나간다. 이 고독한 일은 자신만의 공중정원으로 나아가는 계단을 만드는 작업이다. 그 계단이 하나씩 나아갈수록 이 지상과 맞닿은 부분은 하나씩 사라질 것이다. 그래서 이 시의 소재는 어떠한 미메시스적인 현실과도 무관하다. 리얼리즘

의 이론적 영역이 초현실주의로까지 확장되어 마술적 리얼리즘이라는 용어까지 나왔다고 해도 이들 시는 현실로부터 여전히 자유로울 것이다. 이 시의 화자가 진행하고 있는 모든 호명은 내적 필연성에 의한 것이 아니라 '숫자놀이 장난감'과 같은 우연에 의해 이루어지기 때문이다. 따라서 이 시에서 현실을 찾는 것은 또다른 공중정원을 건설하는 일이 될 것이다(문학은 그 자체가 공중정원의 속성을 지닌다). 이수명의 다음 시는 이런 상황을 잘 보여준다.

> 나는 계단을 오른다.
> 부서진 계단
>
> 내가 한 걸음 디딜 때마다
> 계단들은 사라진다.
>
> 두 사람이 싸우고 있다.
> 서로 계단을 던지며
>
> 모든 사람이 싸우고 있다.
>
> 한 사람이 다른 사람의 팔을 꺾어
> 멀리 던져버린다.
>
> 멀리 날아간 팔이
> 되돌아와
> 계단을 오른다.
>
> 계단을 오르지만

계단은 보이지 않는다.

단두대에 앉았지만
나는 이미 머리가 없다.

_이수명, 「부서진 계단」 전문

　이 시에 남아 있는 것은 오로지 계단과의 사투이다. 구체적인 상황은 철저하게 사상되어 있어 계단을 둘러싼 어떤 사건도 논리적 인과관계를 지니지 않는다. 화자는 악착같이 계단을 오르려 하지만 계단은 실체가 없다. 이 계단은 기호로 재구성된 공중정원의 세계 자체이면서 동시에 그 세계로 나아가는 통로이다. 그렇기 때문에 계단이 출발점이자 종착지가 될 수 있는 것이다. 한 걸음 디딜 때마다 사라지는 계단들은 자폐적 방언의 세계에 접근할수록 미메시스적 세계와의 연결고리를 점점 잃어가는 미적 거리를 말해준다. 모든 소재들은 고립적이면서 인위적으로 연계되어 불안한 계단처럼 흔들리고 있다. 그러나 이 시의 세계는 고립된 방언으로 재구성되어 있기 때문에 공중의 까치집처럼 허술하지만 결코 사람의 손에 의해 부서지지는 않는다. 구체적인 세계를 거부하는 이런 고립적이며 자폐적인 방언의 시 세계가 환상성을 띠는 것은 당연하다. 미메시스적 세계와 인공정원의 세계의 그 흔들리는 거리로 인해 이런 시는 그로테스크하고 잔혹하면서 동시에 유머러스한 속성을 지니게 된다. 그래서 이런 경향의 시들을 '잔혹시' 혹은 '느와르시'라 부르는 것이 적절하다. 다음 시가 구체적인 예로 적절할 것이다.

　멈추지 않는 지하철 안에 얼룩말들이 달리고 있었다 검은색과 흰색을 좋아하는 사람들은 움직이는 선명한 색을 잡으려고 날뛰었다 잡힌 가죽은 흑과 백으로 잘려졌다 좀더 많은 가죽을 차지하려고 사람들이 다투는 동안 벌거벗은 아이들의 얼굴이 증발하고 있었다 가죽이 벗겨진 머리에 회색 시멘트가 부어지고 얼굴 없는 아이들은 알몸으로 자전거를 탔다 아이들의 살 갖에 얼룩무늬가 새겨지고 있었다 자신의 손과 얼굴에서 흐르는 피를 핥아 먹던 사람이 자전거를 붙잡으며 결벽증에 걸린 비누에 칼과 유리가 박혀 있었다고 고함을 질렀다 아이들이 다른 칸으로 달리고 있었다

_정재학, 「얼룩말」 전문

여기에서도 얼룩말과 사람들의 사투가 구체적인 인과관계 없이 환상적 이고도 그로테스크하게 처리되고 있다. 아이들이 어원 그대로 '난데없이' 등장하여 이 시를 더욱 복잡하게 만들지만 가죽 벗겨진 얼룩말은 벌거벗고 얼굴 없는 아이들과 중첩되는 것으로 파악된다. 길들여지지 않는 야생의 성질(그 핵심에 흑백의 공존이 있다)과 그것을 자기 방식으로 소유하고 제어하고자 하는 사람들, 그리고 그런 사람들의 탐욕에 희생되는 어린이의 등장으로 이 시의 얼개가 대충 파악되는 듯하다. 우리는 이런 시를 읽을 때 자기보호 본능에 의해 형식주의에서 말하는 '동기화' 또는 '귀화 작용'의 유혹을 느낀다. 이런 시의 낯섦을 해소하기 위해 그것을 일상적이고도 상식적인 수준으로 끌어내려 해석하고자 하는 것이다. 그러나 이 역시 미메시스적 세계로부터 독립되어 있는 자폐적 방언의 시, 개인 문법의 시로서, 독자의 일관된 해석 뒤에 유보된 것을 많이 감춰두고 있다. 이런 시를 즐겨 쓰는 시인으로 김참, 정재학, 김민정, 여정, 이장욱 등을 들 수 있을 것이다.

혼종성을 내면화하여 고립적인 방언의 세계를 구축해나가는 이런 시는 전통적인 서정시가 전혀 예상하지 못한 새로운 차원을 보여주었다. 흑백과 선악이 분명한 세계, 자신의 순수성을 기반으로 혼돈을 개척해나가던 세계에서 느낄 수 있는 분명한 감정의 질감이 자폐적 방언의 시에서는 추상적 관계들로 나타난다. 이 추상적인 세계는 사물들의 관계와 이 세계의 본질에 대해 새롭게 통찰할 기회를 제공해주었다는 점에서 많은 장점을 지니지만 기호들의 변주에 치중하기 때문에 거의 모든 작품들이 한 사람의 손에서 나

온 것처럼 모조품화되어 버린다는 점에서 심각한 한계를 지닌다. 이런 종류의 시는 벌써 새로운 돌파구를 찾지 않으면 안 될 지경, 일종의 개점휴업의 상태에 이르게 되었다.

4. 글을 마치며

혼종성은 타자의 문화가 기존 문화와 몸을 섞고 있음을 지적하며 순수 혈통주의를 부정하는 개념이다. 약간의 형식적인 변화 이외에 거의 문학사 전체가 단일 서정으로 지속되어온 우리 시사에서 일각수의 시학에 대한 편향이 두드러졌다. 그러나 개화기 이후 현재까지 이 혼란스러운 혼종성의 시기에 우리 현대시사에는 수많은 시도들이 나타났다. 그것의 발생이 내적 요구에 의한 것이건 일종의 유행 추수적인 태도에 의한 것이건 구체적인 의미에 대한 평가가 다양하게 이루어져야 할 것이다. 그런 평가는 우리 시의 현재 상황을 바라보고 미래의 방향을 결정하는 데 도움이 될 것이 분명하다.

그러나 혼종성의 시대에 모든 것이 허용될 수 있는 것은 아니다. 세계 문학사에 한국 문학사를 위한 공간이 존재할 이유는 분명히 있기 때문이다. 문제는 기존의 문화로 충분히 환원될 수 있는, 어떻게 보면 더 좋게 만들 수 있는 외래적 요소까지 무반성적으로 수용하는 데 있다. 시인은 언어를 다루는 존재이기 때문에 자신이 속한 사회의 언어에 민감해야 한다. 발표 매체를 통해 자신의 시각을 유포할 수 있는 일종의 권력을 지닌 시인이 방향을 정확하게 잡는 것이 무엇보다 필요하다. 그럼에도 기존 문화의 힘으로 도저히 풍화시킬 수 없는 문화적 앙금들까지 강제로 융해하려는 것은 일종의 왜곡이라는 점도 기억해야 할 것이다.

난유의 시대, 상처난 문법

1. 줄어드는 수사학 혹은 줄어드는 현대시

1960년 이후 우리 시를 다룰 때 『문학과지성』, 『창작과비평』이라는 문학잡지를 거론하지 않을 수 없다. 이 두 잡지가 만들어낸 대립 구도는 이후 그 잡지를 중심으로 모인 문인들의 영향력 때문에 시인과 비평가들 중에 다수의 추종자가 생기면서 기정 사실이 되어갔다. 이항 대립적인 구도는 애초에 잡지의 문학적 지향과 그 잡지를 중심으로 모이는 문인들의 성격 차이에 불과한 것이었겠지만, 추종자들이 모이면서 하나의 성향이 이념을 갖추게 되었다. 이념이 된 지향은 어떤 원형을 만들어내고 많은 복제품을 생산하게 된다. 이후 우리의 현대시를 이해할 때 그 구도를 생각할 수밖에 없는 강박증을 지니게 되는 것도 그 때문이다.

　　수사학적으로 보자면 문지(『문학과지성』)와 창비(『창작과비평』)의 이항 대립은 마치 야콥슨이 수사학 전체를 은유와 환유의 대립으로 축소한 것과 유사하다. 야콥슨이 은유를 낭만주의와, 환유를 사실주의와 연계한다는 점에서 이런 대립의 유사성을 찾을 수도 있다. 이항 대립으로의 회귀는 세계의 복잡한 사실들을 단순명쾌하게 해명해주는 인식론적 즐거움을 주기도 하지만 그 대립 사이에 존재하는 다양한 가능성을 말살한다는 점에서 공과를 동시에 지니고 있다. 수사학의 이런 위축을 주네트는 '줄어드는 수사학'으로 부르고 있는데, 우리 현대시의 경향을 이런 관점에서 본다면 '줄어드는 현대시'라 할 수 있을 것이다. 많은 시적 가능성의 위축이라는 점에서 그러하다.

　　그러나 문학적 지향이 이념이 되고 이념이 원형을 만들어낸다는 점에서 현대시의 변화를 수사학적으로 검토하는 논의에 이들 대립 구도를 굳이 외면할 수 없다. 원형과 그것의 수많은 복사물들이 품고 있는 패러다임을 상정하고 그것의 의미를 풀어내는 것이 평론과 학문의 목적이기도 하기 때문이다. 따라서 본고는 쾌도난마의 단순함이라는 위험을 무릅쓰고 이들 대립 구도의 의미와 이후 시적 전개를 수사학적으로 풀어보고자 한다(물론 제3의 지대로서 전통적 서정시가 있으며 거기에는 '한국시의 정부'라 할 서정주가 버티고 있다. 그것의 수사학적 특성은 '마법의 수사학'이라 할 수 있지만 본고의 성격상 생략한다.)

2. 문지, 위장의 수사학

문지의 시적 지향을 가장 잘 보여주는 이는 황동규이다. 누가 그를 '20세기 후반의 한국의 시사詩史'라고 부르기도 했는데, 이는 그의 시가 그 그룹의 원형을 지니고 있다는 의미 이상은 아닐 것이다. 그의 시를 통해 문지의 이념이 어떤 수사학적 특징을 지니고 있는지 알아보는 것이 그리 무익하지는 않을 것이다.

　　황동규 시의 수사학적 특성은 크게 두 가지인데, 하나는 모호성이고 다른 하나는 독특한 행갈음 방식이다. 전자는 내용상의 문제이고 후자는 형식

상의 문제이다. 전자의 특성을 파악하기 위해서는 그의 퇴고 작업을 추적해
보는 것이 도움이 된다. 황동규는 시집을 낼 때마다 퇴고를 거듭하여 시집
을 개정판으로 내기도 하였으며, 애초 시집에 실린 시와 시 전집에 묶인 것
의 차이가 있는 것이 많은 편이다. 동일한 구절이 시집에 따라 몇 가지로 수
정되어 텍스트 확정에 다소 어려움이 생긴다. 이 퇴고의 방향을 따라 가보
는 것은 흥미롭다. 그 방향은 주로 모호함에서 명쾌함으로 나아간다. 그런
데 그가 퇴고한 시 구절이 명쾌해지면 명쾌해질수록 시적 긴장이나 묘미가
현저하게 떨어진다. 여기에 황동규 혹은 문지파 시인들의 시적 특징이 있
다. 즉 그의 시는 모호함을 유지하고 있을 때에 시적 가치를 지닌다. 그의
시 중 가장 대중성이 있는 「즐거운 편지」 같은 경우도 시적 묘미는 구체적인
의미 파악을 방해하는 수사적 전략 속에 있다. 대중들은 그 시의 구체적인
의미보다는 댄디즘적인 언어 사용에 관심이 많다(이것은 기형도에게도 동일하다).
정확한 의미보다는 언어를 다루는 기교가 중요하기 때문에 내용의 빈약함
은 전적으로 수사학으로 가릴 수밖에 없다.

> 길 속에 모든 것이 안 보이고
> 보인다, 망가뜨리고 싶은 어린날도 안 보이고
> 보이고, 서로 다른 새떼 지저귀던 앞뒷숲이
> 보이고 안 보인다, 숨찬 공화국이 안 보이고
> 보인다, 굴리고 싶어진다. 노점에 쌓여있는 귤,
> 옹기점에 엎어져 있는 항아리, 둥그렇게 누워 있는 사람들,
> 모든 것 떨어지기 전에 한 번 날으는 길 위로.
>
> _황동규, 「나는 바퀴를 보면 굴리고 싶어진다」 부분

황동규 시에서 드러나는 이런 모호함은 현실 문제를 다룰 때에도 마찬
가지이다. 현실에 대한 고정적인 시선이 이런 특성을 만들어낸 것이다. 역

사의식을 담고 있다고 하는 『나는 바퀴를 보면 굴리고 싶어진다』에 실린 시들 중 대부분은 현실에 대한 인식을 직접적으로 드러내는 데 주저한다. 표제시 「나는 바퀴를 보면 굴리고 싶어진다」에도 현실과의 연관은 "숨찬 공화국"이라는 어휘뿐이다. 소재의 처리방식은 전적으로 시인이 선택할 몫이지만 이토록 직접적인 표명을 꺼리는 의식은 주목할 필요가 있다. 이런 의식의 본질은 무엇일까. 그것은 투명한 전언에 대한 두려움, 전면에 드러내는 것의 두려움이다. 또한 그것은 소시민성의 표현이라 할 수 있다. 문지 시인들의 기본적인 특성이 이 소시민성에 있다(구체적인 내용은 박현수, 「미네르바의 시학—김광규론」 참조). 이 댄디의 두려움이 만들어내는 것이 바로 가면의 수사학 혹은 위장의 수사학이다. 현실에 대한 불투명한 포즈가 바로 모호한 은유를 양산하는 것이다.

일종의 댄디즘에 기인하는 모호성은 형식적으로 앙장브망enjambement, 즉 변칙 행갈음으로 나타나기도 한다. 의미적 휴지와 무관하게 만들어내는 행갈음이 그것이다. 이것은 내용의 문제를 형식의 문제로 전환시키며, 내용으로부터 시선을 거두어들이는 효과를 낸다. 인용한 위의 시 2행에서 5행의 첫부분은 모두 '보이다'의 변형이다. 이 시에서 행갈음은 자연스러운 음독의 휴지부가 아니다. 평소에 끊어읽기를 하지 않는 부분에 행갈음이 되어 있다. "숨찬 공화국이 안 보이고/ 보인다"는 보통 한 시행 내에 들어 있겠지만 이 시에서는 부자연스럽게 행갈음되어 있다. 이 행갈음을 통해 "보인다/ 안 보인다"는 단순반복이 단순해 보이지 않는다. 이것은 내용의 문제에서도 마찬가지다. 단순한 내용은 행갈음이라는 단순작업을 통해 그 결함을 비켜갈 수 있다. 황동규 혹은 문지의 시인들이 기본적으로 형식주의자라는 점에서 이런 특성은 예상되는 바이다.

3. 창비, 연민의 수사학

애수의 리얼리즘. 이것이 창비의 리얼리즘이라 할 수 있다. 이것이 지닌 의미는 주로 창비의 원형적 시인이라 할 수 있는 신경림을 통해 드러난다. 황동규가 문지시선의 1번 주자이듯이 신경림 역시 창비시선의 1번 시인으로서 이들 그룹의 이념을 대표한다. 신경림의 시는 애수를 기본 정조로 한다. 그의 대표작 「농무」에 깔려 있는 정서도 바로 그것이다.

> 징이 울린다 막이 내렸다
> 오동나무에 전등이 매어달린 가설 무대
> 구경꾼이 돌아가고 난 텅빈 운동장
> 우리는 분이 얼룩진 얼굴로
> 학교 앞 소줏집에 몰려 술을 마신다
> (중략)
> 또 어떤 녀석은
> 서림이처럼 해해대지만 이까짓
> 산구석에 처박혀 발버둥친들 무엇하랴
> 비료값도 안나오는 농사 따위야
> 아예 여편네에게나 맡겨 두고
> 쇠전을 거쳐 도수장 앞에 와 돌 때
> 우리는 점점 신명이 난다
> 한 다리를 들고 날나리를 불거나
> 고갯짓을 하고 어깨를 흔들거나
>
> _신경림, 「농무」 부분

「농무」는 여러 가지 측면에서 신경림의 대표작이다. 이 시는 민중시의 전형으로 평가되고 있다는 점에서, 그리고 그의 민중관과 수사학을 잘 드러내고 있다는 점에서 대표작이라 할 만하다. 이미 여러 논의를 거친 이 시에 대한 구체적 설명을 생략하고 이 시에 담긴 정서만 점검하고자 한다. 이 시는 농사꾼의 푸념을 미래 지향적으로 풀어내고 있다. 그러나 이 시의 미래 지향은 미래에 대한 낙관적 전망이나 화자의 현실극복 의지와 무관하다. 현실이 시적 화자의 능력을 넘어서 있어 화자로서 어떻게 할 수 없다는 인식이 이 시의 주저음이다. 그래서 이 시는 전체적으로 애수에 젖어 있다. "이까짓/ 산구석에 처박혀 발버둥친들 무엇하랴"는 말은 신명이 나기 전의 화자가 일시적으로 발하는 푸념이 아니다. 그런 점에서 이 시의 애수는 일종의 허무주의에 바탕을 두고 있고 그 허무주의는 운명론적 성격을 띤다.

그의 시에 나타난 애수 속에는 민중을 대하는 고정된 시선이 있다. 그것은 연민의 시선이다. 연민은 대상과의 거리를 좁혀준다는 느낌을 준다. 그러나 이런 거리 좁힘은 일반적으로 인정되는 서정적 동일시와는 거리가 있다. 이것은 개관하는 자, 깨달은 자가 그렇지 못한 사람을 대하는 방식이기 때문이다. 이런 애수가 그의 시에 많이 드러나는 것은 민중이라는 추상적 개념이 주는 공허함을 상쇄시키려는 몸부림이다. 애수는 민중의 삶에 나의 눈물이 연계되어 있음을 강조하기 위한 수사학적 전략이다. 이것이 신경림 혹은 창비의 '민중적 서정주의'의 본질이다.

애수 혹은 연민의 시선에 담긴 민중과의 거리를 줄이기 위해서는 민중의 세계가 지니는 현장감이 강조되어야 한다. 이것이 리얼리즘 시의 묘사성을 설명해준다. 흔히 신경림의 언어가 '평이하고 질박하고 민중의 삶에 직접 닿아 있다'는 평가를 받는 것도 이런 묘사성과 관련이 있다. 그러나 이 묘사성은 핍진성을 중시하기보다는 오히려 애수를 이끌어내는 상황 설정에 관심이 더 많다. 그래서 이 묘사성은 대부분 서사를 깔고 있다. 서사를 주로 하는 소설 장르와 리얼리즘을 환유로 규정하는 야콥슨의 논의를 빌리자면 애수의 리얼리즘이 보여주는 수사학은 애상적 환유를 기본으로 하는 수사학이라 할 수 있다.

애상적 환유에서는 핍진성보다는 상황성을 강조하기에 풍경은 배경 그 이상이 되지 못한다. 「농무」에 보이는 농무의 풍경 역시 풍속화나 세밀화의 일종이라기보다는 추상화에 가깝다. 조지훈의 「승무」에 나타난 묘사성과 「농무」의 그것을 비교해보면 그 특성이 뚜렷해진다. 「승무」는 춤사위와 춤꾼의 외형에 대한 묘사가 중심이 되어 형이상학적 의미를 제시하는 데 반해, 「농무」는 그 춤에 대한 묘사보다는 춤이 놓인 공간에 대한 화자의 해석이 중심이 되어 비극성을 강조하고 있다.

애수의 리얼리즘은 수사학적으로 특유의 문체와 연결된다. 그것은 집요함, 집착으로부터 거리를 두고 있다는 듯한 '(—라도) ㄹ거나' 체이다.

> 한 다리를 들고 날나리를 불꺼나
> 고갯짓을 하고 어깨를 흔들꺼나
>
> _신경림, 「농무」 부분

> 술에라도 취해 볼거나. 술집 색시
> 싸구려 분 냄새라도 맡아 볼거나.
> (중략)
> 오종대 뒤에 치마를 둘러 쓰고
> 숨은 저 계집애들한테
> 연애 편지라도 띄워 볼거나. 우리의
> 괴로움을 아는 것은 우리뿐.
> 올해에는 돼지라도 먹여 볼거나.
>
> _신경림, 「겨울밤」 부분

시집 『농무』 앞 부분에 실린 그의 대표작이라 할 이 두 편의 시에 나오는 '(~라도) ㄹ거냐'라는 종결 어미는 의지의 유보이다. 이것은 "자신의 어떤 의사에 대하여 자문自問하거나 상대편의 의견을 물어볼 때에 쓰는 종결 어미"이다. 이것은 당면의 문제를 제3자의 시선으로 보는 듯한 거리감을 느끼게 한다. 화자 앞에 놓인 어떤 문제에 대한 확고한 방향 설정이나 의지 표명을 하기보다 그 미래를 막연하게 생각하며 느끼는 현재 화자의 심리적 상태에 대한 간단한 점검인 것이다. 그것은 현재 상황에 대한 초연함 혹은 무관심으로 보일 정도로 불성실해 보인다. 이런 어투의 사용은 민중에 대한 집착이 도를 넘어 이념적 경직성으로 나아가는 것에 대한 경계와 불안의 투영이라 할 수 있다. '~해야 한다'는 계몽적인 어투를 버리고 '~ㄹ거냐'라는 유보적인 어투를 선택한 것이 신경림의 시적 특성이면서 민중시의 성공비결이 되었다. 애상적 환유의 친밀성과 평이성이 그 중심에 있다.

4. 느와르 시와 난유의 시대

문지와 창비가 서로 다른 지향을 보여주고 있다고 해도 거기에 속한 시인들은 기본적으로 이성 중심주의자들이다. 이성의 진보를 믿으며 합리적 해결를 존중한다. 이 세계에는 실현되어야 할 사회적 정의가 존재하며, 인간의 이성은 그런 정의를 실현할 수 있다고 믿는다. 그래서 그들은 현실에 대한 윤리적 부담을 지니고 있다. 그 부담의 근저에는 뚜렷하게 보이는 적이 존재하고 있었다. 그래서 부정적 현실에 대한 어떤 발언을 해야만 한다는 부담을 떨치는 것은 대단한 용기가 필요한 일이었다. 문지가 보여준 모호함의 근저에 그 부담감이 있다.

　　참여·순수 논쟁을 통해 시인들은 그 둘 중 어느 진영에 속해야 한다는 강박관념을 더욱 강하게 지니게 되었다. 창비 쪽이 그것을 전면적으로 밀어붙였다면 문지 쪽은 그것을 또다른 감각으로 소화했다. 양쪽 진영에서 모두 김수영을 높이 평가한 것은 그의 시가 현대적 감각을 통해 리얼리즘의 문제를 해결하고 있기 때문일 것이다. 즉 김수영 시에 보이는 모호함과 비판의식의 결합이 양 진영 모두에게 만족감을 주었던 것이다.

1990년대 들어 뚜렷한 적이 사라지면서 윤리적 부담감은 약화되었으며 2000년 이후 그것은 신화 속으로 사라졌다. 1990년대의 시적 특성이 가장 잘 드러나는 것이 자폐적 방언을 사용하는 느와르 시일 것이다. 이는 수사학적으로 볼 때 김종삼의 시를 근원으로 한다. 더 근원적으로 1930년대 이상을 들 수 있겠지만 전후시와 그 이후 시의 연계를 고려할 때 김종삼이 더 밀접한 관련을 지닌다.

> 終點에는, 地名 不詳이란
> 이름 아래에는
> 나의
> 主와, 無許可 선술집,
> 남루한 油類 倉庫같은
> 內容의 汚物들의
> 限界와 그 앞으로
> 들어가는 길목의
> 面積은 監視한다.
>
> _김종삼, 「종 달린 자전거」 부분

김종삼의 시는 '불완전한 구문, 자주 급격히 끊어지는 리듬, 논리적 유추를 거부하는 생략과 비약, 뜻 모를 여백들'을 지니고 있다고 평가된다. 이는 탈근대적 사유의 징후로 읽힌다. 인용한 구절은 "終點에는 (……) 汚物들의 限界와 (……) 길목의 面積은 監視한다"로 간단하게 만들 수 있는데, 이는 주술 호응의 실패라는 분명한 문법적 결함을 보여준다. 그 결함은 정상적인 국어교육 결핍의 결과가 아니라 인식론적 산물이라 할 수 있다. 그의 시에 보이는 세계와의 소통 불가능성이 이런 표현의 근저에 있다. 주어와 술어가 논리적으로 일관성을 지니고 서로 호응하는 세계는 근대 이성의 합리적 규범과 맞아떨어진다. 근대 국어교육의 출발이 이런 문법적 하자의 제거에 있었음은 잘 알려져 있다. 김종삼의 세계관은 이런 세계와 거리가 있다.

수사학적으로 일종의 오류에 해당하는 이런 표현법은 '난유'에 해당한다. 『프린스턴 시학사전』에서는 난유를 "억지스런 혹은 혼합된 은유를 만들기 위한 단어의 부적절한 적용. 가장 흔히 이것은 조잡한 시에서처럼 우스꽝스런 부적절한 적용이 아니라, 효과를 위해 하나의 용어를 적절한 의미로부터 신중하게 비트는 것"으로 정의한다. 난유는 비유법으로서 일종의 언어적 혼란 상태로 평가된다. 난유의 세계는 적절한 용어, 즉 기의에 도달할 수 있는 기표의 부재를 바탕으로 하여 생긴 비유이다. 퀸틸리안에서처럼 난유는 전환된 용어가 채워야만 되는 결핍을 포함하고 있는 것이다. 난유가 지닌 이런 정신적 지향은 신으로 대표되는 대기의가 사라지고 그에 기반한 거대담론이 소멸된 포스트모더니즘의 본질과 가장 유사하다. 그래서 난유는 포스트모더니즘의 수사학이 된다. 전후 혼란스러운 세계 속에서 탄생한 김종삼의 시가 난유에 의지하고 있는 것은 우연이라 할 수 없을 것이다. 그는 이 세계가 가지고 있는 근원적 불투명성과 대기의의 부재를 표현할 수 있는 가장 적합한 수사학적 양식을 찾아낸 것이다.

환상시 역시 수사학적으로 김종삼의 시 세계의 연장 혹은 강화라고 할 수 있다. 뚜렷하게 존재하던 적의 상실로, 적으로부터 역으로 구성되고 강화되던 윤리적 의무에 대한 강박관념은 사라졌다. 인간을 규정하던 모든 절대적 조건들은 무의미한 것으로 해석된다. 이런 세계에서 가능한 것은 실체가 사라진 시대의 시 형식이다. 실체 혹은 본질에 대한 가정은 유효하지 않게 되었다. 사물은 형상을 넘어서 있는 형이상학적 세계를 가정하지 않는다. 시적 선입견도 존재하지 않는다. 그래서 시에서 여러 가능성이 시도되었다.

> 나는 그녀의 금요일을 따라간다. 깔깔 웃다가, 그녀의 얼굴이 갑자기 성스러운 표정으로 변한다. 이번에는 왼쪽 팔을 뽑는다. 한 바퀴, 머리를 또 한 바퀴, 돌린 뒤, 뽑아든 왼쪽 팔을 뒷자리에 던진다. 깔깔 웃다가, 그녀의 음악이 내 머리를 한 바퀴, 또 한 바퀴 돌아서 그녀의 핑크빛 머리카락 사이로 되돌아간다. 돌아가는 그녀의 음악이 깔깔 웃는다.
>
> _박상순, 「금요일밤의 베티 스파케티」 부분

그의 대표시 「6은 나무 7은 돌고래, 열번째는 전화기」처럼 이 시 역시 기표와 기의의 고전적인 일치를 믿지 않는다. 기의와 기표를 규정해주던 신이 사라졌으므로 그 둘의 결합은 순전히 시인의 펜 끝에 달려 있다. 그리고 그것은 증명이나 해석을 필요로 하지 않는다. 이 세계에는 기의와 기표가 부유하고 있다. 누구든지 이 둘을 자유롭게 결합할 수 있다. 현실은 재구성의 산물일 뿐이기 때문이다. 박상순의 이런 시풍은 고집스럽다. 이를 '박상순체'라고 할 수 있을 정도로 이런 시풍은 현재 우리 시단의 주류가 되었다. 신춘문예나 문예지로 등단하는 젊은 많은 시인들이 이런 시풍의 영향권 내에 있다.

중요한 것은 느와르 시에 들어 있는 가학성이다. 박상순이나 정재학, 이수명 등의 시에 자주 등장하는 신체 파열의 이미지, 즉 찢어지고 깨어진 신체 이미지는 기존에 숭상되던 신체의 완전성과 신성성에 대한 거부라 할 수 있다. 기형적이고 그로테스크한 신체가 주는 불안감 혹은 혐오감은 완전한 인간형을 염두에 두고 있기 때문에 발생한다. 가학성이라는 이름도 정상적인 상태에 대한 규준이 정해진 이후의 문제이다. 가학성의 신체 이미지는 파열된 세계의 알레고리이다. 세계는 분열되어 있으므로 각각의 이미지는 유기적으로 연계되어 있지 않다.

대기의로서 신이 사라진 시대는 난유의 시대이다. 이 세계의 모든 형이상학적 근원은 부정되고 인간이 그 위치에 서게 된다. 인간이 궁극적으로 기댈 기준은 이제 인간에게서 나올 뿐이다. 유한성과 우연성 속에 인간은 던져져 있다. 그러니 주어와 서술어의 호응도, 기표와 기의의 결합도 자의적일 수밖에 없다. 분열된 신체들처럼 유기적 질서는 사라져버렸다.

난유의 수사학은 무한복제가 가능해서 개별 시 작품의 특성에 대한 강조는 별 의미가 없다는 데 문제가 있다. 박상순이나 이수명이나 정재학의 시는 어느 누구의 시집에 들어가도 변별성이 드러나지 않는다. 그 세계에는 아류와 원본, 시인과 작품의 관계 역시 모호하기 때문이다. 또한 방법론의 천편일률성으로 어휘의 교체 외에 다른 방식을 사용할 수 없기 때문이기도 하다. 앞으로 이 난유의 시대는 새로운 변화를 수용하는 새로운 시대에 길을 열어줄 것이다. 다음의 시가 어느 노선으로 나아갈지 자못 궁금해진다.

세계, 텍스트 그리고 독서

1. 세계, 텍스트 그리고 독서의 층위

이 세계를 읽어내야 할 하나의 텍스트로 인식하는 것은 인간이 존재하는 모든 곳에서 있어온 일이다. 왜냐하면 인간은 본질적으로 '읽는 동물'이기 때문이다. 그러나 읽음은 소수의 특권에 속한다. 이 세계에 쓰여진 문자는 아무나 읽어낼 수 있는 것이 아니기에. 읽는 능력과 권위의 관계는 거북등의 균열이나 흩어진 쌀알, 그리고 산과 강의 형세, 손금의 흐름, 얼굴의 비례로 신의 뜻을 읽어내는 자들이 지닌 위상을 고려할 때 분명하게 드러난다.

독서의 비유를 자신의 핵심 비유로써 전면적으로 사용하는 시인으로 이상을 들 수 있다. 그에게는 시간("나는 택시 속에서 21세기라는 제목을 연구했다" —「동경」)도, 도시("은좌는 한 개 그냥 허영독본이었다" —「동경」)도, 거울("거울은 페—지의 그냥 표지" —「명경」)도 한 권의 책이고, 그의 삶 자체가 하나의 책("걸어가는 길이 내 스토리요 기침해서 찍는 句讀…… 나는 한 章이나 걸어서")이다. 이 '독서 비유 체계'

는 단순한 수사학적 기교를 넘어서서 한 시인의 이념을 담고 있기에 더욱
소중하다.

　　독서는 본능이다. 그러나 그 본능의 실현과 거기에 담긴 의도는 여러
가지 층위를 지닌다. 이 세계를 신이 적어놓은 "위대하고 숭고한 책"(루소)이
나 "위대한 존재가 우리보다 훨씬 더 고차원이며 지성적인 존재들이 해독할
수 있게끔 부여한 한 권의 책"(보네)으로 규정하는 것처럼 기독교적 신을 전
제로 한 경우, "세계란, 보편적 독서로는 접근되지 않는 오직 실존만이 해독
할 수 있는 타자가 준 수고手稿"(야스퍼스)처럼 실존주의적인 경우, "거울이
책장 같으면 한 장 넘겨서/ 맞섰던 계절을 만나련만/ 여기 있는 한 페—지/
거울은 페—지의 그냥 표지"(이상)처럼 독서의 불가능과 형이상학의 거부를
전제로 한 경우 등 다양한 층위가 존재한다.

　　이 '독해하는 인간' 그리고 '본능으로서의 독서'는 인간이 존재하는 한
지속되는 개념일 것이다. 근래의 시에서 이런 인식들이 드러나는 것은 그래
서 그다지 새롭다 할 수 없다. 그러나 다양한 층위를 분석함으로써 그것이
지닌 현재의 의미, 시인의 이념 그리고 시대적인 함의 등을 유추할 수 있다
는 점에서 관련 시들을 살펴보는 것은 흥미로운 일이 된다.

　　2002년 봄에 발표된 시들 중 임영조의 「사막1」은 그런 사유를 보여주
는 좋은 예가 된다.

　　　　태초에 쓴 시는 사막이었다
　　　　자잘한 글씨로만 쓴 대서사시
　　　　타클라마칸 그 불귀不歸의 백지 위에
　　　　신이 남긴 불후의 명작이었다
　　　　(중략)
　　　　길이 끝나는 곳에 언어가 있고
　　　　언어가 끝나는 곳은 사막이었다

지평선 멀리 펼쳐진 푸른 호수를
가이드는 신기루라 하였으나
마음은 자꾸 호반으로 달렸다, 가서
모래경 읽는 주민이 되고 싶었다
가장 오랜 독자는 바람이었다
어느 대목엔 결 고운 밑줄을 치고
수 틀리면 뿌옇게 뒤집엎는 과격한
바람도 독자였다, 읽을수록 난해한
너무 방대해서 번역조차 겁나는
신이 마지막 쓴 불멸의 경전이었다
내가 읽은 타클라마칸 사막은.

_ 임영조, 「사막1―타클라마칸」 부분

　　사막, 아니 모든 대상을 시적 질료로 다루는 방식과 표현의 방식은 여러 가지가 있을 수 있다. 그리고 시인이 어떤 방식을 택하는 것은 우연한 선택이 아니라 개인의 삶과 이념, 세계관이 총체적으로 관여되어 있는 내적 필연성을 지닌 선택이 된다. 하나의 표현, 하나의 문체에는 그에 상응하는 세계관이 개입되어 있다. 소재를 다루는 미묘한 방식 혹은 사소한 표현의 선택이나 수정도 당연히 작자의 세계관의 작용으로 이루어지기 때문에, 특정한 수사修辭에는 그런 수사를 필연적으로 현동화시킬 수밖에 없는 세계관이 그 근저에 자리 잡고 있다고 할 수 있다. 따라서 소재를 다루는 방식이나 표현방식의 문제는 단순한 언어기교의 문제가 아니라 한 인간의 총체적 경험의 현현이라는 내적 필연성의 문제로 귀착하게 된다.
　　그렇다면 사막을 다루는 많은 방식 중 임영조 시인이 선택한 방식, 즉 사막을 경전으로 보고 독서의 대상으로 다루는 것은 어떤 내적 필연성에서 나왔을까. 시인은 "신이 마지막 쓴 불멸의 경전"인 사막에서 "자잘한 글씨로만 쓴 대서사시"인 "모래경 읽는 주민이 되고 싶"어한다. 사막은 어떤 거룩한 존재가 삶의 진리를 깨알같이 적어놓은 경전이다. 그 광대한 책 위를 "점자를 짚듯 낙타를 타고 가며" 시인은 무엇인가를 읽고 싶어한다. 왜 그는 사막에서 독서의 본능을 드러내는 것일까.

이 시를 통해 유추해볼 때 이는 삶의 고단함과 무의미성으로부터 탈출하고자 하는 욕망의 반영이며, 동시에 초월적 진리에 대한 갈증의 반영이다. 그 책이 신이 쓴 경전일 때 거기에는 인간의 유한성을 넘어 삶의 방향과 의미를 규정해줄 절대적이고 선험적인 진리가 전제되어 있다. "눈에서는 모래가 흘러나와 쓰"라림만이 있는 사막과 같은 삶, 거기에 지친 시인은 거대한 사막을 앞에 두고 신이 서술한 거대담론에서 그 흔들리는 삶의 종지부를 찍고자 한다. 선험적인 진리가 전제되어 있는 임영조 시인의 독서 본능은 아마도 그 연배의 시인이 지닌 어떤 사유의 공통분모를 드러내는 것으로 보인다. 진리에 대한 믿음은 "신이 마지막 쓴 불멸의 경전이었다/ 내가 읽은 타클라마칸 사막은"이라는 단언에 배어 있다. 그 믿음의 실체와 상관없이 이 시는 완결된 독서의 이미지로 매우 단단하고도 깊이 있게 직조되었다.

선험적 진리에 대한 어떤 믿음이나 갈망을 표현하는 독서 본능과 달리 남진우 시인의 「경을 찾아서」는 또다른 층위에서 읽기 본능을 드러낸다.

> 느릿느릿 읽어나가던 경을 덮는다
> 한 나라가 마침내 무너지고
> 다시 한 나라가 일어선다
> (중략)
>
> 아득히 신기루처럼 손짓하는 모래언덕 너머 먼 바다
> 허리춤에 찬 표주박에 찰랑이던 물 다 마셔버리고
> 잠시 쉴 곳을 찾는다 내가 넘기는 책장 따라

무수히 많은 나라의 탄생과 몰락이 있었으니
경을 구하러 떠난 사내들의 소식 끊기고
창 바같은 부연 황사 먼지 뿐

어두운 동굴 속에서 한 소금 졸다
해골에 고인 물 달게 들이키고
다시 돌아누워 잠을 청한다

닫힌 경을 펴들고
내가 가야 할 나라를 묻는다

_남진우, 「경을 찾아서」 부분

    독서를 시의 모티프로 삼는 이유는 독서가 지닌 지적인 매력과 그에 내
재된 지성사적 무게 때문이다. 또한 독서는 앞에서 지적한 바처럼 특권화된
엘리트적 본능을 지녔기 때문이다. 이 시에서도 그 지적인 포즈는 "어두운
동굴 속에서 한 소금 졸다/ 해골에 고인 물 달게 들이키"는 행위에서도 드러
난다. 원효의 고사가 깔려 있는 이 표현의 내면에는 무애한 삶의 경지를 터
득한 것으로 규정되는 자신의 음영이 드리워져 있다. 오자가 아니라면 "한
소금 졸다"는 말은 시인의 조어가 아닌가 싶다. 이 소금은 어떤 갈증을 나타
내는 의미이지만, 그 갈증이 해골에 고인 물을 들이켜면서 해소되었기에
"내가 가야 할 나라를 묻는" 행위는 시의 자연스런 흐름을 다소 벗어나는 듯
하다. 그러나 주목되는 건 이 시의 독서에는 선험적인 진리가 전제되어 있
지 않다는 점이다. "경을 구하러 떠난 사내들의 소식"은 끊기고 세계는 황사
먼지만 가득하고 "내가 가야 할 나라"에 대한 해답이 그 경 속에 들어 있을
것 같지 않기 때문이다. 이 시 속에는 사막의 먼지 속에서 가야 할 길을 찾
지 못하는 창백한 지식인의 모습이 희뿌옇게 보일 뿐이다. 그런 화자이기에

세계를 책으로 읽는 임영조 시인의 시와 달리 책에서 세계를 읽는 것이다. 이 시인에게 책으로서의 세계는 세계로서의 책보다 더 신뢰를 준다. 선험적 진리의 존재는 회의적이므로 이제 독서는 지적 포즈에 가까운 것이 된다.

이런 회의적인 독서는 허혜정 시인의 시 「열람실의 여자」에 가면 더 구체적으로 더 직접적으로 드러난다.

겨울은 오래전에 갔건만
너무 늦게 오는 것은 봄만이 아니다
얼마나 기온이 올랐는지 그녀는 모른다
텅 빈 책상에 손바닥은 이마를 괴고 앉아
오랜 달필로 깊이 숨겨진 슬픔을 쓴다

(중략)

창밖의 문리대 건물 너머
황막한 시베리아 고기압이 이마를 두드리면
이따금 의문처럼 뒤적이는 색인 카드들
어느새 단단한 포석처럼 늘어서
아득한 언덕이 되고 산줄기가 되어버린 길

(중략)

그녀는 쓰고 있다
반듯하게 빛나는 인쇄체의 글씨 곁에
벙그렇게 목구멍을 여닫는 말더듬이 아이마냥
세상은 이미, 오래전에 잠겨버린 문서실
가슴 깊이 구겨넣은 절망이지만

_ 허혜정, 「열람실의 여자」 부분

이 시에 등장하는 여자는 텍스트를 만드는 존재이다. "강의실에서 열렬히 리얼리즘을 받아적던 펜은/ 아직 주먹 속에 있건만" 리얼리즘의 텍스트인 현실은 그녀의 텍스트와 일치하지 않는다. 바깥의 텍스트와 단절되어 있기에 "얼마나 기온이 올랐는지 그녀는 모른다." 그녀에게 세계는 "포석처럼 늘어서/ 아득한 언덕이 되고 산줄기가 되어버린 길"이 되는 색인 카드의 연장이다. 그렇기에 "세상은 이미, 오래전에 잠겨버린 문서실"일 수밖에 없다. 수많은 낡은 서류들과 책으로 가득한 문서실으로서의 세계는 잠겨 있고, 그녀의 색인카드에 적힌 서지번호는 문서실 안의 어떤 책의 존재를 지시하고 있긴 하지만 그 책이 정말 존재하고나 있는지 확신할 수는 없다. 그녀에게 세계는 리얼리즘의 텍스트이지만 그곳으로 가는 길은 애초부터 잠겨 있다. 이제 그녀가 쓰는 텍스트는 현실과 관념적인 관계만 지니고 있으므로 세상과 무관하다. 그래서 "얼어붙은 땅"이 가둬놓은 그녀에게 "숨겨진 슬픔"은 고립되어 있어 아픔이 만져지지 않는다. 우리를 확신케 하던 선험적 진리는 색인카드에 적힌 서지번호처럼 확인할 방법조차 차단되어 버린 상태를 이 시는 전하고 있다.

김기택 시인은 이 리얼리즘의 텍스트로서의 세계와 세계를 그려내는 텍스트, 즉 책으로서의 세계와 세계로서의 책, 이 두 텍스트 사이에서 벌어지는 인력引力의 겨룸을 흥미롭게 포착하고 있다.

전동차 안에서 책을 읽는데
갑자기 글자들이 힘을 잃고 심하게 흔들렸다.
나는 눈알에 힘을 주고
끊어지고 흐려진 글자들을 되살리려 애썼으나
내 시선은 과녁에 도달하기도 전에 굴절되어
글자 밖으로 자꾸 빗나갔다.
나는 잠시 책에서 눈을 거두어

눈알에서 힘을 빼고
아무 곳이나 닿는 대로 툭, 툭, 시선을 던졌다.

굳이 무엇을 보려고 한 것은 아니었는데
졸거나 신문에 파묻혀 있는 사람들 사이에서
내 눈을 세차게 잡아당기는 것이 있었다.
여자!
몸에 착 달라붙는 소매 없는 쫄티!
팬티 같은 반바지!
(중략)

아, 저것이었구나,
내 눈과 글자 사이의 공기를 격렬하게 흔들어
내 책읽기를 방해한 힘은.
참 대단하구나,

_김기택, 「거부할 수 없는 유산」 부분

　　화자가 전동차에서 읽는 것은 세계를 담고 있는 텍스트로서, "눈알에 힘을 주고/ 끊어지고 흐려진 글자들을 되살리려 애"쓸 가치가 있는 대상이다. 그래서 지식인은 그것을 통해 세상으로 출근한다. 그러나 그 텍스트의 인력은 자꾸 "힘을 잃고 심하게 흔들"린다. 그 인력이 약해진 것이 아니라 "가릴 곳만 마지못해 가린" 여자라는 이 생생한 세계의 힘이 가까이 있기 때문이다. 그 인력은 화자로 하여금 "아, 저것이었구나,/ 내 눈과 글자 사이의 공기를 격렬하게 흔들어/ 내 책읽기를 방해한 힘은./ 참 대단하구나" 하는 탄성을 자아내게 한다. 두 텍스트의 겨루기가 간명하고도 적확하게 포착되어 있는 점, 사물에 대해 자세히 읽기로 정평이 나 있는 김기택 시인의 시답다. 그러나 이 두 세계의 겨룸이 더 이상 진전되지 않는 것은 아쉬운 일이 아닐 수 없는데, 이렇게 된 것은 시인의 윤리적인 해석이 간섭하기 때문이다. 이 시에서 중요한 것은 생심生心이라는 본능의 문제가 아니고(나는 그 본능을 '낡고 폭력적인 유산'으로 인정하지도 않지만) 이 두 텍스트의 겨룸이다. 도무지 텍스트 안에 온전하게 담기지 않는 여성의 매력과 같은 것을 이 세계라는 텍스트는 지니고 있지 않은가. 시인의 총평이 마지막에 끼어든 것은 여성이라는 텍스트를 읽는 방식이기는 하지만, 두 텍스트의 겨룸은 다소 희석된 것이 아닌가 싶다. 그러나 이 텍스트의 겨룸이 다루어진 것은 참으로 소중하다 하겠다.

2. 현대시의 독서 비유 증후군

요즘 시에서 독서 비유, 즉 독서를 하나의 비유로 사용하는 일이 붐을 이루고 있다. 독서 비유라는 것은 시의 중요한 모티프를 '독서'에서 찾아 그것을 하나의 비유체계로 사용하는 것을 말한다. '독서 비유'를 구성하는 요소들은 책, 글자, 필기도구, 독자 등과 관련된 모든 것이지만 더 세밀하게 들어간다면 다른 요소들까지도 첨가될 수 있을 것이다. 예를 들어 송찬호의 「채송화」에서는 "이 책은 소인국 이야기이다// 이 책을 읽을 땐 쪼그려 앉아야 한다// 책속 소인국으로 건너가는 배는 오로지 버려진 구두 한 짝"이라는 표현을 통해 '화단=책'의 비유 체계를 그리고 있다. 류인서의 「책」에서는 "온몸이 흰/ 한권의 미이라 같은 책이 있다 (중략) 정작 중요한 건/ 누구도 이 책의 진짜 얼굴을 모른다는 것이다/ 이 책은 누구에게나/ 붕대를 푸는 일만으로 끝나기 마련인/ 끝없는, 표지의 책이기 때문"이라는 묘사를 통해 '미이라=책'이라는 비유 체계에 따라 시를 구성하고 있다.

　그렇다면 '독서 비유 증후군'이 의미하는 바는 무엇일까. 독서에 대한 집요한 본능 속에 숨어 있는 것은 세계와 시인과의 동일성, 소통 가능성에 대한 향수이자 갈망이다. 예전에 시인은 주술사의 자격으로 세속적인 세계의 주재자로서 초월적 세계와 소통하는 존재였다. 그때 그들의 숨결은 우주의 숨결과 동일한 것이며, 그들의 잠은 세계의 잠이었으며 그들의 아침은 세계의 아침이었다. 발은 땅을 디디고 머리는 하늘에 닿아 있어, 이마에는 늘 별이 부딪혀 찰랑찰랑 소리가 나는 신화 속의 거인이 바로 그들이었다. 그들은, 벗을 생각하면 바람이 벗이 있는 곳으로 불어 모든 나무들이 벗을 반기는 형상을 하는 『삼국유사』 속의 두 성인(관기와 도성)처럼, 생각하는 바와 세계가 혼융일체가 된 존재였다.

그들이 지시하는 사물은 사물 그 자체가 아니라 초월적 세계로 가는 통로였다. 그들에게 이 세계는 하이퍼텍스트이다. 나무는 나무 자체로 존재하는 것이 아니다. 그 위에 시인의 시선이 닿으면 손가락 표시가 선명하게 떠오르고, 그것을 클릭하면 눈에 보이지 않는 또다른 세계로 갈 수 있음을 지시해주는 하이퍼텍스트들이었다. 그들에게 사물은 또다른 세계를 명징하게 보여주는 정확한 기호이자 상징이었다. 그들은 사람들에게는 보이지 않는 이 초월적이고 입체적인 기호를 알려주는 존재였다.

그들에게 세계는 또다른 세계라는 기의를 담고 있는 기표들의 덩어리이자, 그 기표들이 어휘가 되고 문장을 이루고 문단을 짓고 절을 이루고 장을 엮는 거대한 한 권의 책이었다. 아무나 해독할 수 없는 신비한 상형문자로 쓰인 이 세계라는 책을 그들은 골똘히 읽고 그 속에서 희열을 느끼었다. 그 세계는 모든 사물과 사람들이 동일하게 아우라로 빛나는 세계였다.

찬란한 그 세계는 근대 이성에 의해 산산조각이 났다. 소통의 길은 아득하게 잊혔으며 사람들은 그것을 신화 속에 밀쳐두었다. 계몽의 이름, 이성의 이름으로, 탈마법이 근대성의 최초의 기획이 되었기 때문이다. 그러나 이 원형적인 본능이 인간에게서 완전하게 사라질 수는 없었다. 시인들, 특히 서정 시인들은 여전히 이 세계의 유민이었다. 망국의 유민으로서 도시의 빌딩숲에 주택가의 골목에 뿔뿔이 흩어져 집시처럼 떠도는 그들은 여전히 그 소통의 가능성을 버리지 않았다. 이 시인들에게 독서는 잃어버린 아우라를 회복하는 하나의 방식이었다.

현대의 시인에게도 여전히 세계는 한 권의 책이고 그 세계에 다가서는 방법은 여전히 독서이다. 그것은 신이 적어놓은 서판을 읽으며 신성한 세계로 들어가고자 하는 서정적, 마법적 욕구의 현대적 표출이었다. 그러나 지금은 그 책의 본문으로 가는 길이 막혀 있다. 본문을 볼 수 없는 책에 대한 끊임없는 갈망, 그것이 현대 시인의 운명이다. 그래서 그 책에는 본문 자체가 없을 것이라고 주장하는 시인들이 나오기 시작하였다. 그들이 해체주의자들이다. 전제된 본문이 없으므로 정해진 규범도 기준도 있을 수 없다. 모든 실험이 그래서 가능해진다. 서정 시인은 이 읽히지 않는 책 앞에서 서성거리며 다음 페이지에 빛나는 메시지가 황금문자로 적혀 있을 것이라고 몽상한다.

그러나 그 책은 이제 더 이상 넘겨지지 않는다. 어느 누구도 표지를 넘겨 다음 페이지를 볼 수 없다. 넘겨지지 않는다는 이 사실 때문에 현대의 서정 시인들은 존재한다. 표지만의 책이 그들의 존재기반이 되는 것이다. 그렇다고 옛시인처럼 신을 대신하여 그 본문을 쓸 수도 없다. 이제는 이 책의 표지를 꼼꼼하게 읽는 자세, 포즈만이 필요하다. 현대의 서정 시인들은 이 세계라는 표지만의 책 앞에서, 거대한 벽이 되어버린 책 앞에서 끊임없이 좌절하고 끊임없이 꿈을 꾼다.

신이 없는 세계의 성실함! 월러스 스티븐슨이 말하였듯이 구름이 흩어지듯이 허공 속으로 신이 사라져버린 세계, 이런 세계에 의미를 부여할 수 있는 것은 오로지 인간적인 성실함뿐이다. 신이 사라진 이후 열리지 않는 책 앞에서 시인이 할 수 있는 것은 유예하듯이 표지를 천천히 읽어나가는 것밖에 없다. 표지의 주름 하나, 실밥 한 올도 온몸으로 천천히 읽어나가는 것이다. 오체투지로 책을 읽어나가는 성실한 니힐리스트의 눈물겨운 행진을 보여주는 시로 나혜경의 「담쟁이덩굴의 독법」을 들 수 있다.

> 손끝으로 점자를 읽는 맹인이 저랬던가
> 붉은 벽돌을 완독해 보겠다고
> 지문이 닳도록 아픈 독법으로 기어오른다

　나혜경의 시에서 '담쟁이덩굴＝독자'라는 비유 체계가 사용되고 있다. 이 시에서 사용되고 있는 "점자", "완독", "독법", "구절", "독파" 등의 어휘는 모두 독서 비유 체계에 포함되는 어휘들이다. 맹인이 손끝으로 책을 읽듯이 "지문이 닳도록 아픈 독법으로" 독서를 하는 담쟁이덩굴은, 세계라는 책의 표지를 온몸으로 천천히 읽고 있는, 아니 짚고 있는 현대의 서정 시인이다. 책 표지에 붙어서 더듬기만 할 뿐 책의 본문을 열어보지 못하는 담쟁이덩굴, 본문으로 들어가는 길을 찾기 위해 표지 전체를 핥으며 촉수를 퍼트려놓은 이 서정 시인, 붉은 벽돌에 가득한 이 충혈. 더 이상 본문을 읽을 수 없는 책, 그래서 이 독자는 맹인이 아닌가!

> 세상을 등지고 읽기에 집중하는 동안
> 내가 그랬듯이 등 뒤 세상은 점점 멀어져
> 올려다보기에도 아찔한 거리다
> 푸른 손끝에 피멍이 들고 시들어 버릴 때쯤엔
> 다음 구절이 궁금하여도
> 그쯤에선 책을 덮어야겠지

　손끝으로 느릿느릿 읽어가는 이 지루한 독서는 멈추기는 하지만 끝나진 않는다. 예언력을 상실했지만 아직도 세습무로서 그 지위를 계승하고 있는 현대의 예언자는 세상을 등지고 독서에 열중하는 아웃사이더이다. 이 문제적 개인은 선민의식을 지닌 엘리트로서 신성한 서적을 읽듯이 독서를 한다. 그러나 이 책을 완독할 수 없다는 것을 그도 안다. 이것이 현대 서정시의 비극이자 유일하게 가치를 지니는 부분이다. 자기 한계와 불가능을 인식하면서도 멈출 수 없다는 것, 그 결과로 태어나는 서정시는 우리의 발밑을 새롭게 성찰하게 한다. 그래서 그는 완독을 유예하며 아주 천천히 독서를 하는 것이다. "그쯤에선 책을 덮어야" 하는 것도 이 때문이다. 적어도 자신에게만은 마지막까지 본문이 없다는 것이 밝혀져서는 안 된다. 어쩌면 그에게 독서하는 행위 자체가 본문일지 모른다.

세계와의 소통을 상실한 현대 서정 시인의 정황이 이 시에 그려져 있다. 시인의 의도는 이 거대한 정황 속에서 사라져버린다. 이 시는 잘 짜인 완벽한 비유 체계 때문에, 시의 골격이 견고하고 시의 완결성이 돋보인다. 그러나 그 완결성 때문에 시가 낡아 보이는 것도 숨길 수 없다. 완결성 자체는 또 하나의 굴레로 시를 옥죈다. 이것이 비유 체계를 완벽하게 사용하는 시의 한계이기도 하다.

3. 시, 가장 날렵한 텍스트

시인은 세상이라는 텍스트를 읽어내지 않으면 자신의 텍스트(시)를 만들지 못한다. 그런데 이 시라는 텍스트는 어떤 점에서 다른 장르와의 변별성을 지니고 있을까. 그것은 날렵한 데 있지 않을까. 짧고 힘 있는 텍스트. 세상이라는 방대한 텍스트의 고갱이를 포착하여 가장 뛰어난 압축파일에 담는 것, 그것이 시라는 텍스트의 가치가 아닐까. 그 압축된 텍스트는 독자가 읽으면서 풀고 풀면서 읽어야 하는데, 바로 그 점에 시의 맛이 있을 것이다.

최근 발표된 시 중에 짧으면서도 힘과 깊이를 지닌 시의 전형은 이진영 시인의 「소한」일 것이다.

얼음 손가락들이 처마 끝에서

直指—

直指—

直指—, 로

시린 우리의 이마를 향해

수정처럼

손가락질을 하고 있다

아무리 춥고

서러워도

절대로

손가락 굽히지 말고 살라고.

_이진영, 「소한小寒」 전문

짧으면서 강렬한 메시지를 담고 있는 이 시에서 시다운 맛을 느낄 수 있다. 얼음 손가락과 '직지直指'라는 한자어는 문자의 형상으로는 닮음이 없지만 그 의미(곧을 직, 손가락 지)가 바로 형상을 만들어내며 고드름처럼 늘어선다. 이것을 소품이라 불러서는 안 될 것이다. 이 고드름의 텍스트에서 시인이 읽어내는 것은 "아무리 춥고/ 서러워도" 절대로 놓쳐서는 안 되는 삶의 올곧은 지향이다. 그 지향이 날렵한 텍스트에 담김으로써 고드름이 더 곧고 투명해진다.

문인수 시인의 「설안사」도 여러 면에서 이런 시적 장점을 잘 살리고 있다.

이 거친 산악에

웬 평지가 하나 숨어있다.

밤새 내린 눈이 참 편안하게 깔려있다.

누가, 눈처럼 깨끗하게 다녀갈 수 있겠냐만
용서하시라
나는 거기다가 커다랗게 썼다.

雪安寺

산이 험할수록 고요의 자리는 깊다.
용서하시라, 내 마음 어디
절 지은 적 있다

_ 문인수, 「설안사」 전문

　문인수 시인도 한자어를 하나의 형상으로 사용하고 있다. 평지에 "참
편안하게 깔려 있는" 눈밭, 그 깨끗한 텍스트에 쓰여진 글자 "雪安寺"는 시
인이 쓴 것이 아니라 세계가 그를 통해 기호를 드러내 보인 것처럼 자연스
럽다. 두 번이나 반복된 "용서하시라"는 말은 그 세계의 기호를 "눈처럼 깨
끗하게" 현현시키지 못한 자책은 아닐까. "산이 험할수록 고요의 자리는 깊
다"는 깨달음은 "용서하시라, 내 마음 어디/ 절 지은 적 있다"는 말에서 스
며나오는 경외의 은은한 울림에 더욱 깊어진다.
　김춘수 시인의 「제일번 비가」는 릴케적 장시의 사유를 짧은 형식으로
훌륭하게 처리하고 있는 시이다. 나이와 무관하게 긴장된 방법론의 팽팽한
유지를 느낄 수 있어 놀라울 따름이다.

여보, 하는 소리에는
서열이 없다.
서열보다 더 아련하고 더 그윽한
句配가 있다. 조심조심

나는 발을 디딘다. 아니

발을 놓는다.

웬일일까 하늘이 모자를 벗고

물끄럼 말끄럼 나를 본다.

눈이 부신 듯

나를 본다. 새삼

엊그제의 일인 듯이 그렇게

나를 본다.

오지랖에 귀를 묻고

누가 들을라.

사람들은 다 가고 그 소리 울려오는

여보, 하는 그 소리,

그 소리 들으면 어디서

낯선 천사 한 분이 나에게로 오는 듯한,

_ 김춘수, 「제일번 비가」 전문

　　제목이나 마지막 구절의 천사의 등장 등 릴케 풍을 띠고 있는 이 시는 릴케의 장시와 달리 아주 단아한 보폭의 형식을 갖추고 있다. 시의 장점을 극대화하려면 시는 장시에 대한 콤플렉스를 벗어나야 할 것이다. 김춘수 시인의 시는 그 방향의 한 예가 된다. 이 시에서 시인은 '여보'라는 소리를 통해 초월적 세계와의 어울림을 이야기한다. 그 매재로 사용된 것이 구배(句配, 토목학에서 '기울기'를 나타내는 일본식 용어로 '고바이'라고 읽는다)이다. '여보'라는 말은 우리나라 사람이 가장 많이 사용하는 호칭이었기에, 일제시대 일본인들은 우리 민족을 폄하하여 '요보'라고 불렀을 정도이다. 이 '여보'라는 말은 비슷한 또래에서 사용되는 호칭이라 상하의 서열이 없다. 하지만 약간의 기울기(구배)가 있는데 이 기울기로 인해 이 호칭의 통용 범위 안의 존재는 엇

비슷한 동년배가 된다. 그 기울기 때문에 "조심조심/ 나는 발을 디딘다." 그리고 그 기울기 때문에 하늘도 슬며시 미끄럼 타듯 엇비슷해지고, 낯선 천사도 어울린다. "서열보다 아련하고 더 그윽한/ 句配"로 일상과 초월적 세계의 소통이 이루어지는 것이다. 그런 주제가 짧으면서도 깊이 있게 다루어지는 데 이 시의 매력이 있다.

4. 세상, 낡은 텍스트

많은 시인에게, 특히 젊은 시인에게 이 세상은 너무나 낡고 상투적인 텍스트일 뿐이다. 그래서 시는 이 낡음과 상투성을 드러내고 그에 충격을 가하여 무너뜨리고자 한다. 박기영 시인의 「호랑이」는 이 상투적인 텍스트를 향한 강건한 타격이다.

       그 동물이 어슬렁거린다.

       하루종일 혼곤함에
       싸였던
       안개의 도시, 날카로운 이빨
       번들거리며
       등줄기에는 얼룩무늬 갑옷
       전신을
       반짝이는 윤기의 털로 무장한
       그가 온다.

       팽팽한 긴장들이

소름처럼

돋아난 불빛 사이

공기들은 놀라

바람을 부르고, 어둠이 파먹은

가로등 밑

둥근 빛의 보호막이 내린다

_박기영, 「호랑이」 부분

　　낡고 무료하고 만성피로 증후군으로 습기 찬 이 낡은 세계를 긴장시키며 "하루종일/ 사무실의 종이울타리에 갇혀/ 주름살 돋은" 우리의 일상을 찢으며 외경과 위엄을 지닌 존재가 나타난다. 마치 테드 휴즈의 시적 묘사를 연상시키는 이 호랑이의 묘사로 이 세계는 "팽팽한 긴장들이/ 소름처럼/ 돋아" 날 정도로 살아난다. 이 시는 무기력한 일상에 대한 날카로운 경계를 묵시론적 분위기를 통해 고조시킨다. 이 시가 새롭고도 강렬한 매력을 갖는 것은 도시에 과감하게 도입된 호랑이 이미지의 원시적 건강성이 대조적으로 잘 살아났기 때문이다.

　　김왕노 시인의 「형상기억합금」은 이 세계가 낡은 텍스트가 된 이유에 대한 탐색이라 할 수 있다.

떠나지 않는다

밤이 오고 새벽이 와도

추운 기억이 내 안에 살고 있다

모두가 용서하거나

세월 저편으로 떠나보낸 것이 내 안에 잠들고 있다

(중략)

기억은 구부러지지 않는다

세상 어디 기억의 무덤 쓸 곳은 없다
벌초를 하고 절 올리며
그 간 잘 지냈느냐
겨울이 오는 무덤 속은 따뜻하냐 속삭여 볼
기억의 무덤은 없다

_김왕노, 「형상기억합금」 부분

근래 활발한 시작 활동을 하고 있는 김왕노 시인의 이 시는 이 세계의
상처에 대한 사색과 재생의 기원을 다루고 있다. 상처투성이 세계의 본질은
기억이다. 이 기억으로 세계는 유지되지만 그 기억의 축적으로 생은 낡아간
다. 어느 순간 변형되어 다른 모습으로 있는 듯한 세계는 형상기억합금처럼
한순간의 가열로 다시 옛 형체로 돌아온다. 그러나 이 "기억 속엔 증오의 숲
물결치"지만 그래도 "기억 속엔 세월의 힘으로도 끝끝내 지울 수 없는/ 사
랑의 발자국 남아 있"기에 우리는 상처로부터 완전하게 자유로워질 수 없
다. 기억이 곧 상처이기 때문이다. 이 시는 낡은 텍스트의 원인에 대한 해석
이라 할 수 있다.
　박해람 시인의 「꽃 피지 않는 정원」은 이 낡은 텍스트의 불모성에 초점
을 맞추고 있다.

지난봄 옆집 여자가 갖다준 구절초는
가을이 다 가도록 꽃피지 않았다.
그러고 보니
그 집 정원에는 꽃을 피우지 않는 식물들만 있다.
모든 식물이 입을 꼭 다물고

그 어떤 향기도 내뱉지 않는다.
뭉쳐진 향기들이 굴러다닐 저 엽록의 몸통은 한번도
열린 적이 없었을까
입구가 닫혀 있다는 것은
그 어떤 꽃도 피우지 않겠다는 것이지.
몸 안에서 썩어 갈 여자의 정원
아무도 그 정원을 방문하지 않는다.

_박해람, 「꽃 피지 않는 정원」 부분

　이 시에서 '꽃 피지 않는 정원'의 세계는 "지나간 어느 세상에서 배당된 개화의 순간을 다 써버렸"기에 "다음 세상으로 가져 갈 아무 색도 남아 있지 않"은 불모의 텍스트이다. 이 낡은 불모의 세계가 생기로 충만하기 위해서는 전생으로 불리는 이전 세계에서의 배려와 다음 세계와의 연계에 대한 확신이 있어야 함을 이 시는 이야기한다. 시인은 이 세계의 불모성의 원인이 현상계를 고립되고 단절된 상태로 파악하는 데 있다고 본다. 이 시적인 인식은 차분하게 처리되어 설득력을 지닌다.
　텍스트로서의 세계와 세계로서의 텍스트. 이들 텍스트에 대한 독서 본능은 문학의 가장 매력적인 본능이라 할 수 있다. 많은 시인이 독서를 언급하는 것은 이것이 지닌 본질적인 마력이 우리 사유에 자극을 가하기 때문이다. 앞으로도 독서에 대한 사색은 계속될 것이고, 그 독서에 대한 오독이 우리 시를 풍성하게 만들고 그 풍성함이 계속되도록 만들 것이다. 해체주의자의 말을 빌려오지 않더라도 모든 독서는 오독일 수밖에 없고, 그 오독으로부터 새로운 창조가 가능하기 때문이다. 이 텍스트에 대한 도발적인 오독이 모든 시인들로부터 쏟아지길 기대한다.

미래의 서정시는 서정시가 빠지기 쉬운 세계의 모순에 대한 무비관적인 초월을 극복한 시가 되어야 할 것이다.

즉 이 자본주의와 포스트모더니즘의 타자가 되기 위해서는 문제의 핵심에 대한 투철한 인식이 있어야 한다. ……

미래의 서정시는 당대의 상황을 반영한 서정시이며 당대의 문제점을 냉철하게 통찰한 후에 나오는 것이어야 한다.

미래의 서정시는 이 세계의 삐걱거림을 담고 있어야 한다.

삐걱거림을 천상의 음악이라며 다른 이의 귀를 혼란스럽게 해서는 안 될 것이다.

2

환각과 서정

서정성, 착각으로서의 동일성

1. 서정성의 힘

서정 혹은 서정성의 종말을 이야기한 지는 너무나 오래되었다. 조향은 1950년에 들어서서 「실험이 없는 세대」(『서울신문』, 1950. 1. 27)라는 평문에서 서정에 대한 중요한 언급이 담긴 이한직의 시 「미래의 산상山上으로」를 인용한다. 이 시에서 시인은 서정의 종언을 고한다.

> 오랜 세월을 두고
> 목메어 부르던 이름이여
> 서정抒情의 연대年代는 끝났다

이 구절에서 이한직은 오랜 시간을 두고 명맥을 이어오던 서정의 시대가 끝났음을 선언하고 이에 애도를 표한다. 그의 반응은 아우라에 대한 벤야민의 반응처럼 양가적이다. 그의 시선은 어떤 전망도 지니지 못한 채 막연한 미래를 바라본다. 아방가르드 시인인 조향은 이 구절에 "그러면서도 어째 이 시는 이다지도 애끓는 리리씨즘입니까?" 하는 빈정거림을 덧붙이고 있다.

서정성의 종언은 그리 새삼스러운 것이 아니다. 모더니즘이 등장하던 1930년대부터 서정은 이미 종말에 도달한 것으로 평가되어 왔다. 이처럼 서정성의 종말이 끊임없이 선언되었지만 어디에서도 서정성의 사체는 발견되지 않는다. 서정성에 대한 믿음 혹은 갈망은 현재진행형이다. 서정성은 루카치가 말하는 총체성의 시대에 가능한 세계관의 특성이다. 총체성이 파국에 도달한 이 시대에 그 유민들은 모두 흩어졌다.

그러나 이따금 그 유민이 우리 주위에서 발견될 때 우리는 어떤 시선으로 그를 바라보아야 할까. 『시론』의 김준오가 그런 경우이다. '시=서정시'라는 등식을 믿고 있는 그는 서정성의 부재를 인정하지 않는다. 그래서 그가 서정적 자아의 문제와 관련하여 쉴러의 논의('소박한 시인'과 '감상적 시인'의 구별)를 가져오는 것은 단순한 지식 소개의 차원이라 할 수 없다. '소박한 시인'은 세계와 자아의 동일성을 액면 그대로 받아들이는 시인이다. 그런 상태가 소박한 것은 세계와 자아가 마법적 동일성을 지니고 있어 따로 수사학이 필요하지 않기 때문이다. 자신이 느낀 것을 그대로 표현하면 그것이 곧 세계의 진리를 말한 것이 된다. 수사학은 세계와 자아의 거리가 인식될 때 등장하고 스스로 인식되게 마련이다. 이에 반해 '감상적 시인'은 이미 그런 동일성을 상실한 시대에 간격과 결핍을 인식한 상태에서 의식적으로 마법성의 세계를 희구하는 시인을 의미한다. '감상적'이라는 말은 상실의 감정을 반영한 것이다.

김준오가 쉴러의 논의를 가져온 것은 서정성의 부재를 인정하지 않고 여전히 서정성의 존재와 가치를 믿고 있기 때문일 것이다. 그가 본연 지성과 기질 지성을 끌어와 이 논의를 확장하는 것도 바로 그런 믿음과 관련된다. 본연 지성은 본체론적 시각, 즉 이데아적 세계를 의미한다. 이 세계 속에서 모든 것은 가장 근원적인 순수성의 상태로 존재하나 논리적으로 그런 세계는 현실에 완전하게 현현할 수 없다. 따라서 그는 이런 본연 지성으로서의 서정적 자아는 이 시대에 존재하지 않는다고 한다. 그가 대안으로 가져오는 것이 기질 지성, 즉 현상계의 서정적 자아이다. 비록 초월계의 완전체가 아니라 현상계의 미완을 반영한 것이지만 기질 지성으로서의 서정적 자아는 동일성의 세계가 존재함을 믿고 이를 의식적으로 추구하는 시인의 표상이 된다. 이 자아는 이 시대에도 서정성의 존재 의의가 작동 중임을 우리에게 말해주는 존재이다.

이런 구분은 자신의 논리를 위해 범주를 의도적으로 제한한 논리적 오류를 지니고 있다. 사실상 '소박한 시인'과 '감상적 시인' 혹은 '본연 지성으로서의 시인'과 '기질 지성으로서의 시인'이라는 구분 근저에는 이미 서정성에 대한 긍정이 놓여 있다. 이 구분은 서정성에 대한 어떤 반대논리도 허용하지 않는 폐쇄적인 구조를 내장하고 있다. 이 구분이 논리적인 것이 되려면 서정성을 인정하는 시인과 서정성을 인정하지 않는 시인으로 그 범주가 나누어져야 할 것이다. '소박한 시인'과 '감상적 시인'은 전자에 포괄되는 범주이다. 이 범주 외에 서정성 자체를 인정하지 않는 또다른 범주, '허무주의적 시인' 혹은 '해체적 시인'이라는 새 범주가 있어야 할 것이다.

김준오가 서정성의 부정이 원천적으로 차단된 쉴러의 자폐적 이분법을 가져온 것은 이 시대에 존재 자체가 회의의 대상이 되어버린 서정성에 대한 집요한 애착 때문이다. 그는 서정성의 죽음과 대면하기를 거부한다. 그의 『시론』에 해체시가 들어오고 있지만 서정성의 위상은 전혀 흔들리지 않는다. 그는 쉴러처럼 서정성의 부재는 전혀 볼 수가 없는 상태인 것이다.

2. 시의 고고학

서정성은 하나의 이데올로기다. 그것은 시간성을 담고 있는 개념인데, 정확하게 말하자면 서정성은 전통시의 이데올로기다. 그것은 달리 마법성이라 불러도 좋을 것이다. 이를 명확하게 드러내기 위해 시의 본질에 대한 고고학적 접근이 필요하다.

시의 본질을 통시적으로 접근할 때 인식론적 단층은 크게 세 개로 나누어질 수 있다. 전통시, 근대시, 탈근대시가 그것이다. 물론 이때 기준이 된 '근대'라는 개념은 어떤 위계를 가정한 것이 아니다. 따라서 전통시가 함의하고 있는 전근대는 근대의 결여가 아니며, 탈근대는 근대의 진보가 아니다. 이 개념은 오히려 근래 탈식민주의에서 근대라는 개념의 제국주의적 확장을 경계하기 위해 사용되는 '근대(들)'라는 개념과 맥락을 같이 한다.

먼저 전통시는 음성을 매체로 하여 이루어지는 시이다. 이때 시의 실현 가능성은 오로지 인간의 음성에 달려 있다. 그래서 시는 어떤 형태를 띠건 간에 음성의 실현태를 가정한 상태에서 만들어진다. 이런 음성 매체의 시는 시의 기원으로 상정될 정도로 원형적이다. 우리나라에서도 시라는 것의 한국적 어원은 '노래'이며, 이것은 조선시대 신흠의 메타시적인 시조("노래 삼긴 사람 시름도 하도할샤……")에서도 드러난다. 노래로서의 시는 음성으로서의 시보다 원형적이다. 노래는 가창을 전제로 한 것이기 때문이다. 음성으로서의 시는 노래의 음악성이 추상화된 시로서, 여기에는 노래의 퇴화된 흔적(운율, 반복 및 상투적인 수사학)이 남아 있다. 전통시의 중심 감각은 청각이므로 비록 문자로 기록된다고 하더라도 그 시는 음성의 보존을 위한 보조적 기록에 불과하다. 그러므로 음성의 기록장치로서 문자는 부적합하며, 후대에 가능해진 녹음기가 가장 적절한 기록매체가 된다. 서정성은 이런 전통시의 본질로 자리 잡고 있다. 서구에서 '서정시lyric'의 어원이 '라이어lyre'라는 악기에서 비롯되었다는 사실은 이런 경향이 보편적임을 암시해준다.

근대시는 전통시를 탄생시킨 음독의 패러다임이 묵독의 패러다임으로 전환되면서 탄생한 장르적 개념이다. 근대시는 근대 문명의 전개에 따라 생활의 중심 매체가 음성에서 활자로 전환되면서 새로운 패러다임에 응하여 탄생하였다. 청자를 가정한 음독이 개인의 자율성이 보장된 고립된 공간에서의 묵독으로 대체될 때, 시는 활자라는 매체의 전면적인 등장에 많은 가능성을 타진해보았다. 이제 중심 감각은 청각에서 시각으로 넘어왔다. 그래서 활자를 이용한 시각적인 실험이 가능해진 것이다. 근대 출판술의 발달과 함께 아방가르드 실험시들이 전면적으로 등장한 것은 우연이 아니다. 활자 크기의 조절, 활자의 회화적인 배치 등은 음성 중심의 전통시에서는 전혀 생각할 수도 없는 시도였다. 우리 시에서 글자를 거꾸로 심거나 독서 순서가 거꾸로 배치된 작품 혹은 사진이나 만화를 도입했을 때 이것은 기존의 매체인 음성으로는 전혀 실현 불가능하다. 새로운 매체가 새로운 시의 개념 및 이념을 가져왔기 때문이다.

　　탈근대시는 디지털 언어html를 매체로 하는 하이퍼텍스트 시 혹은 디지털 시를 말한다. 현재 서구에서 다양한 시도들이 이루어지고 있지만 그것은 여전히 하나의 가능성으로서만 존재한다. 하이퍼텍스트 시는 컴퓨터를 통하여 재현된다. 음악과 동영상, 혹은 가상감각 등이 동원되어 탈근대시의 감각은 공감각이 될 수밖에 없다. 탈근대시는 음성과 활자를 동시에 구현하며 더 극단적으로 간단한 보조기구를 활용하여 촉각과 같은 것도 실현 가능하다. 이제 감각은 단순히 청각과 시각의 한계를 넘어선다. 공상 영화에서 다차원의 영상장치와 보조기구가 장착된 기계를 통해 이루어지는 가상 섹스는 이제 현실이 되었다. 기존의 청각만으로 혹은 시각만으로 이루어지던 가상의 섹스는 이 세계에서는 불구의 섹스, 고전적인 섹스에 불과한 것이 될 것이다. 이제 문학 혹은 시는 테크놀로지와 적극적으로 연계되어야 한다. 탈근대는 와 있지만 아직 탈근대의 이념을 시로 형상화한 탈근대시는 나오지 않았다.

매체의 변화와 시의 실현태는 동시적이지 않다. 미네르바의 부엉이처럼 늘 한 템포 느리게 그 이념의 형상화는 도착한다. 이런 지체 현상은 매체의 변화를 따라가지 못하는 감수성의 보수성 때문이다. 음성의 시대는 활자의 시대로 변화한 지 오래지만 아직도 청각적 요소, 즉 리듬을 강조하는 서정시는 계속 창작되고 있다. 리듬은 인간의 정조가 이상화된 양식으로 서정성의 본질에 속한다. 따라서 서정성의 부분 수정으로는 이런 시대적 변화에 대응할 수 없다.

또한 멀티미디어가 생활 깊숙이 들어와 있지만 아직도 기존의 전통시, 근대시를 인터넷 상에 올려놓는 차원의 시, 공간을 약간 이동시키는 정도의 눈속임으로 가공한 시들이 마치 하이퍼텍스트 시인 것처럼 유통되고 있다. 시대의 이념 혹은 매체의 이념은 그 매체가 아니고서는 표현 불가능한 것을 전제로 한다. 새로운 시는 불가피한 선택에 의해 탄생되어야 할 것이다. 감각의 보수성은 극복의 대상이 아니라 패러다임의 문제이므로 새로운 감각의 세대가 이 임무를 이어받아야 할 것이다.

3. 이데올로기로서의 서정성

앞에서 언급하였다시피, 다른 예술과 마찬가지로 시는 그것을 실현할 매체를 통하여 근원적인 특성을 갖게 된다. 다시 말해 시는 자신을 실현할 매체의 성격과 한계를 그 자체의 조건으로 삼게 된다는 것이다. 그리고 그것은 하나의 이데올로기를 함유하게 된다. 서정시는 기본적으로 전통적인 시 양식으로, 어떤 식으로든 기존의 청각적 요소를 계승하고 있다. 즉 외형률을 흡수하고 있는 서정시는 인간의 목소리를 통해 실현된다. 서정시의 매체는 기본적으로 음성이므로, 전통 서정시의 이념은 목소리가 지닐 수밖에 없는 특성과 제약을 공유하게 된다. 이를 기존 논의를 바탕으로 정리하자면 다음과 같다.

　시가 목소리를 통해 낭송되거나 가창될 때 그것은 시간성의 범주에 속하게 된다. 음성이 하나의 음파를 형성하여 공기를 타고 일정한 시간적 지속을 유지하면서 어떤 미감을 전달하기 때문이다. 소리의 시간성은 발화와 동시에 소멸되어버린다는 특성을 포함한다. 이런 특성으로 인하여 음성으로 전달되는 것은 내용보다는 형식에 상당한 제한을 지니게 마련이다. 구술성의 특성을 설명하는 월터 옹에 따르면 음성에 의존하는 문화에서 모든 발화는 소리의 순간성을 보존하기 위한 기억의 방식으로 어떤 패턴을 설정한다고 한다.

　그의 책『구술문화와 문자문화』에서 구술문화의 발화 특성은 서정시의 특성과 바로 연결될 수 있다. 오히려 시에서 이 특성은 더욱 분명하고도 강제적이라 할 수 있다. 이른바 민요시는 옹이 언급한 패턴들을 더욱 풍부하고도 철저하게 구사하고 있다. 민요시의 특징으로 언급되는 율격에서의 정형적 율격, 구조에서의 반복・병치의 구조 그리고 표현에서의 공식적 표현, 습관적 표현 및 전형적 상징 등의 특성들은 옹의 '진술의 반복'이라 한 것과 유사한데 이것은 우연이라 할 수 없다. 이는 둘 다 음성에 의존하는 문화의 산물이기 때문이다.

　순간성을 바탕으로 하는 음성 의존적인 시는 내용보다는 발화 형식에 제한을 받기 때문에 내용의 문제에 크게 신경을 쓰지 않는다. 발라드 형식의 서정시에서 청자가 문장 내용에 별 관심이 없으며 화자 역시 "본문에 무엇이 쓰여 있는지 정말 모르는 일이 종종 있다"고 한 슈타이거의 언급도 이런 맥락이다. 음성의 발화 형식, 즉 음악적인 것에 더욱 많은 비중을 두고 있기에 내용은 형식 속에 융화되어 버린다. 형식이 내용을 대체해버린다고 할 수 있다. 이런 종류의 시에서 음성은 절대적인 위치에 놓이게 된다. "소리의 현상학이 인간의 존재감각 깊숙이 파고 들어가 있"기 때문에 이런 존재 상황은 인간의 사유에 어떤 특정한 이데올로기를 각인시킬 수밖에 없다.

그것의 형태는 옹의 논의에 이미 어느 정도 예견되어 있다.

옹에 의하면 청각은 내부에 손을 대는 일 없이 내부를 감지하는 특성이 있는데, 이로부터 "소리의 내면성"이 도출된다. 옹은 소리가 내면 지향적이고 집중적이기 때문에, 소리에 의존하는 사고와 표현의 특징들이 대부분 인간에 지각되는 소리의 통합적이고 중심적이고 내면화되는 체계와 분간하기 어렵게 결부된다는 점을 강조한다. 소리를 인간 존재의 내면적 인격성과 연결하는 것은 음성이 존재의 본질(영혼, 내면 등)과 연계되어 있다는 주장과 같다. 동일한 맥락에서 그는 말의 내면화된 힘과 관련하여 "신앙은 듣는 것에 의하는 것이다", "문자는 사람을 죽이고 영(목소리로 된 말이 타고 넘는 호흡)은 사람을 살린다"는 성경 구절을 인용한다.

소리, 즉 음성에 대하여 절대적 우위를 부여하는 이런 논리를, 데리다는 비판적인 시각에서 음성 중심주의 혹은 로고스 중심주의라 부른 바 있다. 음성 중심주의는 음성과 존재의 절대적 근접성을 전제로 할 때 가능하다. 이는 음성이 어떤 매개 없이 존재를 바로 현전시킬 수 있다는 믿음을 반영하는 것이기도 하다. "소리를 통해 주체는 자기가 한 말을 스스로 들을 수 있는(이것은 분리 불가능한 체계이다) 까닭에 관념성의 요소 속에서 자기 자신의 정서를 스스로 느끼고 결국 자기 자신에 귀결된다"는 언급은 음성 중심주의가 지닌 현전의 형이상학에 대한 설명이자, 그 형이상학의 나르시스적 폐쇄 구조와 관련된다. 이 폐쇄적인 구조를 총체성이라 할 수 있는데, 이 총체성이 옹이 말하는 바 구술문화의 중요한 특징이 된다는 것은 우연이 아니다.

음성과 존재의 절대적 근접성을 바탕으로 하는 현전의 형이상학은 서정시에서 음성적 자질에 절대적 우위를 부여하는 형식으로 나타난다. 음성의 통로가 시의 유일한 통로가 되어버리고 음성의 존재 양상이 곧 시의 존재 양상이 된다. 따라서 음성의 형식이 내용을 흡수하거나 융화하는 상태는 서정시에서 자연발생적인 현상이 되는 것이다. 현전의 형이상학이나 이성 중심주의가 "초월기의에 대한 다급하고도 긴요하며, 체계적이면서도, 누를

길 없는 욕망"(데리다)에 대한 규정이라고 할 때 서정시의 음악성은 그런 욕망의 또다른 형식이라 할 수 있다.

또한 음성 중심주의의 시각에서 바라볼 때, 음성을 통하여 리듬을 형성하는 서정시의 시대에 언어의 마술적 능력이 보편적으로 인정된다는 사실 (옹은 이것을 '말의 내면화된 힘'이라 부른다)은 그리 이상한 일이 아니다. 음성이 현전하고자 하는 존재는 곧 데리다가 초월기의라 부르는 신적 차원과 동등한 것이기 때문이다. 서정시에서 발견되는 언어의 마술적 능력에 대한 믿음은 기본적으로 자아와 세계의 마법적 동일성을 기반으로 이루어진다. 시인은 세계와 자아가 하나의 유대감을 형성하며 총체성의 세계 속에 존재한다는 느낌을 갖게 된다. 루카치가 "영혼 속에서 타오르는 불꽃은 별들이 발하고 있는 빛과 본질적으로 동일하다"고 믿는 그 세계가 바로 총체성의 세계이자 서정시의 세계이다. 따라서 서정성은 현전의 형이상학의 문학적 변용이라 할 수 있다.

4, 오인, 혹은 환각으로서의 서정성

서정성의 본질은 세계와 자아의 현실적인 거리를 순간적으로 극복할 수 있다는 마법적 동일성, 즉 마법성에 있다. 현대시에서 이 마법성은 여전히 현재진행형이다. 가령 장석남의 「왼쪽 가슴 아래께에 온 통증」 같은 시는 마법성의 실존을 증명해주는 시라 할 수 있다. 시인은 꽃나무의 죽음을 자신의 왼쪽 가슴 아래께에 온 통증과 연계하고 있다. 죽은 꽃나무가 자신도 알지 못하는 어떤 신비한 경로를 통해서 시인의 아픔과 접속되어 있다고 믿는 이런 생각은 서정성 혹은 마법성의 전형이다.

서정 시인은 세계와 자아 간의 마법적 교류를 기술하기보다는 그 내용을 수사학적으로 육화하여 나타내는 경우가 더 많다. 가령 서정주의 '변신

모티브'가 대표적이다. 그의 「인연설화조」, 「모란꽃 피는 오후」, 「이 븨인 금가락지 구멍」 등에서처럼 '꽃'에서 '구름', '비', '무지개' 등으로 계속 변화되는 대상, 무한유전無限流轉을 계속하는 연쇄적 변신은 마법성의 세계에서만 이해가능하다.

마법성의 수사학적인 육체는 은유이다. 마법성으로서의 서정성이 은유를 통하여 구현되고 있는 전형적인 시로 이성선의 시를 들 수 있다.

　　　나뭇잎 하나가

　　　아무 기척도 없이 어깨에
　　　툭 내려앉는다

　　　내 몸에 우주가 손을 얹었다

　　　너무 가볍다

　　　　　　　　　　　　　　　　_ 이성선, 「미시령 노을」 전문

이 시의 수사학적 중심은 은유이다. "나뭇잎 하나"가 시적 직관 속에서 "우주"와 등가가 되기 때문이다. 이 세계에서는 어떤 논리적 설명도 불필요하다. 논리라는 것이 서정시의 세계에서만큼 구차해지는 곳도 없을 것이다. 2연과 3연 사이의 허공으로 복잡한 인과 논리가 흩어져버리고 일순간에 나뭇잎과 우주 그리고 우주가 손을 얹는 자아는 합일의 상태에 도달한다. 세계는 은유적 총체성 속에서 새로운 의미를 얻는다. 그러니 나뭇잎 하나가 어깨에 내려앉는 것이 "내 몸에 우주가 손을 얹"은 행위가 되는 이유를 묻는 것은 우문이 아닐 수 없다. 그 질문은 선험적 원리처럼 경험적인 세계의 논리로 설명할 수 없는 그 무엇으로 남는다.

이 시에서 세계와 자아의 합일은 순간적으로 완성되며, 여기에는 일점의 의혹이나 망설임도 개재되어 있지 않다. 한순간에 모든 현실적 장애가 초월되어 있다. 「동천(서정주)」이나 「교감(정현종)」의 초월적 순간은 관찰자적인 시선으로 처리되고 있지만 그 시선의 이면을 통괄하고 있는 것은 시인의 주관적인 믿음이다.

이상한 것은 이런 세계와 자아의 교감 혹은 동일성, 즉 서정성은 한 번도 회의의 대상이 된 적이 없다는 사실이다. 세계와 자아의 동일성은 당연한 것으로 받아들여졌다. 놀라운 것은 그것이 하나의 이론적 차원이 아니라 장석남의 경우처럼 현실적 차원에서 받아들여지고 있다는 사실이다. 현실에서 자아와 세계는 건널 수 없는 소통 불가능의 거리를 지니고 있다. 만일 소통의 가능성을 믿는다면 문학은 다른 차원으로 넘어서고 만다.

서정성의 존재방식에 대한 회의는 갈수록 사라지고, 오히려 서정성은 시를 말할 때 당연히 받아들여야 할 필수적인 전제처럼 되어버렸다. 그러나 서정성은 현실적으로 존재 가능한 것인가. 혹은 인식론적 착오에 불과한 것은 아닐까. 마치 은유의 기원을 사물에 대한 인지 능력의 부족에 따른 일종의 혼란에서 찾는 논의처럼. 혹은 또다른 차원에서 접근해야 할 문제는 아닌가. 서정성이 일종의 이데올로기라면 이것은 지젝처럼 어떤 착오에 기반한 것으로 보아야 하지 않을까.

어떻게 보면 우리가 서정성을 받아들이는 방식은 마치 착오를 통하여 이데올로기를 받아들이는 방식과 유사하다. 『이데올로기라는 숭고한 대상』에서 지젝이 주장하는 것은 이데올로기가 구성원의 무지와 오인에 기반하여 성립한다는 사실이다. 그는 돈을 예로 들고 있다. 보통 사람들은 돈이 다른 것과 마찬가지로 물질적이라는 사실을 잘 알고 있지만, 그래도 실제의 교환 행위는 이 돈이 마치 물리적인 신체의 부패 후에도 여전히 존속되는 '파괴 불가능하고' '변경 불가능한' 또다른 육체를 지닌 존재라고 생각한다. 그래서 돈은 '육체 안의 육체'라는 비물질적인 육체를 지닌 숭고한 대상이 된다. 이런 오인을 그는 모든 이데올로기의 근본적인 차원이라고 본다.

사실을 인지하고 있으면서도 모른 체 행하는 이런 행위의 특성을 지젝은 "잘 알고 있지만, 그래도 여전히……"라는 "물신적인 부인否認의 공식"(44쪽)이라고 부른다. 이 공식은 다음과 같이 적용된다.

'엄마가 남근을 가지고 있지 않다는 걸 잘 알고 있지만, 그래도……〔나는 엄마가 그걸 가지고 있다고 믿어〕.' '나는 유태인이 우리와 같은 사람들이라는 걸 알고 있지만, 그래도 여전히……〔그들에겐 무엇인가가 있지〕' (중략) "돈도 다른 것과 마찬가지로 물질적인 것이라는 사실을 잘 알고 있지만, 그래도 여전히 그것은……〔시간이 아무런 힘을 발휘하지 못 하는 어떤 특수한 실체로 이루어진 것처럼 보이지〕."

이런 공식은 이데올로기적인 환상을 만드는 바탕이 된다. 지젝은 이데올로기적인 것은 "본질에 대하여 참여자들의 무지를 통해서만 존재할 수 있는 사회적 현실"(48쪽)이라고 파악한다. 서정성도 이런 관점과 유사하게 접근할 수 있다. 사람들은 자아와 세계와의 동일성이라는 것이 현실적으로 불가능하다고 인식하고 있지만 그들이 서정성을 다룰 때는 마치 그런 사실을 모른다는 듯이 행동한다. 그들의 생각을 "물신적인 부인의 공식"으로 표현하자면 다음과 같이 될 것이다. "자아와 세계는 소통할 수 없다는 사실은 나도 잘 알고 있지만, 그래도 여전히 〔시론에서 자아와 세계의 동일시는 누구나 받아들일 수 있는 보편적 원리이지〕."

이런 오인 혹은 환각이 지식의 차원에 존재하는 것으로 볼 수는 없다. 지젝이 지적한 바 있듯이 그것이 지식의 차원이라면 사물의 실상을 인식함으로써 우리는 그것으로부터 벗어날 수 있을 것이다. 그래서 서정성을 그런 방식으로 다시 접근하지는 않을 것이다. 서정성의 가능성이 지금도 반복적으로 승인되고 있다는 점에서 오인은 단순한 지식, 앎의 차원에 있는 것이라 할 수 없다. 왜 이런 일이 가능한 것일까. 지젝에 따르면 오인은 사물의 실상을 은폐하는 환영의 수준이 아니라 우리의 현실 자체를 구조화하는 무의식적인 환상, 우리가 일부러 간과하고 있는 환상, 즉 "이데올로기적 환상"(68쪽)의 수준에 있기 때문이다. 시론을 논하는 장에서 서정성, 즉 세계와 자아의 동일화는 일종의 "이데올로기적 환상"으로 작동하고 있다. 서정시를 다루는 모든 논자들은 서정성의 근본적인 차원에 대한 문제를 회피하고 서정성의 부분적 한계를 부각시키고 그 극복 방안을 제시하는 데 몰두한다. 마치 김준오가 쉴러의 구분(소박한 시인과 감상적 시인)을 당연하게 받아들이며 서정정의 부정 자체를 회피해버리듯이.

　　서정성에 대한 전면적인 부정은 왜 회피되고 있을까. 은유에 대한 오르테가의 해석을 통해 이 문제에 접근할 수 있다. 『시론』(189쪽)에서 김준오는 오르테가의 은유에 대한 의미심장한 발언을 다음과 같이 옮겨놓고 있다.

　　A라는 사물을 B라는 사물로 대치하려고 하는 지적 행위를 만약에 누가 물어서 대답한다면 B에 도달하려고 하는 것보다는 A를 대치하려고 하는 바로 그러한 지적 행위를 인간이 행하려고 든다는 것은 정말이지 이상야릇한 일이라고밖에 더 이상 말할 수가 없겠다. 은유는 그 어떤 대상을 다른 용모로 뒤집어 씌움으로써 그 대상에 의해 그 원모습을 지워버리고 만다. 우리들로서는 이러한 은유의 등 뒤에서 현실을 피하려고 하는 인간의 어떤 유의 본능적인 움직임이 있다는 것을 솔직히 인정하지 않으면 안 되겠다.

　　서정성의 문제와 관련해서 오르테가의 이 언급은 어떤 핵심에 도달한 듯하다. 여기서의 은유는 우리가 지금까지 논의해온 서정성의 수사학적 육체로서의 은유와 다를 바 없다. 오르테가는 이 은유를 "어떤 대상을 다른 용모로 뒤집어씌움으로써 원모습을 지워버리는 행위"로 묘사한다. 은유라는 것이 우리가 간과한 사물의 의미 있는 측면을 낯설게 함으로써 새로운 인식을 가져온다는 주장과 전혀 다른 기반 위에 오르테가는 서 있다. 그는 오히려 어떤 진실의 회피에 은유의 본질이 있다고 한다.

그간 은유는 세계와 자아의 동일성을 증명하는 일종의 존재증명서로 통용되어 왔다. 그래서 은유의 유려한 사용은 그런 동일성을 가장 설득력 있게 증명하는 한 방식으로 인정되어 왔다. 그런데 오르테가는 현대시에서 은유라는 것이 비인간화의 도구로서, 인간적 시점의 배제와 현실의 배제라는 기능을 떠맡았다고 본다. 김준오는 이런 배제의 기능은 "(실재를) 흉물스럽게 왜곡시키거나 아주 판별할 수 없을 정도로 파괴된 어떤 추상성을 보여주는 것"(190쪽)으로 본다.

은유가 어떤 회피와 왜곡에 종사하는 도구에 불과하다면 회피의 대상은 무엇일까. 이를 해명하는 데 지젝의 시각이 도움이 된다. 왜냐하면 "은유의 등 뒤에서 현실을 피하려고 하는 인간의 어떤 유의 본능적인 움직임"이란 지젝의 오인과 환상을 유지시키는 동력과 동일한 맥락이기 때문이다. 서정성이 일종의 오인이라면, 그것의 형식인 환상을 통해 실재를 회피하는 것이라면 그 실재는 무엇일까. 이것은 곧 서정성이라는 이데올로기의 환상을 고착케 하는 은유가 피하고자 하는 현실은 무엇일까 하는 질문과 동일하다. 그 현실은 단순히 마이어식의 '세계', 즉 구체성의 현실적 차원은 아닐 것이다. 그것은 궁극적으로 서정성이 기반하고 있는 세계의 본질과 관련된 것이라 할 수 있다.

은유가 숨기고자 하는 실재는 은유 뒤에 있는 어떤 은유적 실체, 은유의 존재를 자명하게 드러내는 본질, 즉 세계와 자아의 행복한 만남이 아니다. 사태는 오히려 그 반대일 수 있다. 그 실재란 무엇인가. 서정성이 허구에 지나지 않으며, 이 현실계에는 자아와 세계 간의 건널 수 없는 심연이 있다는 사실이다. 즉 모든 존재를 삼켜버릴 듯한 커다란 아가미 같은 심연, 어떤 소통 불가능한 절대적 상태가 있다는 사실이다. 이것이 바로 서정성 혹은 은유 자체를 해체시키는 라캉적인 의미에서의 실재이다. 곧 서정성은 시인과 시에 대한 아우라가 인정되던 시대의 이데올로기라는 의미이다.

  김준오는 은유의 기능을 "(실재를) 흉물스럽게 왜곡시키거나 아주 판별할 수 없을 정도로 파괴된 어떤 추상성을 보여주는 것"에서 찾고 있지만 흉물스럽게 왜곡되어 있는 것은 오히려 서정성 자체라 할 수 있다. 서정성은 세계와 자아의 불일치라는 견딜 수 없는 실재를 은유를 통해 계속 미화해왔다. 이 세계에서 자아와 세계의 마법적 동일시가 근원적으로 불가능하다는 사실은 우리 존재의의의 상당 부분을 무화시키는 끔찍한 실재이다. 이것은 또한 서정시의 존재 자체, 어떻게 보면 모든 시의 존재 자체를 무로 돌려버리는 것이 된다. 우리는 서정성을 오인하고 어떤 환상을 가짐으로써 서정성의 실재를 회피하고 서정시의 이데올로기를 유지하여왔다고 할 수 있다. 김소월의 「산유화」를 다시 읽을 수 있는 것도 바로 이런 지점이다.

  산에는 꽃피네
  꽃이 피네
  갈 봄 여름없이
  꽃이 피네

  산에
  산에
  피는 꽃은
  저만치 혼자서 피어 있네

  _김소월, 「산유화」 부분

  김동리는 이 시의 "저만치"를 두고, "그가 청산과 자기와의 거리를 '저만치'라고 손가락질로 가리킬 수 있는 순간은 그가 가장 그의 '임'의 품속에 깊이 안길 수 있는 순간이기도 했던 것"이라 설명하고 있다. 김동리의 해석 속에서 "저만치"의 거리감은 사라지고 서정적 자아는 신의 영역 속으로 들어가 세계와 행복한 합일을 이룬다. "아무 것으로도 영원히 메꾸어질 수 없는 소월의 감정"은 결국 신 속에서 해소되어 버린다. 그가 청록파의 자연을 "세기적 심연에 직면하여 절대절명의 궁경에서 불러진 신의 이름"으로 평가한 것도 같은 맥락이라 할 수 있다.

그러나 여전히 김소월이 가리키는 꽃은 '저만치' 서정적 자아와 거리를 유지한 채 피어 있다. 이 시 속에서 자아와 꽃의 동일시가 이루어지지 않고 있는 것이다(김지하 시인 역시 『흰그늘의 미학을 찾아서』에서 이 거리를 율려, 우주적 리듬의 변화라는 차원에서 문제 삼고 있다). 화자는 어쩌면 그 거리를 담담하게 받아들이고 있는지도 모른다. 이미 심연을 보아버린 이처럼 '저만치' 떨어져 있는, 자아의 주관 속에 융합되지 않는 대상을, 객관적인 거리를 두고 바라보고 있는 것이다. "산에/ 산에/ 피는 꽃은/ 저만치 혼자서 피어 있네"라는 단순한 시행은 그래서 이 세계의 심연을 열없이 하나하나 짚어 읽는 것처럼 허탈한 자의 탈속적인 분위기를 풍기고 있다. 이것이 우리가 인정하기 싫은 '저만치'의 진실일지 모른다.

서정성은 우리의 오인을 바탕으로 성립된 이데올로기적 환상일 수 있다. 마치 상상계 속에서 세계와 합일을 이루었던 라캉적 주체처럼 우리는 현실에서 다시 회복할 수 없는 상상계를 서정성이라는 개념 속에서 찾아왔던 것이다. 그러나 상상계의 주체는 오인으로 성립된 존재이다. 자기에게 정체성을 부여한 거울 속의 자아는 이미 자기의 모습을 왜곡한 좌우가 전도된 형상이기 때문이다. 그럼에도 시론에서 서정성은 명확한 진리인 것처럼 받아들여져 왔다. 실재적인 결여 때문에 더욱 열성적으로 그것은 자신의 위상을 공고하게 해왔다. 김동리가 '저만치'의 거리감을 그렇게 열성적으로 줄이고자 한 것도 바로 그런 결여 때문이라 할 수 있다. 결여를 메우려는 몸부림 속에서 서정성은 이제 숭고한 대상으로 승화될 수 있었다.

그렇다면 우리에게 남은 일이란 무엇인가. 지젝의 처방은 무엇인가. 그에 따르면 오인이나 환상은 어떤 행위가 이루어지기 위한 필수불가결한 조건이다. 그래서 이런 오인의 폐기는 인간 존재에게 치명적으로 작용한다. 인간은 오직 오인을 통해서만 진리 자체를 인식하게 되기 때문이다. 우리가 오인을 폐기한다면 그것은 동시에 "오인의 형식—환영 뒤에 가려져 있다고 여겨지던 '실체'를 폐기하고 해체하는 것"(125쪽)이 된다. 그래서 지젝은 라캉을 빌어 환상을 횡단하기를 권하고 있다. '환상을 횡단하기', 이것은 "환상 뒤에는 아무것도 없으며, 환상은 타자 속에 자리 잡은 이 공백, 즉 무를 숨기기 위한 허구일 뿐이라는 사실을 체험하는 것"이라고 한다. 하지만 그 체험은 무엇을 변화시킬 수 있을 것인가. 지젝은 아무런 대답이 없다. 김소월의 죽음이 오히려 그 대답이 될 수 있을 것이다. 인간이 보아서는 안 되는 어떤 심연을 본 자, 가장 서정성이 풍부한 시를 쓴 시인이면서 서정성의 암흑과 같은 본질을 보아버린 시인이 결국 도달할 곳은 그런 죽음이 아닐까. 세계와 자아의 환각적 동일시를 가장 완벽하게 성취시켜주는 아편을 삼킴으로써.

김소월과 달리 그 심연을 얼핏 눈치 챈 사람으로 오르테가와 함께 김윤식을 들 수 있을 것이다. 김윤식은 이런 마법성의 시대를 회의적으로 본다. 그에게 루카치가 상정한 세계, 서정성의 기반으로서 상정된 그 세계는 일종의 환각으로 처리된다. 그는 어느 글을 다음과 같은 말로 마무리하고 있다. "우리가 갈 수 있고 또 가야만 하는 길을 하늘의 성좌가 환히 비추어주던 시대란 얼마나 행복했던가 라고 우리는 이제 말할 수 없다. 그러한 시대란 없었거나 한갓 환각이었는지도 모를 일이 아닐까." 서정성은 우리가 전면적으로 인정하기 싫은 '증상으로서의 타이타닉'일 가능성이 높다. 아마도 김윤식과 오르테가는 그런 서정성의 끔찍한 실재를 얼핏 봐버린 사람은 아닐까.

그렇다면 함민복의 다음 시는 이런 서정성에 내재하고 있는 균열의 무늬를 얼핏 보여주는 시라 할 수 있다. 이 시로 그는 자신도 모르는 사이에 서정을 배반한 것인지도 모른다.

사람 그리워 당신을 품에 안았더니

당신의 심장은 나의 오른쪽 가슴에서 뛰고

끝내 심장을 포갤 수 없는

우리 선천성 그리움이여

하늘과 땅 사이를

날아오르는 새떼여

내리치는 번개여

_함민복, 「선천성 그리움」 전문

서정시의 본질과 한계

1. 유적類的 서정시와 종적種的 서정시

서정시를 시의 제유적 용법으로 사용하는 오래된 인습은 타파되어야 한다. 서정시는 가능한 시 형식의 하나일 뿐이다. 우리에게 서정시란 「황조가」나 「제망매가」처럼 개인의 정서적 발화가 바탕이 되는 시로, 우리 시의 대부분을 차지한다. 그러나 전통적으로 우리 시에는 이런 류의 서정시만 있다고 할 수 없다. 「안민가」처럼 교술적 목적을 전달하는 상당히 이성적인 차원의 공공적 발화도 있다. 또한 고려가요 중의 의성음만 전사되어 전해지는 「군마대왕」이나 「구천」 등의 작품을 실험적 장르로 끌어들인다면 기존시의 장르 역시 서정시로 단일화하기 힘들 것이다.

시와 서정시의 구별에 대한 혼란은 사실상 서구발 혼란이며, 우리 시사에서 그렇게 고민해야 할 자생적인 문제는 아니었다. 그러나 현재 서구발 혼란이 바로 한국적 혼란이 되어버린 세계적 조류 때문에 서정시의 개념 정의에 서구적 연대기를 고찰할 수밖에 없게 되었다. 장르적 속성을 지칭하기 위한 서정시lyric라는 용어는 후대에 와서 생긴 것으로 알려져 있다. 람핑에 따르면 독일의 경우에도 서정시라는 장르 개념은 "19세기의 30년대"에 와서야 등장한 것이다.[1] 그 시기를 더 소급하고 있는 시학사전에 의거한다 하더라도 알렉산드리아기를 거쳐 르네상스기에 와서야 서정시라는 개념이 장르를 지칭하는 일반적 개념으로 사용된다.[2] 이런 개념 변천을 통하여 모든 시들은 서정시로 이해되었고, 그 기원이 잊힌 채 3분법의 체계 내에 서정시 lyric가 시poetry의 자리를 대신하게 되었다.

서정시라는 개념의 포용력이 확대되면서 서정시의 개념에 대한 혼란이 시작되었다. 이런 혼란은 장르의 가변성에 의한 자연스러운 현상이라 할 수 있다. 시학사전에도 "서정시는 시적 문학poetic literature의 세 가지 일반 범주의 하나로, 나머지는 서사적 문학(혹은 서사시)과 극적 문학이다"라고 규정하고 있다. 이 규정에서 문맥상 '문학'과 동등한 것으로 사용한 '시적 문학'이라는 개념은 서정시와 시의 구별을 더욱 혼란스럽게 만든다. 이는 초기에 '시'라는 개념이 너무나 포괄적으로 사용되었기 때문이다. 고대 그리스에서 '시'는 '제작행위 일체making', '모방행위 일체imitation', '문학literature' 등으로 사용되었다. 아리스토텔레스의 『시학』에는 모방예술과 문학이라는 의미로 혼용되었으며, 서정시라는 개념은 그의 저서에 언급되지 않는다.[3] 이후 상위 범주인 '시'의 세 가지 하위 장르로서 서정문학lyric, 서사문학 epic, 극문학drama[4]을 배치하는 분류법이 생기면서 현재의 시는 서정시와 개념상 혼란을 자초하게 된다. 이런 분류법에 따르면 시는 최상의 범주가

1. Lamping, D., 장영태 역, 『서정시: 이론과 역사』, 문학과지성사, 1994, 91쪽.
2. Preminger, Alex(edit.), The New Princeton Encyclopedia of Poetry and Poetics, Princeton U. P., 1993, p.714.
3. 오세영, 「시란 무엇인가」, 『문학과 그 이해』, 국학자료원, 2003, 348쪽. 이 책에 따르면 아리스토텔레스는 서정시라는 용어 대신에 합창가dithylamb, 송시nomos와 같은 하위 양식의 개별 명칭을 사용하였다고 한다.
4. 이 번역은 오세영의 번역을 따름. 오세영, 위의 책, 349쪽.

되면서 동시에 서정문학과 동일한 범주가 되기도 한다. 이 서정문학 아래에 다시 서정시라는 장르가 생기게 된다.

서정시가 지니는 유개념과 종개념의 혼란을 막기 위해 문학 일반을 뜻하는 최상위 개념인 '시'는 '문학'으로 대체하고, 서정문학을 유적類的 서정시, 서정문학의 하위 개념 중 서정시를 종적種的 서정시로 부르는 것이 바람직하다. 유적 서정시는 소설, 희곡, 교술 장르와 동등한 개념으로서 '시'라는 의미를 지닌다. 그러나 이런 명명법은 시의 본질이 서정성에 있음을 강조하여 그것을 시 자체로 오인하게 만드는 요인이 된다. 유적 서정시는 시 일반론에 사용하는 개념일 뿐이며 서정성과 무관한 개념으로 파악하여야 한다. 종적 서정시는 시(즉 유적 서정시)의 하위 장르로서 오드, 엘레지, 발라드, 에피그람, 소네트, 철학시, 독백시, 서경시, 서정시 등속 중의 하나에 해당한다. 하지만 시가 형식적 구속에서 벗어나 자유시의 형태로 전환되자 오드, 엘레지, 에피그람, 소네트 등의 형식적 제약을 요구하는 하위 장르들이 소멸하면서 새로운 변화가 오게 되었다. 이런 시들 중 비교적 형식적 제약으로부터 자유로운 시에 관심이 집중되었으며, 그래서 형식을 떨쳐버리고 내용상의 정의에 주목하게 된 것이다. 그래서 남은 하위 장르 중 가장 일반적인 서정시가 채택되었다. 서정시가 자체의 성격상 이전의 시와 연결고리를 지니고 있으며 가장 보편적인 시의 특성을 지니고 있다고 판단되었기 때문이다. 그래서 이 서정시는 부분이면서 동시에 전체를 나타내는 제유적 성격을 부여받게 된다.

현재 유적 서정시와 종적 서정시를 동일한 것으로 취급하는 경향이 강하다. 그것을 가장 잘 보여주는 예로 김준오는 "오늘날 시와 서정시 사이의 근본적 구분은 사실상 불가능하다. 다시 말하면 이 두 용어는 동일한 의미로 사용된다"[5]고 단정한다. 이것은 하위 장르가 지닌 종적 차이를 너무 쉽게 무화하고자 하는 단순한 열망의 결과이다. 형식과 내용 혹은 세계관에 관하여 동질성보다는 미세한 차이에 주목할 때 논의가 세밀해지고 깊이를 획득하게 된다는 점을 고려할 때 그의 논의는 자신의 저서에처럼 혼란을 가져올 수밖에 없다. 이에 비하여 오세영은 "이상이나 조향과 같은 계보의 시 그리고 요즘 유행하는 젊은 시인들이 쓰는 실험시를 제외할 때 대부분의 작품"[6]을 서정시로 본다. 김준오가 시와 서정시를 동일시하는 데 반하여 오세영은 시의 일부(주로 아방가르드 계열)가 서정시와 일치하지 않음을 명기한다.

필자는 후자의 입장에 동의하며 구체적으로 서정시(혹은 주정시), 주지시, 해체시 등으로 현대시를 구분할 것을 제안한다. 서정시는 본질에 대한 근원적인 믿음을 보여주고, 주지시는 본질에 대한 믿음에 괄호를 치고 대신 현상에 대한 주지적 태도만을 중시한다. 이에 반해 해체시는 본질 자체를 부정하고 그것을 상정하는 어떤 이론에 대해서도 회의적인 시선을 보낸다. 이들 각각은 (전통)서정시, 모더니즘 시, 아방가르드 시와 연계된다. 물론 시의 분량 면에서 서정시가 압도적으로 많은 것은 사실이다. 그러나 양적 비례로 인하여 근원적으로 전혀 다른 세계관의 지반을 지니고 있는 이들 시를 하나로 통합하는 것은 일종의 비약이 아닐 수 없다.

2. 마법성, 서정성의 본질

뒤늦게 등장한 부분으로서의 서정시가 어떻게 시라는 장르의 전체를 지칭하는 제유적 효과를 발휘한 것일까. 서정시라는 개념이 앞선 시기의 유사 장르를 모두 포괄하게 된 것은 단순한 개념상의 혼란 때문만은 아닐 것이다. 아마 이 명칭이 과장되긴 했지만 시의 본질적인 속성을 대변하는 바가 있다는 공동체의 합의가 존재하기 때문이라고 본다. 본고에서는 이 부분을

---

5. 김준오, 『시론(제4판)』, 삼지원, 2000, 19쪽.
6. 오세영, 앞의 책, 353쪽.

서정시의 본질과 관련하여 논의하고자 한다.

　서정시의 본질을 서정성이라 할 때 이는 달리 '마법성'이라 부를 수 있다. 마법성은 서정시의 고유한 특성이며 이는 전통적인 서정시의 본질적인 요소였다는 점에서, 사실상 모든 서정시는 근원적으로 '전통 서정시'라 할 수 있다. 전통 서정시에서의 서정성이란 "자아와 세계의 동일성"[7]이라는 전통적인 사유의 표현이다. 슈타이거는 이것을 "주관성", "회감"이라는 용어로, 조동일은 "세계의 자아화"라는 용어로 표현하고 있다. 또한 최남선은 "자연自然하고 인사人事하고의 교착과, 환경하고 감정하고의 감응感應이 문학 또는 시의 기반"이 된다고 하였는데, 이 역시 최승호의 지적대로 '서정적 동일성'을 어느 정도 인식한 결과라 할 수 있다.[8] "교착과 감응"은 최남선이 파악한 서정성의 또다른 용어인 것이다.

　서정성은 자아와 대상 사이의 거리를 무화시키는 순간에 발생한다. 이런 서정성의 세계는 루카치가 말하는 총체성의 세계와 맞물려 있다. "영혼 속에서 타오르는 불꽃은 별들이 발하고 있는 빛과 본질적으로 동일하다"[9]고 믿는 이 순간, 즉 자아와 대상 사이의 총체성이 확보된 순간이 바로 서정적 순간이라 할 수 있다. 그러나 이 순간은 명백하게 존재하는 자아와 세계의 실존적인 차이를 주관적으로 초월한다는 점에서 현실적·과학적인 순간과 구별되는 마법적인 순간이다. 그것은 마법성이 "인간과 자연의 일체감, 존재하는 모든 것들이 동일하다는 인식"[10]을 반영하고 있기 때문이다. 이 마법성이 현대 서정시에서도 가장 중요한 요소임은 다음의 시에서 확인할 수 있다.

---

7. 김준오, 앞의 책, 34쪽.
8. 최남선, 「조선국민문학으로서의 시조」, 『조선문단』 16, 1926. 5. 최승호, 「전통서정시론의 시대적 변천」, 『어문학』 73, 2001. 6., 499쪽.
9. G. Lukács, 반성완 옮김, 『소설의 이론』, 심설당, 1985, 29쪽.
10. 에른스트 피셔, 김성기 옮김, 『예술이란 무엇인가』, 돌베개, 1984, 54쪽.

죽은 꽃나무를 뽑아낸 일뿐인데
그리고 꽃나무가 있던 자리를 바라본 일뿐인데
목이 말라 사이다를 한 컵 마시고는
다시 그 자리를 바라본 일뿐인데
잘못 꾼 꿈이 있었나?

인젠 꽃이름도 잘 생각나지 않는 殘像들
지나가는 바람이 잠시
손금을 펴보던 모습이었을 뿐인데

인제는 다시 안 올 길이었긴 하여도
그런 길이었긴 하여도

이런 날은 아픔이 낫는 것도 섭섭하겠네.

_장석남, 「왼쪽 가슴 아래께에 온 통증」 전문

　　이 시에서 시인은 나와 세계의 소통, 즉 마법적 교류에 대하여 이야기
하고 있다. 그는 죽어버린 꽃나무를 뽑아내 버린다. 그리고 목이 말라 사이
다를 마시며 그 꽃나무가 있던 자리, 이미 부재가 확인된 그 자리를 바라볼
뿐이었는데, 갑자기 "왼쪽 가슴 아래께에 온 통증"을 느낀다. 화자는 이 두
사건 사이에 어떤 인과성이 개입되어 있는 것이라 느낀다. 꽃나무의 죽음이
현재 화자의 고통과 연계되어 어떤 인과관계를 형성하고 있다는 생각이다.
시인은 생기도 영혼도 없는 사물에 불과한 죽은 꽃나무가 자신도 알지 못하
는 어떤 신비한 경로를 통해서 시인의 아픔과 접속되어 있다고 믿고 있다.
그는 마치 태초의 시공에 놓인 태초의 인간처럼 "대상과의 연속감과 일체감
을 갖는 '유기체의 완전한 전체적 느낌', 즉 '원초적 통일성'을 경험"[11]하고

있는 것이다. 그리고 우주에 촘촘하게 펼쳐진 생명의 그물망을 느낀 "이런 날"로부터 멀어지는 것에 대해 섭섭함을 느낀다. 마법적 그물망 밖에 놓임에 대한 섭섭함은, 인간과 세계의 소통이 차단된 자본주의의 '영혼 없는 물활론'으로 복귀할 수밖에 없는 현실에 대한 서운함을 의미한다. 이 시인의 이런 느낌은 서정시의 세계에서 그리 낯선 것이 아니다. 이런 인식은 "죽을 때 섭섭할 것 없이 죽게 하고, 또 뒤에 남은 끝없이 그리운 것들과, 나보단 앞서 죽은 안 잊히는 것들 사이에 건넬 다리를 놓아 주는 무슨 사상"¹²을 탐색하며 그것을 '영통靈通'이나 '혼교魂交'라는 개념으로 정리한 바 있는 서정주의 사상과 일맥상통한다. 그리고 이것은 『삼국유사』에 가득한 전통적인 사유이다. 서로의 소통을 가능하게 해줄 그 어떤 '다리'가 바로 마법성이라 할 수 있다.

이와 관련하여 벤야민의 아우라Aura 개념이 시사적이다. 그는 아우라를 "원래 무의지적 기억에 자리 잡고 있는 어떤 지각 대상의 주위에 모여드는 연상작용"¹³으로 규정하고 있다. "아우라의 경험이란 인간 사회에서 흔히 볼 수 있는 반응 형식을, 무생물 내지 자연적 대상과 인간 사이에 존재하는 관계에 옮겨놓는 데 있는 것이다. 우리가 시선을 주고 있는 자나 시선을 받고 있다고 느끼는 자는 우리에게 시선을 되돌려 준다"는 표현은 마법성의 근본 특질을 시적으로 요약한 것으로 보인다. 물론 인간을 철저하게 중심에 놓고 전개하는 일종의 심리학적 분석에 기반하고 있다는 점에서 한계를 지니긴 하지만.

마법성은 세계와 자아의 소통 가능성을 의미한다. 서정의 정신은 현실의 차이와 구별을 넘어 세계와 나의 상호 교감을 믿는 정신이다. 서정의 세

11. 김준오, 앞의 책, 59쪽.
12. 서정주, 「내 시정신의 현황—김종길 씨의 '우리 시의 현황과 그 문제점에 답하여'—」, 『문학춘추』, 1964. 7., 269쪽.
13. 발터 벤야민, 반성완 역, 『발터 벤야민의 문예이론』, 민음사, 1983, 155쪽.

계에는 자아와 타자의 구별이 없다. 그것의 기원이 인식상의 착오나 혹은 벤야민처럼 심리적인 반응일지라도 인간에게 이 서정의 정신은 근원적으로 삭제 불가능한 일종의 본능이다. 이 마법성은 초월에 대한 갈망을 담고 있다. 서정 시인에게 사물은 사물 그 자체가 아니라 초월적 세계로 가는 통로가 된다. 그래서 서정시의 핵심적인 역할은 '영혼 속에서 타오르는 불꽃'이 '별들이 발하고 있는 빛'과 본질적으로 동일하다는 마법적 인식을 확신시키고 확산시키는 데 있다.

3. 서정성의 위기와 한계

서구 이성주의자들은 근대의 발걸음이 마법성의 세계와 단절하면서부터 시작된다고 본다. 막스 베버가 이성의 기획으로 인하여 근대 자본주의가 마법성의 세계로부터의 벗어났음을 말하고, 호르크하이머와 아도르노와 같은 독일 철학자들이 "계몽의 프로그램은 〈탈마법화disenchantment〉"[14]라고 단언한 것도 이런 맥락에서이다. 즉 논리와 수량화 그리고 이로 인한 예측 가능성을 특성으로 하는 과학적 이성이 행한 최초의 기획은 바로 마법의 세계를 벗어나는 탈마법이었던 것이다. 탈마법에 의해 총체성의 시대는 상실되었으며 서정 시인들의 위상은 위협받게 되었다.

라캉이 통일된 정체성의 허구를 심리학적 입장에서 지적한 것 역시 마법성에 대한 부정으로 읽힌다. 그가 설정한 상상계는 아이가 거울을 보며 자기와 거울 속에 비친 자신의 이미지를 하나의 완성된 총체성으로 인식하는 단계이다. 거울 단계로 부르는 이 시기에 거울에 비친 자기의 모습을 자

---

14. M. 호르크하이머, Th. W. 아도르노, 김유동 외 옮김, 『계몽의 변증법』, 문예출판사, 1995, 23쪽.

기의 이상적인 이미지로 인식하는 것처럼 어린이는 엄마와 자신을 분열되지 않은 하나의 완결된 세계로 인식한다. 타자는 자아의 밖에 알 수 없는 것으로 존재하는 이질적인 대상이 아니라 자아의 부족한 결핍을 채워주는 낯익은 존재로 인식된다. 그래서 이 세계는 '너는 나이고 나는 너'인 세계라 할 수 있다. 그러나 라캉은 이 세계의 조화로움은 거울 이미지의 좌우가 뒤바뀐 사실을 정확하게 인식하지 못한 착오 때문에 생긴 허구적 결과임을 지적한다. 아이가 느꼈던 조화로운 세계는 세계를 정확하게 인식하지 못한 인식론적 한계가 만들어낸 환상의 세계일 뿐이라는 것이다. 이제 마법성은 갈 곳이 없어 보인다.

벤야민은 이를 아우라의 상실로 부르고 있다. 그는 서정 시인들이 지녔던 아우라는 이제 모든 것이 죽은 사물로 돌아간 기술복제 시대에 더 이상 존재하기 힘들다고 본다. 예술작품을 종교의식적인 계보 속에서 파악하는 그는 기존 예술작품의 원본성이 지닌 신비한 기운을 아우라로 본다. 그 아우라는 신과 인간의 통로 역할을 하던 제사장과 소통이 이루어지던 장소가 지닌 신비함을 담고 있다. 그러나 제사장의 시대가 끝나고 예술이 종교의식으로부터 독립되면서 구체적인 제례는 사라지고 그 흔적으로서 아우라만이 남게 되었다. 그것도 기술복제 시대에 들어설 자리가 없다는 것이 그의 주장이다. 아우라의 상실에 대한 기묘한 반응, 아우라를 비판하면서도 그것의 상실을 서운해하는 벤야민의 이중적인 시선 속에 서정시의 불안한 위상이 비치는 듯하다. 벤야민이 가장 관심을 보이고 있던 시인 보들레르 역시 마법성에 대한 믿음을 지닌 서정 시인을 조롱하고 있다. 아우라가 깃든 운율을 후광처럼 벗어던지고 과감하게 산문 형식을 시에 도입한 「잃어버린 후광」은 바로 근대에 던져진 서정시의 위치를 생각해보게 한다.

아니, 이런! 당신이 여기를? 당신이 다 이런 지저분한 곳에 오다니! 정기만을 마시는 자네가! 이건 나로선 정말 놀라운 일인데.

─여보게, 당신도 알다시피 나는 말과 수레를 두려워하지 않는가. 난 방금 말일세, 길을 건너 왔는데, 황급히 한꺼번에 죽음이 달려드는 저 소용돌이치는 혼돈 사이를 헤쳐 나아가다가 갑자기 몸을 잘못 놀린 바람에 그만 내 후광이 머리에서 포도鋪道의 진흙창 속에 떨어져 버렸네. 나는 그 후광을 주워 올릴 용기가 없었어. 자신의 뼈를 부러뜨리느니보다는 자신의 휘장을 잃어버리는 편이 덜 다친다고 판단했지. 그리고 심지어 나는 전화위복이라는 말이 일리가 있다고 혼자 생각했어. 나는 이제 남이 알지 못하게 돌아다닐 수도 있고, 나쁜 짓도 할 수 있으며, 평범한 사람들처럼 천한 행동에 빠질 수도 있는 거야. 그래서 보다시피 자네와 똑같이 나도 여기에 와 있는 게 아닌가!

─하지만 자네는 후광을 잃어버렸다고 알리든지 아니면 분실신고 센터에 문의하도록 해야지.

─아니, 천만에! 그럴 생각은 없어. 나는 여기가 마음이 편해. 나를 알아본 것도 자네뿐이야. 게다가 위엄을 부리는 것도 신물이 났어. 그리고 또 이런 걸 생각하면서 즐거울 수도 있을 걸세. 어느 엉터리 시인이 그걸 주워서 뻔뻔스럽게 쓰고 다니는 꼴을 말야. 사람을 행복하게 해 준다는 것은 얼마나 즐거운 일인가! 더구나 날 웃기는 행복한 치들을 말야! X나 Z같은 치들을 생각해 보게나. 어때! 정말 꼴불견이 아니겠나!"

_보들레르, 「잃어버린 후광」 전문

보들레르가 이 시에서 전달하고자 하는 것은, 천사가 쓰고 다니던 한물간 후광을 주워 뻔뻔스럽게 쓰고 다니는 시대착오적인 엉터리 시인의 희극성이다. 이미 시대는 "황급히 한꺼번에 죽음이 달려드는 저 소용돌이치는 혼돈"의 시대이다. 모든 것이 사물의 위치로 환원된 자본주의 시대, 기술의 메커니즘이 인간의 정신을 완전하게 장악한 이 '영혼 없는 물활론'의 시대에 엉터리 시인의 후광은 조롱의 대상이 될 뿐이다. 이 엉터리 시인의 후광은 우리가 앞에서 논의한 마법성이며 그것의 형제인 '영감'을 의미한다. 영감 혹은 마법성은 모든 것이 정량적인 사유로 측정 가능하고 예측 가능해야 하는 근대 세계에 설 자리를 잃어버리고 말았다. 그래서 우격다짐으로 이 시대에 마법성을 주장하는 것은 현대 세계에서 '꼴불견'이 될 수밖에 없다. 낭만주의가 모더니즘에 자리를 내어준 것도 이런 시대적 조류와 무관하지 않다.

그렇다면 이제 서정성은 폐기되어야 할 것인가. 세계와 자아의 소통 가능성에 기반을 두고 있는 마법성을 서정시가 폐기하는 것은 서정시의 존재 기반 자체를 부정하는 일이 된다. 그때 서정시는 더 이상 서정시라 부를 수 없을 것이다. 그렇다면 상실된 아우라로서의 마법성이 자본주의와 과학주의 아래 부정될 운명에 놓인, 아니 이미 부정되고 있는 이 시점에서 서정시는 여전히 가능한가. 이 근원적인 위기에 비하면 아우슈비츠 사건은 서정시의 위기와 그다지 관련이 없다고도 할 수 있다.

이런 위기에도 불구하고 모든 시들은 서정시로 귀의하는 이상한 현상이 생겼다. 서정시의 세력은 엄청나게 확대되어 그 끝을 보기 힘들게 되었다. 일망무제의 서정시의 세계, 이 서정의 세계는 황지우·이성복 류의 실험정신을, 박노해·김남주 류의 비판정신을 삼키고 시단을 접수하고 말았다. 1990년 들어서 서정시 논의가 본격적으로 펼쳐진 것은 이런 현상의 한 맥락이라 할 수 있다. 이제 창작과비평사, 문학과지성사에 나오는 요즘 시들은 모두 서정시 일색이다. 김수영문학상도 서정시가 접수하였다. 만법귀일萬法歸一, 모든 시들은 서정으로 귀일하고 말았다. 그리고 다른 한쪽에 승산이 없는 느와르 시 혹은 잔혹시가 더 자학적으로 존재하고 있다. 이들 시는 서정시에 귀순하지 않은 실험정신과 비판정신을 유민으로 받아들이고 있다. 그렇다면 실험시와 민중시를 쓰던 시인들이 마법성의 가치를 새롭게 인식하였다는 것인가. 그렇게 볼 수는 없을 듯하다. 아마도 서정시가 지닌 본질에 치열하게 다가가지 못 하고 그 근처에 안일하게 머물고 있다고 해야 할 것이다.

지금 전통 서정시의 문제는 새로운 시기에 자신의 본질인 마법성을 어떤 식으로 변용하여 새로운 설득력을 얻을 것이냐 하는 점에 있다. 지금까지 논의한 이 마법성을 일종의 무지한 미신 시대의 산물로 본다면 지금 서정시는 존재 가치가 없다. 세계와 자아의 동일성, 즉 마법성이 라캉이 말한 일종의 착오라면 서정시는 상상계에서 벗어나 상징계로 들어서서 새로운 모습으로 거듭 태어나야 할 것이다. 상상계에 대한 집착은 일종의 병적 징후로 해석될 뿐이기 때문이다. 우리는 이미 수많은 차이와 분열이 작용하는 영역, 즉 상징계에 발을 들여놓았다. 그럼에도 차이를 무시하며 조화로운 전체를 믿는 상상계 속의 서정성을 믿을 수는 없을 것이다. 서정성은 여기에서 새로운 돌파구를 마련해야 한다. 하지만 서정시를 쓰는 시인은 자신의 행위가 얼마나 위태한 상황에 놓여 있는지 모르고 있다. 바로 이것이 서정시의 근원적인 문제가 된다.

이런 본질적인 문제에 비할 때 그 외의 서정시의 문제는 사소한 것에 불과할 수 있다. 그 중에서 언급할 만한 것이 자아의 절대적인 우위에서 발생하는 몇 가지 문제이다. 과잉된 주관성과 엘리트적 교훈성이 그것이다. 먼저 주관화는 왜곡된 소통을 만들기 때문에 문제이다. 마법성은 주체와 객체의 대등한 소통을 가정하는데 서정 시인들은 객체에 대한 관심을 전혀 가지지 않고 모든 것을 주관화하여버린다. 그래서 세계의 자아화는 일종의 폭력의 양상으로 나타난다. 사물에 대한 습관적인 주관화가 오히려 인식을 상투적으로 만들어버리고 변호인 없는 세계를 왜곡한다.

이미지즘이 등장하는 것도 바로 이 지점이다. 이미지즘은 그래서 명확한 인식을 강조하고 관념의 투입을 적극적으로 경계한다. 서정시의 주관성 과잉에 대한 비판은 이전에도 문제된 바 있다. 퐁쥬의 『사물의 편』이라는 시집 제목이 뜻하는 바도 주관의 과잉에 대한 경계라 할 수 있다. 그는 과잉된 주관성에 대한 고민을 많이 한 시인이라는 점에서 독특한 시인이라 할 수 있을 것이다. 우리 시에서는 이미지즘의 시인인 김광균 역시 주관성의 과잉에서 자유롭게 보이지 않는다는 점에서 우리 시에 끼친 서정성, 즉 마법성의 영향을 확인할 수 있다. 서정시의 범람이 심할수록 주관성 과잉의 문제는 계속 제기될 것이다. 그리고 이 문제의 반발로 포스트이미지즘을 초래할 가능성이 높으며 현재 김기택, 이윤학 같은 경우도 일종의 포스트이미지스트라 할 수 있다.

다음으로 다룰 것은 일종의 엘리트 의식에 기반한 교훈성의 문제이다. 서정시가 세계와 자아의 동일성 혹은 소통 가능성을 바탕으로 하므로 소통을 통하여 세계의 본질을 인식하는 것으로 생각된다. 그 소통을 아무나 이룰 수 있는 것이 아니므로 시인은 일종의 제사장의 위치에 놓이게 된다. 따라서 시인은 자연스럽게 선민의 포즈를 취하게 된다. 그러나 유보 없는 깨달음은 독단에 이를 위험에 노출되기 쉽다. 그 위험이 직접적으로 드러나는 장면이 바로 통찰 혹은 깨달음을 늘 교훈조로 서술하는 때이다. 요즘 서정시에 선시禪詩처럼 깨달은 자의 일갈이 많은 것도 이런 문제 때문이다. 세계의 본질에 대한 깨우침이 그 세계를 더 낯설게 보여주지 못하고 교술적 지향으로 인하여 상투적으로 만들어버린다.

어린 눈발들이, 다른 데도 아니고
강물 속으로 뛰어내리는 것이
그리하여 형체도 없이 녹아 사라지는 것이
강은,
안타까웠던 것이다
그래서 눈발이 물위에 닿기 전에
몸을 바꿔 흐르려고
이리저리 자꾸 뒤척였는데
그때마다 세찬 강물소리가 났던 것이다

그런 줄도 모르고
계속 철없이 철없이 눈은 내려,
강은,
어젯밤부터 눈을 제 몸으로 받으려고
강의 가장자리부터 살얼음을 깔기 시작한 것이었다

_안도현, 「겨울 강가에서」 전문

안도현의 「겨울 강가에서」는 좋은 서정시임에는 틀림이 없다. 철저하게 세계를 주관화하는 것, 즉 '세계의 자아화'라는 공식에 철저하게 입각해 있기 때문이다. 하지만 이 시는 철두철미하게 인간 중심주의로 사물의 존재성을 희석하고 있다는 점에서 한계를 지닐 수밖에 없다. 세계는 주관의 해석 속에서, 사물로부터 끊임없이 교훈을 읽어내려는 윤리적 강박관념 속에서 사라져버린다. 이 시에서 그 교훈은 파스텔 톤으로 처리되긴 하였으나 시종일관 시의 흐름을 장악하고 있다. 결국 강물의 몸은 인간 중심적인 해석에 희생되고 만다. 사물의 물질성이 증발하고 관념만이 남는다. 사물에 대한 인간의 일방적인 해석이 자아와 세계의 소통이라 믿고 있다는 증거이다. 그렇기 때문에 그 믿음은 늘 교훈적이고 엘리트적이다. 그나마 「겨울 강가에서」는 교훈을 기술적으로 잘 처리하고 있는 서정시이지만 많은 서정시들은 사물 하나에 교훈 하나를 기계적으로 대입한다. 이렇게 서정의 감동은 사라져버리고 유아唯我주의적인 교훈만이 남았다. 그렇다면 차라리 서정을 버리고 아포리즘을 쓰는 쪽이 더 현명할지 모른다.

4. 서정시의 새로운 임무

총체성이 사라진 오늘날 우리가 말하는 서정시는 이 상실된 총체성, 즉 유토피아나 '근원'에 대한 지향을 지닐 수밖에 없으며, 여기에서 언어는 관습적인 의미를 벗어버리고 마법적 의미를 복원하고자 하는 욕망을 지니게 되었다.[15] 그러나 그 욕망의 타당성이나 실현방법에 대한 진지한 관심과 분석은 이루어진 적이 없다. 그럼에도 이 시기에 요구되는 서정시는 최소한 다음의 요건을 충족해야 한다고 예상할 수는 있다.

먼저, 미래의 서정시는 자본주의의 사물화와 포스트모더니즘의 니힐리즘에 대한 강력한 타자로 존재해야 한다. 자본주의는 그 바탕에 물질에 대한 강렬한 향수를 지니고 있다는 점에서 물활론의 성격을 지니고 있지만, 기본적으로 가장 생기 없는 물활론이다. 그 세계에서 사물은 교환가치에 의해 내부가 싸늘하게 식어버린 사물死物이 되어버린다. 서정시는 이 싸늘한 내부에 사물의 마음을 되돌려, 사물을 활물活物로 돌이키는 임무를 수행하여야 한다. 자본주의와 과학주의에 의해 말살된 소통의 세계를 환각으로 처리하지 않고 하나의 생생한 현실로 자연스럽게 보여주는 것이 서정시의 임무가 될 것이다. 세계와 자아가 신비적인 비전이 아니라 비판적 인식을 통해 서로 유기적으로 연계되어 있음을 보여주는 것이다. 그러할 때 미래에는 벤야민이 아쉬워한 아우라가 새롭게 태어날 것이다. 그것은 비판의 세례를 거친 새로운 아우라, 근원적으로 소통이 불가능하다는 인식을 지니고 있는 유한한 아우라가 될 것이다. 포스트모더니즘의 니힐리즘에서도 마찬가지이다. 자본주의나 포스트모더니즘의 세계관은 현상만을 강조하여 논의의 평면성을 벗어나지 못한다. 그래서 시는 '일차원적 존재'로 남게 된다. 이때 자아와 세계의 소통을 꿈꾸는 마법성은 이 강고한 평면을 뚫고 가능성의 새로운 차원을 열어줄 수 있다.

또한 미래의 서정시는 서정시가 빠지기 쉬운 세계의 모순에 대한 무비

---

15. 금동철, 「서정주의의 정신적 지향 1」, 한국현대시학회 편, 『20세기 한국시의 사적 조명』, 태학사, 2003, 332쪽.

판적인 초월을 극복한 시가 되어야 할 것이다. 즉 이 자본주의와 포스트모더니즘의 타자가 되기 위해서는 문제의 핵심에 대한 투철한 인식이 있어야 한다. 모든 분쟁과 투쟁, 냉소를 무관심하게 바라보고 아무런 대안 없는 초월을 말하는 것만큼 무책임한 것이 없다. 미래의 서정시는 당대의 상황을 반영한 서정시이며 당대의 문제점을 냉철하게 통찰한 후에 나오는 것이어야 한다. 미래의 서정시는 이 세계의 삐걱거림을 담고 있어야 한다. 삐걱거림을 천상의 음악이라며 다른 이의 귀를 혼란스럽게 해서는 안 될 것이다. 그 삐걱거림을 드러내는 방식은 시인 자신의 개성이 결정할 문제다.

위조 서정시에 대한 고백

1. 교감의 세계

서정성은 시론의 핵심이다. 지금 모든 시는 서정시라는 인식이 확산되어 가고 있다. 김준오의 『시론』이라는 책은 그런 이데올로기의 준거가 되고 있다. 서정시의 제국주의적 확장은 기존의 과격한 실험시를 쓰던, 또한 열혈의 참여시를 쓰던 수많은 시인들을 전향시켰다는 점에서 확인되는 바이다. 이성복, 황지우, 박노해 등 각 진영의 최고의 문장가들이 어느새 서정의 영토에 영주하고 자신들의 이름을 땅에 묻었다. 그토록 서정의 힘은 강렬하다. 모든 시인은 서정에 대하여 근원적인 노스탤지어를 가지고 있는 듯하다. 그들이 최후로 묻히길 원하는 곳은 바로 서정의 영토이다.

　　서정성은 세계와 자아의 동일성을 의미한다. 이 두 세계가 서로의 차이를 망각하고 도달한 상응 혹은 혼융의 순간이 바로 서정성의 핵이다. 김광섭은 이것을 다음과 같이 시로 표현하고 있다.

꽃은 피는 대로 보고
사랑은 주신 대로 부르다가
세상에 가득한 물건조차
한아름 꽉 안아보지 못해서
전신을 다 담아도
한 편篇에 2천원 아니면 3천원
가치와 값이 다르건만
더 손을 내밀지 못하는 천직天職.

늙어서까지 아껴서
어릿궂은 눈물의 사랑을 노래하는
젊음에서 늙음까지 장거리의 고독!
컬컬하면 술 한 잔 더 마시고
터덜터덜 가는 사람.

신이 안 나면 보는 척도 안 하다가
쌀알만 한 빛이라도 영원처럼 품고

나무와 같이 서면 나무가 되고
돌과 같이 앉으면 돌이 되고
흐르는 냇물에 흘러서
자국은 있는데
타는 놀에 가고 없다.

_김광섭, 「시인」 전문

이 시는 시와 시인의 세계를 반성적으로 고찰하고 있는 메타시이다. 서정 시인이 자신을 성찰하지 않는다는 점을 생각한다면, 즉 슈타이거가 말한 바 서정 시인은 서정 속에 놓인 자신을 분별하고 분석하는 '상면相面'의 차원을 부정한다는 사실을 생각한다면 이 시는 완전한 서정시라 할 수 없을 것이다. 그러나 우리는 이 시에서 서정성의 본질을 직설적으로 말하는 부분을 만날 수 있다. 바로 "나무와 같이 서면 나무가 되고/ 돌과 같이 앉으면 돌이 되"는 시인의 감정 상태에 대한 설명이 그것이다. 나무와 같이 서는 순간 시인은 어떤 매개도 없이 나무가 된다. 이 순간 나무와 시인은 애초에 어떤 경계를 지니지 않은 존재일 뿐이다. 서로는 서로의 연장延長일 뿐이다.

　이로 볼 때 서정성의 본질은 마법성이다. 서정성은 찰나적인 초월을 통하여 자아와 대상 사이의 거리가 무화되는 순간에 발생한다. 이 순간 서정적 자아에게 세계는 타자가 아니라 자아와 세계의 구분이 소멸된 상상계의 또다른 자아로 존재한다. 그에게 세계는 너무나 낯익은 자아의 연장이다. 찰나적인 초월은 현실적으로 명백하게 존재하는 자아와 세계의 실존적인 차이를 주관적으로 무화시킨다는 점에서 마법적 순간이다. 이런 순간을 가장 잘 그리고 있는 시가 정현종의 「교감」일 것이다.

　　젖은 안개의 혀와
　　가등街燈의 하염없는 혀가
　　서로의 가장 작은 소리까지도
　　빨아들이고 있는
　　눈물겨운 욕정의 친화

_정현종, 「교감」 부분

　김광섭이 그 세계를 산문적으로 보여주었다면 정현종은 시적으로 느끼게 해준다. 이 시에서 서정적 자아는 가로등과 안개의 교감을 독자에게 전해주고 있다. 마치 가로등과 안개의 입김이 우리의 귓속으로 부드럽고도 뜨

겹게 흘러 들어오는 듯하다. 화끈거리는 귓불에 서로의 몸이 저절로 엉키는 줄 모르는 연인처럼 이 둘의 실존적인 거리는 사라져버렸다. 관찰자적 위치에 있는 듯한 서정적 자아는 끝내 이 시에서 몸을 드러내지 않는다. 그는 전지적 작가의 시점, 즉 신과 같은 시점으로 마법과 같이 사라져버렸다. 바로 여기에 서정성의 핵심이 있다. 서정성은 초월적 세계와 어떤 연계를 지니고 있다.

2. 서정성, '즉卽의 마술'

초월적 세계로 가는 수사학적 사다리는 은유이다. 은유는 두 세계의 순간적인 초월을 언어의 몸으로 체현하는 수사학이기 때문이다. 은유는 두 대상 사이에 어떤 매개도 놓지 않으면서 그것이 순간적으로 접합되고 혼용되게 만든다. 이런 혼용이 구조적으로 잘 드러난 시가 바로 「동천」이다. 반복되긴 하지만 은유적 세계를 전형적으로 드러내는 이 시를 구체적으로 분석해보자.

> 내 마음속 우리님의 고운 눈섭을
> 즈문밤의 꿈으로 맑게 씻어서
> 하늘에다 옴기어 심어 놨더니
> 동지 섣달 나르는 매서운 새가
> 그걸 알고 시늉하며 비끼어 가네
>
> _서정주, 「동천冬天」 전문

「동천」은 지금까지 많은 논자들이 지적한 바처럼, 서정주의 마법적 세계관을 잘 드러내주는 작품이다. 즉 은유의 가장 모범적인 시이다. 그래서 여기에 사용된 은유 형태는 은유의 모든 형태 중에서 가장 핵심적이고 뛰어난 것이 되며, 따라서 「동천」은 은유를 가장 잘 활용한 시로 평가된다. 이 시에서 지상(눈썹)과 천상(하늘)은 화자의 이식 행위를 통해 순식간에 은유적 총체화의 세계에 도달한다. 이식의 행위를 통해 단절된 두 세계의 거리는 '어두운 밤을 비추는 일순의 번개'처럼 순간적으로 극복되어 두 세계는 즉시성卽時性의 소통 상태로 전환되고 결과적으로 은유적 초월이 이루어지는 것이다.

「동천」에서 이질적인 세계의 순간적 합일, 지상과 천상의 순간적 이월은 '즉의 마술the magic of that is'에 의해 그 절차의 의구심을 상쇄하고 있다. 은유의 사용은 두 사물이 근원적인 면에서 서로 교환 가능함을 전제로 한다. 교집합이 되는 유사성을 바탕으로 두 세계는 자유로이 넘나들 수 있게 되며, 전혀 소통 불가능한 닫힌 세계가 서로에게 활짝 열리게 된다. 이 같은 유사성에 대한 믿음은, 보이지 않는 하나의 통로 혹은 기반을 통해 내적 연관성이 확보될 수 있다는 연속성에 대한 믿음과 통한다. 이 시의 '눈썹'과 '달'도 이런 연속성을 기반으로 하여 소통의 세계로 자연스럽게 들어서게 되었다. 이어지는 나머지 행들은 양자의 즉각적인 합일을 고정시키고 기정사실화하는 역할을 수행할 뿐이다.

그러나 이 시는 여러 모로 어떤 균열을 드러내고 있다. 은유가 너무 성급하게 이루어진 것처럼 이 시의 상징성은 추상적으로만 존재한다. 그리고 그것은 이 시를 미완성의 소품으로 떨어트린다. 이것은 시의 전체 구조에 부조화와 불안감을 초래하는데, 그것은 첫째 리듬의 불안정에서, 둘째 4, 5행의 무기능에서, 마지막으로 새의 의미와 역할 문제에서 드러난다. 이것은 「동천」이라는 작품이 결코 미적으로 완결된 작품이 아니라는 점을 확인해 주는 근거가 된다. 이 중에서 은유적 총체성의 균열을 가장 잘 보여주는 지표로 "매서운 새"의 등장을 들 수 있을 것이다. 이 시에서 많은 논자들에게 유일하게 이견을 보이는 소재라는 점에서 어느 정도 그 균열은 반증된다.

새는 자유로운 영혼의 반영으로 읽히기도 하고, 시인과 대립되는 존재로 읽히기도 한다. 새는 유리처럼 완전무결하게 완성된 은유적 총체성에 결정적인 타격으로 금이 가게 하며 날고 있는 것이다. 이것은 아마도 어떤 매개도 없이 성급하게 도달한 은유의 한계일 수 있다. 이런 은유의 한계는 서정주의 다른 시와 비교해볼 때 확연해진다.

> 향단아 그넷줄을 밀어라
> 머언 바다로
> 배를 내어 밀듯이,
> 향단아
>
> 이 다소곳이 흔들리는 수양버들 나무와
> 벼갯모에 뇌이듯한 풀꽃더미로부터,
> 자잘한 나비새끼 꾀꼬리들로부터
> 아주 내어 밀듯이, 향단아
>
> 산호珊瑚도 섬도 없는 저 하늘로
> 나를 밀어 올려다오.
> 채색彩色한 구름같이 나를 밀어 올려다오
> 이 울렁이는 가슴을 밀어 올려다오!
>
> 서西으로 가는 달 같이는
> 나는 아무래도 갈 수가 없다
>
> 바람이 파도를 밀어 올리듯이
> 그렇게 나를 밀어 올려다오

향단아.

_서정주, 「추천사鞦韆詞」 전문

이 시에 보이는 '하늘'은 초월적이고 반反지상적인 공간이며 화자가 합일하고자 하는 대상이라는 의미에서 「동천」의 하늘과 유사하다. 그러나 후자(「동천」)가 초월이 완료된 선험적인 곳으로 상정되고 있는 데 반하여 전자(「추천사」)는 지상적 존재가 갈구하는 지향적 공간으로 설정되어 있다. 이 공간적 차이로 인하여 시어들의 선택이나 분량 등도 결정된다. 선험적 공간은 인간의 어휘가 처음부터 불필요한 곳이기에 서술적인 표현은 물론 비유적인 표현으로도 접근이 허락되지 않는다. 그렇기 때문에 「동천」에 동원되고 있는 언어는 몇 개의 기본 어휘로 제한되고, 시 형태도 소품의 수준에 머물러 있게 되는 것이다. 그러나 「추천사」에는 수많은 어휘가 다양하게 동원되어 있으며 그 언어도 지상계에 속하는 어휘가 압도적으로 많다. 따라서 시행도 몇 배나 많을 수밖에 없다.

「동천」과 「추천사」에서 초월적 대상인 '하늘'을 추구하는 자세는 많은 차이가 난다. 「동천」의 화자가 아무런 장애 없이 합일을 손쉽게 성취하는 것으로 설정되어 있는 데 반해, 「추천사」의 화자는 지상의 것에 대한 애증과 그것들로부터 벗어나려는 눈물겨운 의지를 보여준다. '수양버들 나무, 풀꽃더미, 자잘한 나비새끼, 꾀꼬리, 산호, 섬' 등으로 나타나는 지상계의 존재들에 대해 화자는 착종된 애증을 지니고 있다. 그것은 이들 앞에 "이 다소곳이 흔들리는" "벼갯모에 뇌이듯한" 등의 애정이 깃든 꾸밈말을 덧붙이거나, 이 시어들이 다른 시에서는 대부분 긍정적 대상으로 나온다는 사실에서 확인할 수 있다. 그래서 「추천사」에는 지상에 대한 애증을 지닌 채 초월적 세계를 갈망하는 유한한 존재의 간절함이 상당한 시적 설득력을 지니게 되는 것이다. 그리고 무엇보다 소중한 것은 이 화자가 "서西으로 가는 달 같이는/ 나는 아무래도 갈 수가 없다"며 자신의 초월에 대한 불가능을 인식한 채 '추천' 행위를 한다는 사실이다.

이에 반해 「동천」은 '추천'의 노력 없이 너무나 손쉽게 하늘에 입성해 버린다. 수사학적으로 「동천」에 은유(혹은 상징)만이 사용되고 있는 데 반해 「추천사」에는 은유가 전혀 사용되지 않고 오직 직유만이 사용되고 있다. "배를 내어 밀듯이" "채색彩色한 구름같이" "서西으로 가는 달 같이는" "바람이 파도를 밀어 올리듯이" 등이 바로 그것이다. 초월적 합일의 성취를 표현하고 있는 「동천」이 은유만을 사용하고 있으며, 초월을 갈망하는 유한한 존재의 보편적 갈망을 담은 「추천사」가 직유만을 사용하고 있다는 것은 절대 우연적인 것이라 할 수 없다. 수사학의 문제는 곧 세계관의 문제이기 때문이다.

직유와 은유의 차이는 무엇인가. 이것에 대해 서정주는 「시의 암시」라는 글에서 이미 자신의 결론을 내려놓고 있다. 그는 "〈무엇같이〉 〈무엇처럼〉 〈무엇마냥〉 등을 뒤풀이하면 도무지 유치해 보"이므로, "〈처럼〉이나 〈마냥〉 등의 이러한 표현을 안 쓰고도 될 수 있는 길을 곰곰이 생각한 끝에 생겨난 것"이 바로 은유라 한다. 그는 뮈세의 시 「봉주르, 슈종」의 "내 수풀 속의 꽃"을 그 예로 드는데, 이것은 말하자면 "수풀 속의 꽃 같은 나의 슈종이여!"라는 표현에서 직유를 생략한 형태가 된다. 그에게 직유와 은유의 구별, 비유와 상징의 구별은 이처럼 단순명쾌하다.

은유가 직유의 일종이 아닌 것처럼 직유는 은유의 일종이 아니라 오히려 비-자기기만적 수사학의 일종, 바로 환유와 친연성을 지닌 비유의 일종이다. 직유는 자아와 세계 간의 합일이나 초월의 유보를 전제로 성립하는 수사법이다. 그 속에는 은유가 보여주는 마법의 세계나 신념에 찬 확신이나 명쾌함이 없다. 오히려 망설임과 유보만이 존재한다. 직유 속의 화자는 해석을 기다리는 세계 앞에 서서 조심스러움과 불안감, 더 나아가서는 두려움마저 지니고 있다.

「동천」은 이런 망설임과 유보, 조심스러움과 두려움 등을 전적으로 무시한다. 「동천」의 화자는 은유나 상징이 보여주는 초월에 대한 확신을 가지고 있으며, 더 나아가 자신을 초월적 존재로 규정해버리는 환상을 지니고 있다. 이것은 「추천사」의 화자가 "서西으로 가는 달 같이는/ 나는 아무래도 갈 수가 없다"며 직유를 사용하여 한계의식을 드러낸 것과는 전혀 다른 태도이다. 「추천사」의 화자는 "채색彩色한 구름같이" "서西으로 가는 달 같이는" 등의 직유를 사용하여 '나=구름' '나=달' 즉 '지상계=천상계'의 등식관계를 유보한다. '나'와 '달', '나'와 '구름' 사이에 '같이'가 들어 있음으로써 이 둘의 초월적 합일은 영원히 유보된다. 이런 유보는 결국 "나는 아무래도 갈 수가 없다"는 유한성에 대한 인식과 관계가 깊다. 은유를 사용한 「동천」과 직유를 사용한 「추천사」의 세계는 이처럼 분명한 차이를 지닌다. 하나는 자기기만적 동일시라는 환각에 빠져 있으며 다른 하나는 이로부터 거리를 유지하고 있다.

「동천」의 화자가 직유적 유보나 망설임을 전적으로 무시하며 은유적 환각 속에서 선험적으로 주어지는 것처럼 손쉽게 초월을 성취하는 것은 곧 서정주 시의 한계가 어디에 근거하는지를 잘 보여주는 예가 된다. 이질적인 차원의 두 사물이나 세계에서 본질적인 유사성을 읽어내어 그것들을 서로 혼용하게 하고 소통케 하는 것은 시인의 근원적인 욕구이다. 하지만 그것은 언제까지나 미래완료형의 희망이다. 그것을 현재완료형의 사건으로 인식하고 확신한다면 그의 시는 문학 차원을 넘어서 종교 차원으로 들어서게 될 것이다. 「동천」에서 시인은 자신을 이러한 종교 차원의 존재로 가정하고 있다. 그래서 문학적 형상화보다는 선지자의 신비적 표명이나 단언으로 일관하고 있으며, 결과적으로 그의 시는 미래를 선취하는 예언의 도구가 되어버렸다. 「자화상」이라는 시에 보이는 '피'와 '이슬'의 길항이 없이 '이슬' 자체만으로 존재하고자 할 때 그의 시는 시적 차원을 넘어서 버린다. 이런 이유로 「동천」은 은유적 총체화의 균열을 보이며 의미 구조적인 불안정을 초래하는 것이다. 그의 시에 대한 비판이 주로 이 시기의 시들에 집중되고 있다는 점은 실은 이런 사실에 기인하는 것이라 할 수 있다.

3. '거리의 서정적 결핍'의 결핍

20년 가까이 시를 써오고 있는 필자로서는 「동천」의 세계가 한 번도 실감으로 다가온 적이 없었다. 그리하여 진정한 시인이 아닌 것은 아닐까 하는 자괴감을 가져다주기도 한다. 자아와 세계가 혼융일체가 된 세계의 실체는 도대체 무엇일까. 그 세계에서 자아는 어떤 상태에 놓이는 것일까. 다음 시는 바로 이런 고민 끝에 만들어졌다.

> 나, 마음에 걸리네
> 가로등— 켜진 수도꼭지처럼 밖에 서 있어
> 잠겨있지 않은 마음
> 밤 늦도록 새고 있네 다 젖고 있네
> 바리깡을 목덜미에 대듯
> 섬뜩한,
> 부끄러운 기억들에 나 몇 번이나 돌아눕고
> 적요가 가라앉을수록
> 견뎌야 할 것은 많기도 하네
>
> 모든 사물들에게로, 나 조금씩 확신하네,
> 육화될 수 있다고
> 혼융한 밤

_졸시, 「혼융한 밤」 전문

정현종의 시를 보기 전에 쓴 시인데 소재나 내용에서 어떤 연계가 느껴지는 시이다. 그럴 수밖에. 서정성의 세계야말로 차별이 무화되는 세계가 아닌가. 화자는 가로등과 마음을 동일화한다. 켜진 수도꼭지처럼 가로등이 밖에 서 있어 서정적 자아는 잠을 들 수가 없다. 그래서 '내 마음'은 가로등처럼 밤늦도록 새고 있다. 그러나 이 세계는 융화의 세계가 아니다. 직유가 끼어든 것에서 그 틈을 발견할 수 있다. '가로등'이 '수도꼭지'가 되지 못하고, '수도꼭지처럼' 흉내만 내고 있다. 현실의 냉정한 논리를 완전히 떨치고 총체성의 세계로 나아가지 못한 자아의 모습이 이 직유에 담겨 있다.

이런 서정성의 세계에 대한 의도적인, 간절한 갈망은 마지막 구절에 나타난다. "모든 사물들에게로 육화될 수 있다"고 화자는 믿는 게 아니라 그런 세계에 언젠가는 도달할 수 있다고 "조금씩 확신"할 뿐이다. 서정성이 혼융의 찰나임에 비하여 '조금씩'이란 얼마나 회의적인 망설임의 시간들을 담고 있는 단어인가. 이 시가 마지막에 "혼융한 밤" 하고 끝날 때 우리는 화자가 드디어 혼융한 서정성의 세계에 도달했구나 하고 느낄 수가 없다. 오히려 모든 구절들이 얼마나 균열과 틈, 비약을 담고 있는지를 말해주고 있음을 알게 할 뿐이다. 그러니 마지막의 '혼융한 밤'은 결코 아무것도 혼융에 도달하지 못했음을 말해주는 역할만 하고 있다. 그래도 이 시는 얼마나 간절한 서정성에 대한 갈망을 보여주고 있는가. 눈물겹도록 그 세계에 가고 싶다는 이 갈망은 반대로 그 세계를 시인이 한 번도 느끼고 믿지 못하고 있음을 반증해준다. 그래서 이 시는 서정적인 포즈를 취하고 있으나 역설적으로 가장 서정성의 존재를 회의적으로 보게 만드는 시이다.

서정성에 대한 간절함이 오히려 서정성의 부재를 폭로하고 있는 이 역설적인 서정시는 이제 새로운 관점에서 읽혀야 할 것이다. 서정성이 무엇이냐는 질문의 입구에 이 시가 놓여 있기 때문이다. 이 시의 갈망은 서정성이 일종의 무조건적 강요에 기반해 있는 것은 아닌가 하는 것을 상기하게 한다. 서정성의 세계는 한 번도 우리를 설득의 대상으로 삼은 적이 없다. 오로지 그것은 받아들여야 할 어떤 것으로 제시되었다. 이것은 마치 소외된 믿음처럼, "먼저 믿어라, 그러면 신앙을 갖게 될 것이다"는 역설적인 논리로 우리에게 다가왔다. 모든 시론서에서 서정성은 일종의 게임의 룰처럼 그 세계에 들어가기 위해 먼저 받아들여야 할 전제조건이었다. 마치 문외한(문외한이란 게임의 룰을 모르는 아웃사이더가 아닌가!)이 연극을 볼 때 가장 이상하게 여길 방백傍白 같은 것이다. 멀리 떨어진 관객은 모두 들을 수 있는 말을 바로 옆에 있는 배우가 못 듣는다는 이 이상한 룰! 그러나 연극을 보기 위해서 우리는 이 게임의 룰을 받아들이고 이 세계의 규칙을 내면화해야 한다.

그러나 그 세계를 이해하기 위해 게임의 룰을 받아들이고 몰입하면 할수록 그 세계를 객관적으로 파악할 기회는 원천적으로 차단된다. 우리가 어떤 이론에 깊이 빠져서는 안 될 이유도 여기에 있다. 모든 이론은 각각의 통과의례를 치루어야 한다. 소쉬르, 라캉, 데리다, 들뢰즈처럼 모든 이론가는 자신의 세계로 들어오는 데 필요한 몇 가지 개념들을 곳곳에 배치하고 있다. 그 개념을 받아들이는 순간 그는 실제적인 힘을 가진다. 모든 이론은 포매팅이다. 이론은 일단 자신의 세계를 들어선 자를 포맷시켜 버린다. 문제는 포맷되는 순간 그 이론으로부터 로그아웃할 수 없다는 데 있다. 그래서 오독이 필요한 것이다. 어떤 이는 칸트 하나를 이해하는 데 평생을 공부해도 모자란다고 한다. 하지만 그런 사람이 어떻게 창조적인 이론을 만들 수 있을 것인가. 그래서 이론은 수박 겉핥기로 읽어야 한다. 너무 깊숙이 들어가서는 영원히 로그아웃할 수 없게 되니까.

서정성도 그런 포맷을 위한 어떤 중추적인 개념은 아닐까. 연극에 이미 빠져든 사람이라면 '방백'은 우스꽝스러운 것이 될 수 없다. 반대로 바로 그것 때문에 연극의 재미가 더해진다. 마찬가지로 서정성도 시론적으로 볼 때 그런 것은 아닐까. 아웃사이더의 냉정한 입장이라면 어불성설에 불과한 가상적인 개념일 수도 있는 서정성. 그러나 이것으로 인하여 시의 존재론적 위상은 더욱 높아진다. 시의 맛도 여기서 새롭게 느낄 수 있게 된다. 그러나 서정성이란 것이 시를 믿는 사람에게만 선험적으로 받아들여야 할 일종의 게임의 룰이라면 어떻게 할 것인가. 시와 시인의 아우라가 있던 시대에 만들어진 환각이라면 어떻게 할 것인가.

해체주의 이후의 은유적 상상력

1. 해체주의 이후의 은유는 가능한가

시에 대해 하나의 핵심을 찾으려고 탐구하는 것은 어쩌면 단순한 원자론적 발상일지도 모른다. 그런 고정된 단일 핵을 가정하고 추구하는 행위는 이미 데리다에 의해 '일점근원의 신화'라는 용어로 비판된 바 있다. 그런 비판의식이 가해진 이후의 시에 대한 논의는 따라서 선지자적 단언으로 일관될 수 없다는 부담을 가지게 된다. 그렇다면 우리는 어떤 방식으로 이 문제에 접근할 것인가. 선결 문제는 자신의 문제 제기가 부분적 진실일 뿐이라는 점을 인식하고, 자신이 제시하는 논리가 자신이 믿고 싶어하는 논리일 뿐이라는 사실을 자신에게 각인시키는 일이다. 물론 그것은 전제일 뿐 구체적 시각이 있어야 한다. 필자에게 그것은 은유라는 수사 형식이다.

먼저 다음의 두 예를 가지고 시작하고자 한다. (가)는 모든 은유론의 핵을 차지하고 있는 아리스토텔레스의 『시학』에서, (나)는 문학과는 다소 무관한 K. 볼딩의 『20세기의 의미』에서 가져온 글이다.

(가) 은유에 능한 것은 남에게서 배울 수 없으며 천재의 표징이다. 왜냐하면 은유에 능한 것은 서로 다른 사물들의 유사성을 재빨리 간파할 수 있다는 것을 뜻하기 때문이다.

(나) 인간은 분명히 관련이 없는 여러 사건에서 질서의 이미지를 만들려는 강렬한 경향이 있다. 사회심리학자 알렉스 베이브러스의 실험이 있다. 피험자에게 몇 개의 관련없는 수나 패턴들을 보이고 이러한 순서나 패턴을 지배하는 원리(물론 그러한 것이 없음을 비밀로 하고)를 발견하도록 요구한다. 그러면 피험자는 꼭 어떤 법칙을 발견한다. 더구나 사실은 아무런 법칙이 없으며 아무 관련 없는 재료를 모은 것이라고 말하면 그들은 모두가 노하여 그들이 발견한 법칙을 옹호한다.

예시문 (가)는 사물의 유사성을 순간적으로 파악하는 천재적 직관이 은유에는 필수적임을 강조하고 있다. 여기에서 말하는 천재는 서정시의 요람인 낭만주의의 핵심 개념으로 이어진다. 일상적인 시간을 순간적으로 초월하여 모든 차별들이 소멸해버렸다는 감각을 지닌 채, 정신이 자연이라는 다른 세계와 내적 작용을 성취하는 그런 순간을 창조할 수 있는 힘, 바로 이것에 천재의 진정한 표지가 있는 것이다. 그래서 은유를 통해 주체와 객체의 관계, 즉 유사성을 직관적으로 발견해내고 양자의 순간적인 합일을 이루어내는 천재는 바로 시인이 된다.

문제는 이 유사성이다. 유사성은 두 사물이 근원적인 면에서 서로 교환 가능함을 전제로 한다. 교집합이 되는 일부분을 바탕으로 두 세계는 자유로이 넘나들 수 있게 되며, 전혀 소통 불가능한 닫힌 세계가 서로에게 활짝 열리게 된다. 이같은 유사성에 대한 믿음은 보이지 않는 하나의 통로 혹은 기반을 통해 내적 연관성이 확보될 수 있다는 연속성에 대한 믿음과 통한다. 그리고 이런 믿음은 단순히 현재 주어진 사물의 유사성을 넘어서 태초의 신의 의도에까지 소급된다는 점에서 어느 정도 종교적이다.

이런 관점에서 볼 때, 시인은 이 세계를 창조한 태초의 순간에 신이 부여한 유사성을 뒤늦게 발견해내는 자이다. 그래서 "자연은 신의 책"이라고 하는 말도 나오게 된다. 모든 자연은 신이 관계를 설정해놓은 수수께끼가 되고 시인은 사물 하나하나를 통해 그 해답을 찾는 존재가 된다. 각각 불연속적으로 보이는 여러 사건과 사물들이 신의 의도 속에서 이미 하나의 연속성을 지니고 있다는 이런 믿음은, 시인의 위치를 신의 대리인이나 선지자의 그것에까지 끌어올린다.

그러나 이런 믿음은 해체주의에 의해 철저히 그 기반이 해체되어 버렸다. 데리다나 그를 이어 문학에 집중적으로 논의를 적용 발전시킨 폴드만과 같은 이는 이것을 근거없는 망상, 인식상의 착오로 간주한다. 그래서 은유 혹은 은유의 친인척인 상징은 우연적이고 자의적인 성격의 비유법을 억압하거나 은폐하는 자기기만적인 수사법으로 매도된다. 이렇게 초월성, 총체성의 은유는 모든 사람들이 추호의 의심도 없이 공인하여 온 미망의 패러다임이 되고, 그 패러다임은 해체주의의 '비-자기기만적'이라는 패러다임에 의해 폐기된다.

우리는 (나)를 통해 이 문제를 다시 생각해 볼 수 있다. 해체적 관점에서 볼 때 은유라는 초월적 수사학을 믿는 시인은 이 사회심리학자의 기만적인 실험의 피험자가 된다. 즉 시인은 애초에 법칙성—이것은 무관하고 무질서한 세계를 하나의 연속성으로 이해하고자 하는 욕구의 한 양상이다—이 없는 임의적 배열 속에서 자기 환각에 빠져 어떤 유사성을 만들어내고 그것을 진리로 승화시켜 스스로 믿는 자이다. 볼딩은 이것을 미신이라고 부르고 있다.

이런 비판 이후 은유를 전처럼 맹목적으로 신성시하는 논의는 아마 불

가능할 것이다. 현대의 시인은 영감을 최고의 시적 기반으로 믿는 워즈워드
식의 사고를 전면적으로 인정하지는 않는다. 만일 그러한 시인이 있다면 그
는 시대착오적인 사람이 아닐 수 없다. 그것은 해체의 논의가 절대적으로
옳기 때문이 아니라 기존의 은유가 기반하고 있는 시대와 달리 현대라는 시
대 자체가 자기최면적인 요소를 허용하지 않는 시대이기 때문이다. 그렇다
면 은유에 대한 시각 역시 그 전과 다른 것이 아니면 안 된다.

　문제는 그런 해체주의의 강력한 비판에도 불구하고 우리는 여전히 은
유에 대한 본능적인 갈망을 지니고 있다는 점에 있다. 이는 앞에서 예로 든
실험이 실증하는 바이다. 그 실험에서 시험을 하는 자가 법칙성을 전제하지
않았다고 해도, 피험자 대부분은 하나의 법칙을 스스로 마련하였을 것이다.
인간은 해석을 하지 않으면 견딜 수 없는 존재이기 때문에, 불가해한 것이
있을 때는 그것에 어떤 해석—즉 법칙—의 설정을 통해 불안이나 미완의
느낌을 극복하고자 한다.

　리차즈의 말대로 마술적 세계관에서 과학적 세계관으로 진보한 현대에
과연 은유에 대한 본능은 어떻게 해석할 것인가. 현재도 순수하게 언어의
신비성, 영감을 믿는 것은 시대착오적이라 할 수 있다. 하지만 그런 비판을
인식한 채 은유적 세계를 추구하는 것은 분명 다른 일이다. 마치 '산은 산이
요 물은 물이다 → 산은 산이 아니며, 물은 물이 아니다 → 산은 물이요 물
은 산이다 → 산은 산이요 물은 물이다'는 법어의 처음과 마지막 구절이 표
면상 같게 보일지라도 전혀 다른 차원인 것처럼. 그리하여 현대의 은유 탐
구는 인간의 한계의식 속에서 하나의 소통 가능성의 타진, 미학적 점검이
되는 것이다.

　유사성의 문제로 다시 돌아가보자. 유사성이란 것은 비교될 만한 부분
이 있는 두 존재로부터 나오기도 하지만, 닮은꼴이 전혀 없는 두 사물로부
터 나올 수 있다. 아리스토텔레스의 말도 후자를 가리키고 있는 것으로 보
인다. 바로 이 때문에 하나의 미망이 개재된다는 비판이 나오는 것이리라.

그러면 그것은 미망일 수밖에 없는가. 그러나 우리는 그것을 창조의 본질로 이해할 수도 있을 것이다. 기존의 은유가 유사성의 기존성을 믿고 있다면 현대의 은유는 유사성을 발견의 대상으로, 창조의 한 도구로 본다. 현대의 은유는 유사성을 진리의 차원으로 보지 않으며, 또 이미 원형적으로 존재하는 것으로도 보지 않는다. 과거에는 유사성이 은유를 창조하였다고 한다면 현대에는 은유가 유사성을 창조한다는 말이다.

그렇다면 창조는 역시 미망일 수밖에 없다. 그것은 예술의 본질이다. 본질적으로 현실계의 지배를 벗어난 인공정원인 시에도 그것은 마찬가지이다. 그래서 시의 은유는 필연적으로 절연된 세계에서 소통 가능성을 믿는다. 물론 그것은 창조의 의미에서 그러하다. 이 소통 가능성은 이원적 세계를 은유라는 다리를 통해 건너는 일이다. 우리는 이 소통 가능성을 본질 탐구란 말로 바꾸어 부를 수 있다. 소통이 가능하려면 창조의 대상이 되는 교집합이 존재하여야 되는데, 그 교집합이 바로 본질이 되기 때문이다.

2. 신화시대 이후의 은유―정진규의 『알시』

그렇다면 1990년대의 시는 이런 소통 가능성을 어떤 양상으로 드러내고 있을까? 본고의 목적은 바로 그 양상을 점검하는 데 있다. 우리는 세 가지 관점에서 접근하고자 한다. 그것은 신화적 은유의 현대적 변용 방식, 자본주의 시대의 은유의 발화 방식, 현실―초현실의 접목 방식이라는 관점이다. 먼저 처음의 방식을 이야기하고자 할 때, 우리는 정진규 시인의 『알시』(세계사, 1997)를 주목하여야 하리라.

　　박혁거세가 알에서 태어났던 그때는 이토록 사람이나 신들이 산이나 들판이나 강물들이 나무나 풀잎들이 바위들이 모든 사물들이 서로의 이름을

바꾸어가며 지워가며 몸을 바꾸며 서로를 드나들었던 모양이다 마음만 먹
으면 알로 돌아갈 수가 있었던 모양이다 다시 태어날 수가 있었던 모양이다

_정진규, 「난생설화—알 40」 부분

이 신화적 세계의 시대, 상상력이 현실과 같은 층위에서 작동되던 유추
적 우주관의 시대는 고전적인 은유의 시대이다. "모든 사물이 이름을 바"꿀
수 있다는 것은 무엇을 의미하는가. 그것은 모든 사물이 영원불변하는 본질
안에서 한 치 넘침도 모자람도 없이 상호 교환될 수 있다는 것을 확고하게
믿는다는 뜻이다. 이 세계는 내가 너이고 너가 나인 세계이다. 이것을 시인
은 "서로를 드나듦"으로 표현한다. 이 드나듦은 은유의 행위임에 틀림없다.
　　그러나 이 유연한 소통의 세계는 시인이 말한 것처럼 난생신화의 시대
에 존재하는 것이다. 제주도 신화에 이런 세계가 묘사되어 있다. 난생신화
의 시대와 비슷한 "이 때는 모든 초목이나 새, 짐승들이 말을 하고, 귀신과
인간의 구별이 없어 사람 불러 귀신이 대답하고, 귀신 불러 사람이 대답하
는" 시대이다. 초목과 새, 짐승, 귀신, 인간이 모두 대등한 상태에 놓여 있으
며, 동일한 말로 서로가 의사소통할 수 있다. 많은 언어학자가 꿈꾸었던 인
류 공용어의 차원을 넘어서는 인간과 사물, 짐승이 공유하는 만물 공용어에
대한 이 신화는 세계와 주체의 구별 자체가 무화되는 순간을 기록하고 있
다. 이는 소통 가능성이 최고도로 발현되어 있는 세계가 아닐 수 없다. 이는
혼돈의 세계이지만, 이 세계야말로 소통 가능성에 대한 원형 상징이 된다는
점에서 중요한 의미를 지닌다. 따라서 이는 인간 중심적인 특권을 확인해나
가는 이후의 세계와는 본질적으로 다르다.
　　그렇다면 이 세계의 유효성은 이제는 끝나고 말았는가. 현대에 이 세계
의 원형이 피톨 속에 흘러다니고 있음을 믿는 시인이 있는가. 정진규 시인
은 이것을 과거의 문제로 보고 있지 않는 것 같다. 그는 이것을 '드나듦'으
로 표현하고 있는데, 이것이 난생신화의 문제에만 국한되는 것이 아님을 다

른 시를 통해 드러내고 있다.

수유리라고는 하지만 도봉산이 바로 咫尺이라고는 하지만 서울 한복판
인데 이건 정말 놀라운 일이다 정보가 매우 정확하다 훌륭하다 어디서 날
아온 것일까 벌떼들, 꿀벌떼들 (중략) 사전을 뒤적거려 보니 꿀벌들은 꿀을
찾아 11킬로미터 이상 往復한다고 했다 그래, 왕복이다 나의 사랑도 일찍
이 그렇게 길 없는 길을 찾아 왕복했던가 너를 드나들었던가 그래, 무엇이
든 왕복일 수 있어야지 사랑을 하면 그런 특수 통신망을 갖게 되지 光케이
블을 갖게 되지 그건 아직도 유효해!

_「산수유—알 1」 부분

"아직도 유효"한 것은 무엇인가. 꿀을 찾아 오가는 꿀벌에 대해 말하는
전반부는 후반부에 와서 사랑이라는 보편적 정서 혹은 그 이상으로 확장된
다. 즉 꿀벌의 왕복은 사랑의 문제로, 그것을 넘어 "무엇이든"의 문제로 확
대된다. 그렇다면 유효한 것은 "왕복"의 가능성이다. "무엇이든" 제한받지
않는 왕복이란 너/나로 대표되는 주체/세계의 차원을 이제껏 알려지지 않
았던 통로로 자유로이 '드나드는 것'이다. 이 드나듦은 이미 앞에서 본 적이
있다. 그러나 그것은 신화시대의 일이었다. 그래서 지금의 그 길은 '길 없는
길'일 수밖에 없다. 주체/세계 사이에 놓인 이 길은 이미 옛날에 차단된 길
이기 때문이다. 언젠가 내린 문명의 큰비로 그 길은 끊어지고, 드디어는 길
의 존재 자체도 잊혀졌다. 잊혀진 길은 그러나 전혀 뜻하지 않게 우리에게
꼬리를 내보일 때도 있다. 그것은 알츠하이머 병, 흔히 치매라고 부르는 병
을 계기로 우리에게 알려진다.

……아들인 자신의 이름도 까맣게 잊은 채 (중략) 가만히 살펴보니 책을
나무라 하고 이불을 멍석이라 하는가 하면, 강아지를 송아지라고, 큰며느님

더러는 아주머니 아주머니라고 부르시더라는 것이었는데, 아, 주로 사물들
의 이름에서 그만 한없이 자유로워져 있으셨다는 것이었는데, 그래도 사물
들의 이름과 이름 사이에서는 아직 빈틈 같은 것이 행간이 남아 있는 느낌
이 들더라는 것이었는데, 다시 살펴보니 이를테면 배가 고프다든지 뜨겁다
든지 쓰다든지 그런 몸의 말들은 아주 정확하게 쓰시더라는 것이었는데,
아, 몸이 필요로 하는 말들에 이르러서는 아직도 정확하게 갇혀 있으시더라
는 것이었는데, 몸에는 몸으로 갇혀 있으시더라는 것이었는데, 거기에는 어
떤 빈틈도 행간도 없는 완벽한 감옥이 있더라는 것이었는데, 그건 우리의
몸이 빚어내는 눈물처럼 완벽한 것이이어서 눈물이 나더라는 것이었는데,

_「눈물—알 19」 부분

사물들의 이름에서 한없이 자유롭다거나 사물들의 이름과 이름 사이에
아직 빈틈 같은 것이 있다는 말은, 우리가 몸이라는 "빈틈도 행간도 없는 완
벽한 감옥"을 벗어나는 것보다 사물들에게 다가가기가 더 쉬운 것은 아닌가
하는 생각을 하게 한다. 몸의 세계보다 사물의 세계가 빗장을 더 쉽게 열어
준다. 이 말은 어쩌면 사물의 세계는 빗장이 없을 수도 있다는 추정을 가능
하게 한다. 이는 한편으로는 사물들이 껍데기에 불과한 이름을 얼마나 쉽게
벗어던지는가 하는 것에 대한 놀라움을, 다른 한편으로는 인간은 몸이라는
한계상황을 얼마나 벗어나기 힘든가 하는 것에 대한 비극적 인식을 동시에
보여준다. 전자는 우리가 사물들의 세계와 소통할 수도 있다는 일말의 가능
성에 대한 타진이 되는 데 반해, 후자는 그 타진이 인간의 한계상황으로 인
해 이루어지지 않을 수도 있다는 비탄의 확인이 된다. 이런 망설임은 이것
이 자신의 이야기가 되지 못하고 남의 이야기라는 데 대한 아쉬움, 즉 '~라
는 것이었는데'의 반복에서 잘 드러난다.
그렇다면 '~라는 것이었는데'라는 방관적인 자세가 아닐 때 시인은 어
떤 방식으로 그것을 말할까. 이 완전하게 잊혀지고 봉쇄된 이 길을 어떻게

복원할 것인가. 과연 복원이 필요한 것인가. 시인은 이 문제를 하나의 대답으로 동시에 해결한다. 그 열쇠는 이미 보인 시에 나오다시피 '사랑'이다. "사랑을 하면" 끊어지고 잊혀진 길을 자유로이 다닐 수 있는 "특수 통신망", "光케이블"을 얻을 수 있게 된다. 바로 그 가능성을 시인은 "아직도 유효해!" 하고 강조하고 있는 것이다. 이 왕복은 일방적인 행위가 아니다. 왕往의 문제나 복復의 문제도 아니기에, '드는〔入〕' 문제도 '나는〔出〕' 문제도 아니다. 이 둘은 동시에 행해진다. 그래서 '왕복'이며 '드나듦'인데, 이는 사랑이 만들어내는 기적이다. 그렇다면 이것은 시대착오적인 것은 아닐까. 이점을 이 시인의 명명 방식을 통해 알아보자. 사물에 이름을 부여하는 것은 태초에 이루어진 숭고한 행위이며, 이것은 시인의 고귀한 특권으로 인식되기 때문에 이 운용 방식은 그래서 주목할 만하다.

> 가끔은 햇볕에 내어 말리거나 擧風이라도 했으면 싶은데 때론 뽀송뽀송한 잠자리가 그립기도 할 터인데 늘 젖어 있는, 서귀포 앞바다 중문 대포엘 가보면 하루종일 아랫도릴 남빛 바다로 씻고 서 있는 끼끗한 바위들이 雲集해 서 있다 ─群이란 말로는 모자란다 어디서 떼지어 달려오다 바다에 묶인 저의 恨들을 저렇게 씻고 또 씻어도 다 씻지 못함은 저를 씻음이 아니라 세상의 아랫도릴 씻고 있음이란 생각이 들었다
>
> (중략)
>
> 끼끗한 바위들, 내가 海印佛이라 이름했다 감히!
>
> ─「해인불─알 5」부분

이 시인은 다른 시인들처럼 명명으로 시작하지 않는다. 이 시는 '서귀포 앞바다엔 해인불이 있다'와 같이 명명과 동시에 현재형으로 시작하지 않고, "끼끗한 바위들이 雲集해 서 있다" "있다는 생각이 들었다"로 명명없는

과거형 그리고 판단 유보의 형식으로 시작한다. 그러면 시인의 특권이라 여겨지던 그 명명은 어디로 갔는가. 그것은 "끼끗한 바위들, 내가 海印佛이라 이름했다 감히!"라는 마지막 구절에 가서야 이루어진다. 그 바위들은 이제 최종적으로 해인불이라 명명된다. 그리고 "감히!"라는 말에서 알 수 있듯이, 그 목소리는 선지자적인 확신으로부터 나오지 않고 한계에 대한 분명한 인식을 보여주는 인간적인 판단 유보로부터 나온다. 이것은 유사성이 은유를 창조하는 것이 아니라 은유가 유사성을 창조하는 방식이다. 이미 주어진 관계에 대한 확고한 믿음이 전제되지 않으니 판단 유보가 이 시 전체에 깔려 있을 수밖에 없다. 명명은 그런 한계 속에서 이루어진다. 비록 모든 것이 왕복일 수 있다고 해도 그는 이런 한계의식을 떠나지는 않는다. 바로 이 점에 정진규 시인의 시가 지니는 중요성이 있다고 말할 수 있다. 그의 시는 현대 시인이 처한 인식론적 미학의 위치를 잘 보여주고 있기 때문이다.

3. 소통 가능성의 죽음을 넘어서―오세영의 『아메리카 시편』

미학적 입장을 표면적으로 드러내지 않는 시인은 어떻게 은유의 문제를 다루는가. 우리는 그 문제를 오세영 시인의 시를 통해 접근해볼 수 있다. 이 문제는 『아메리카 시편』에서 나타나는 아메리카의 의미와 관련이 깊다. 이제 그 의미를 점검하며 시인의 궁극적인 목소리를 찾아가기로 하자.

> 무엇을 알리는 것은
> 그것이 눈에 띄지 않기 때문이다.
> 눈에 띄지 않은 것은
> 스스로 변별성이 없기 때문이다.
> 스스로의 변별성이 없는 것은

각자 서로 다름이 없기 때문이다.
상품은 하나같이 기계로 찍어내는 것,
그러므로 모든 획일적인 것들에겐
고유명사가 없다.

(중략)

스스로를 선전하지 않고서는
살아갈 수 없는 곳
아메리카,
고유명사를 되찾기 위하여서는 드디어 피까지 보아야 하는
보통명사
유나봄버의 땅

_「유나봄버」 부분

아메리카는, 획일화된 상품으로 대표되는 "보통명사"들의 나라로 그려진다. 모든 것이 살아 있는 '다름(변별성)'이 아니라 주조鑄造된 '같음(동일성)'만을 지니고 있는 나라 아메리카. 그에 대한 신랄한 비판은, 생명의 "고유명사"를 되찾기 위해서 피까지 보아야 하는 유나보머 스캔들을 인용하는 데서 절정에 달한다. 여기에서 자신의 본질을 잃어버리고 만 보통명사는 사실 상품과 물질을 뜻하는 것이 아니라 복제 지상주의적인 자본주의 속에서 자신의 정체성을 잃어버린 물질주의의 현대인을 뜻하는 것이다. 보통명사에 만족한 채로 살게 만드는 일차원적 사회에서 시인은 잊혀진 고유명사적인 것을 일깨우며 드러내준다. 우연일지는 모르나 유나보머Una Bomber의 묵음 'b'를 굳이 읽어내는 것, 보통명사적 익명성 속에 놓여 있지만 변별적 자질로서의 기능을 충분하게 발휘하고 있는 그런 묵음을 드러내는 것은 자본주의의 부정적 특성을 드러내는 이 시의 의도와 잘 부합된다. 보통명사적 상황은 이런 묵음적 상황과 동일한 것이기 때문이다. 이것은 또한 실수에

의해서가 아니면 드러나기 힘들다는 점에서 자본주의의 공고함을 다시 한 번 자각케 하는 역할을 한다.

복제 지상적인 자본주의와 상업주의의 야합이 근원적으로 비판되고 있는 이 시는 그래서 이 보통명사들의 정신적 상황에 대한 비판으로 나아간다. 있어도 없는 듯 무시되는 존재, 이 묵음적 존재는 도대체 어디에서 나온 것일까.

우리는 왜 논리로 살아야 하는가
우리는 왜 기계처럼 틀에 박혀 살아야 하는가
(중략)
빵으로도, 섹스로도, 혹은 스포츠로도
달랠 수 없는
우리 시대 아메리카의 이 포스트모던한
권태.

_「아, 오클라호마」 부분

시인은 바로 권태라고 한다. 자신의 존재 의미에 대해 고민하지 않고 삶의 궁극적 목적에 대해 명상하지 않기 때문에 모든 존재는 보통명사와 묵음으로 떨어져버리고, 그것은 필연적으로 끝없는 감각적 자극에만 의존하는 "포스트모던한/ 권태"를 산출한다. 그 권태는 자가증식하는 욕망의 무한 복제의 원인이 되고 그런 무한 복제는 다시 더 강도 높은 권태를 낳는다. 이 악순환은 끝이 없다. 아메리카를 "거대한 하나의 디즈니 랜드"로 보고 이를 "감각의 믿음밖에 없는 그/ 실용주의"(「시뮬레이션」)라고 할 때 그것은 바로 자본주의의 본질과 맞닿아 있는 이런 감각 지향성에 대한 비판이 된다. 감각 지향성은 정신의 부재를 잊기 위한 허무한 몸부림의 한 형식이다. 그러나 권태를 감각의 자극으로 해결하고자 하는 그런 시도는 끝내 충족되지 않는, 아니 충족될 수 없는 소모성 충동일 뿐이다. 시인은 이 상황을 이제 하나의 말로 규정한다.

> 물질은 원래 차기 때문에
> 찬 것으로 되돌아가고자 한다. 그러나
> 생명은 따뜻한 사랑의 존재,
> 그 따뜻함을 지키기 위하여 항상 따뜻한 물을 먹어왔거니
> 아, 여기서는 이제부터 나도 기계처럼
> 냉각수를 먹게 되었구나.
> (중략)
> 식수로 찬물을 드는 것은
> 인간이 물질로 환원되어가는 시대의 한
> 증거일 것이다.
>
> _「아이스워터」 부분

시인이 비판해마지 않던 아메리카의 이 천박한 자본주의 시대는 한마디로 "인간이 물질로 환원되어가는 시대"로 정의된다. 우리는 이 말의 의미를 앞에서 이미 살펴본 바 있다. 그래서 이 말이 '고유명사가 보통명사로 환원되는 시대', '정신이 감각으로 환원되는 시대' 라는 말로 변주될 수 있음을 알 수 있다. 이런 시대가 지닌 파악할 수 없을 정도로 막강한 힘은 신비에 가까우며, 그 신비는 어둠에 싸여 더 강한 공포를 야기한다. 그런 공포감은 「이름도 알 수 없고」라는 훌륭한 시에서 잘 드러나고 있다. "이름도 알 수 없고/ 얼굴도 알 수 없고/ 목소리조차 들은 적 없는" 존재가 지배하는 이 시대에, 인간이 자본주의적인 상품과 물질의 수준으로 떨어질 때, 그는 모든 가능성을 약탈당할 수밖에 없다. 그 가능성 중에 시인에게 본질적인 것은 무엇일까. 그것은 바로 은유, 즉 소통 가능성일 것이고 따라서 시인의 아메

리카 비판은 소통 가능성의 죽음에 대한 비판이 될 것이다. 그러므로 비판의 강도가 강하면 강할수록 소통 가능성의 부활에 대한 희망은 그만큼 간절하게 된다.

소통 가능성의 죽음. 죽은 사물들의 행진만을 현실로 인정하는 자본주의의 전형인 아메리카. 이에 대한 비판적 성찰은 그러므로 은유에 대한 강한 믿음을 기반으로 하지 않을 수 없다. 바로 앞의 시에 보이듯 자본주의적 사물 속엔 '생명'과 '사랑'이 없다. 그와 같은 따뜻한 존재가 부재하는 시대, 자본주의적 사물만이 횡행하는 시대에 시인은 "꽃과 별과 새들과 함께"(「애본에서」) 살며, "벌새, 휘파람새, 되새와 함께 어울려"(「투손에서」) 춤추는 세계에 대해 말한다. 그래서 그가 추구하는 것은 '사물死物의 질서'가 아니라 '활물活物의 질서'이다.

낮에는 들의 수선화가 아름답고
밤에는 은하수가 더 맑게 빛나는
애본,
그 애본 강가 애본 마을 애본 모텔에서
오늘은
시속 70마일의 속도를 멈춘다.
어디 가는 길인지요?
별들이 너무 아름답군요.
텁석부리 40대 초반의 주인은
하버드대 영문학 석사,
일찍이 문학을 버리고 현실을 버리고 인간마저 버려
꽃과 별과 새들과 함께 산다.
해는 왜 뜨는지, 별은 왜 반짝이는지,
꽃은 왜 피는지는

세상이 그의 몫으로 남겨놓은 숙제,
버너로 갓 끓인 찌개에 소주잔을 함께 나누며
애본에서 보는 별은 더 맑아 더
슬프다.

_「애본에서」 부분

이 아름답고도 쓸쓸한 시에서 시인은 자본주의에 물들지 않은 어느 공간을 보여준다. 여기에 등장하는 "꽃과 별과 새들"은 자본주의의 획일화되고 사물화된 존재, 즉 보통명사들이 아니다. 그것은 인간과 '함께' 삶을 나누어 가지는 고유명사들이며, 비로소 하나의 발음을 얻어 세상에 드러나는 묵음이다. 모든 것을 수량화하고 상품화하는 자본주의는 이것들을 무가치한 존재로 보고 '관심'('갖가지다.') 밖으로 내팽개쳐 두었다. 그래서 "해는 왜 뜨는지, 별은 왜 반짝이는지,/ 꽃은 왜 피는지는/ 세상이 그의 몫으로 남겨놓은 숙제"가 된다. 자본주의적 삶에서 이런 물음은 아무런 의미를 지니지 않기 때문이다. 그리고 그 물음은 바로 이 시대 시인에게 던져진 화두가 아닐 수 없다. 따라서 자본주의가 폐기한 문제를 "그의 몫"으로 여기고 이에 골몰하는 인물은 시인 자신이 된다. 그 문제에 골몰한다는 것은 해와 별 꽃과 같은 존재들을 사물로 보지 않고 활물로 보는 것으로, 소통 가능성의 일단을 드러내 보이는 은유적 행위가 된다. 그러나 이것이 신화시대의 애니미즘일 수는 없고, 자본주의라는 거부할 수 없는 대타자가 각인된 후에 인간의 지혜와 성찰로 얻은 새로운 결론일 뿐이다.

이처럼 오세영 시인은 자본주의에 대한 집요한 비판을 통해 우리 시대의 은유 문제를 역설적으로 보여준다. 이런 방식은 자본주의 시대의 은유가 가야 할 하나의 길을 제시하고 있다는 점에서 중요한 의미를 지닌다. 시집 전편에 흐르는 안티-아메리카 정신은 그 대척점에 대한 지향을 분명하게 보여준다. 이 시집은 표면적으로는 아메리카 비판에 모든 초점이 놓여 있는 것 같지만 그것은 시인이 말하고자 하는 바의 절반일 뿐이다. 나머지 절반은 소통 가능성의 죽음을 넘어서 새롭게 획득해야 될 자본주의 이후의 은유이다. 그리고 그런 은유의 실제 형태, 자본주의 사회에서 우리가 지녀야 할 문학적 자산으로서의 새로운 시는 '그가 우리의 몫으로 남겨놓은 숙제'일 것이다.

4. 현실에서 초현실 읽기—서림의 『이서국으로 들어가다』

은유의 소통 가능성을 문제 삼을 때 현실과 초현실(여기에서 초현실은 현실을 초월하였다는 의미가 아니라 현실과 전혀 다른 차원의 세계라는 의미로 사용된다)의 관계는 가장 흥미로운 문제 중 하나가 된다. 소통의 문제는 두 차원의 이질적인 세계, 시공간을 달리 점유하고 있는 별개의 세계를 어떻게 이해하며 그것을 어떤 방식으로 관련 맺을 것인가 하는 문제와 긴밀하게 연결되어 있기 때문이다. 물론 그 두 차원의 대표적인 것은 주체와 세계인데, 이는 이미 앞에서 검토한 바 있다. 그러나 현실과 초현실의 관계는 주체와 세계와의 관계와 전혀 다른 차원의 문제가 되는데, 그것은 후자가 주로 시적 화자의 세계관이나 인식론을 문제 삼는 데 반해 전자는 세계의 문제에 대한 화자의 대응방식이 주가 되기 때문이다.

현대시에서 두 세계의 관련 양상은 크게 두 가지로 나누어진다. 하나는 공시적인 관계이고 다른 하나는 통시적인 관계이다. 전자는 같은 시간대에 놓인 다른 공간이 어떤 맥락에 의해 서로 관련을 맺는 것인 데 비해, 후자는 같은 공간에서 시간성을 개입시켜 주어진 공간을 입체적으로 구성하는 것이다. 앞의 방식은 신기성을 추구하는 엑조티시즘의 한 수단으로 사용되는데, 주로 표면적인 대비로 그치는 경우가 많다. 그리고 시적 화자가 놓인 공간에 비해 그와 대비되는 세계의 구체성이 부족하여 공간의 넓이에 비해 의미의 깊이를 획득하기 어렵다. 그런데 뒤의 방식은 시간을 축으로 하여 단일 공간을 다차원적으로 만들기 때문에 현실의 문제를 깊이 있게 부각하는 데 도움이 된다. 그 깊이는 바로 역사라는 축적된 시간성에서 나오는 것이다. 전자를 '현실에서 또다른 현실 읽기'라 한다면 후자는 '현실에서 초현실 읽기'가 된다.

다행히 우리는 이 문제를 깊이 있게 다룰 텍스트를 하나 가지고 있다. 서림의 첫 시집이 바로 그것이다. 실제의 작품을 바탕으로 그의 시 세계의 한 특성을 해명하기로 한다. 그것이 바로 이 중요한 문제를 구체적으로 종결짓는 한 방식이 될 수 있기 때문이다.

> 청도 사람에게 이서국은 끝도 시작도 없다.
> 청도에서는, 모든 사물이 이서국의 입구고 끝이다.
>
> _「청도 그리고 이서국」 부분

이 시의 현실과 초현실은 청도와 이서국이다. 청도와 이서국은 서로 천년여라는 시간을 격하고 있다. 그래서 이 두 세계를 연결하는 것은 어쩌면 호사가의 단순한 복고 취미로 보일 수도 있다. 이와 같은 방식은 회고적 서정시에서 많이 차용하는 흔한 방식이기 때문이다. 특히 기행시에서 사적지 앞에 선 시적 화자가 상투적으로 사용하는 전개방식의 단골 레퍼토리가 바로 이것이다. 그래서 이런 방식은 진부하고도 유치한 수준에 머물기 쉽다.

그러나 서림 시인이 택한 방식은 예사롭지 않다. "청도에서는, 모든 사물이 이서국의 입구고 끝이다"는 선언이 바로 그 점을 잘 증명해준다. 청도와 이서국을 연결하는 것은 여기에서는 시간의 몫이 아니다. 여기에서 시간은 순간적으로 무화되고 그 시간은 사물 속에 내재해버린다. 이것은 시간이 중력을 지닌 공간 속에 묻혀 있다고 한 현대물리학의 시적 발언과 같은 차원이다. 이 사물 속에 내재된 시간은 두 세계를 동일한 차원에서 다루기 때문에, "낚싯줄 삼킨 시커먼 물이/ 하늘과 땅 휘돌아/ 끝도 시작도 없이/ 클라인씨병처럼 흐른다/ 이서국 속으로"(같은 시). 그래서 또한 "많은 이서국 사람들에게 거꾸로는 옆으로이고 옆으로는 바로이고 바로는 거꾸로이다" 그리고 "이상 모든 것은 오늘 청도에서도 그러하다"(「이서국으로 들어가다 5」). 그래서 그 두 세계는 씨줄과 날줄 없이 하나의 세계를 만들어낸 선녀의 옷처럼 교묘하게 연결된다.

> 영남대에서 온 유물조사단이
> 청도읍 뒷들 남방식 고인돌 밑을 조심스레 파고들었을 때
> 땅속은 아직 동쪽 하늘이 눈을 뜨지 않았다
> 그들은 가만가만 층계를 내려
> 새벽의 어두운 이서국 밤거리를 밟았다
>
> _「이서국으로 들어가다 8」 부분

> 청도읍 뒷들 예비군 훈련장
> 교육 나온 조교, 땡볕에 약간 지친 듯
> 담배 물고 이서국 남방식 고인돌 밑에다
> 길게 오줌 갈길 때, 오줌은 땅 밑에서
> 꿈틀거리는 이서국 산과 개천 그린다
>
> 개천을 첨벙첨벙 단숨에 뛰어 건너
> 이서국 부족장 큰아들, 부라린 눈에 청동검 빼어들고
> 압독국 장수와 엉켜붙어 뒹군다 곰처럼.
>
> _「이서국으로 들어가다 1」 부분

위의 시에서 하나의 현실적 공간인 남방식 고인돌은 앞에서 말한 시간

을 내재한 사물의 하나다. 그래서 다른 시간에 놓인 또다른 공간이 순간적으로 이어질 수 있다. 이것이 단순한 병치가 아님은 그 연결이 맥락상 필연적이기 때문이다. 그런 사물로 인해 고인돌에서 바로 이서국의 거리로 걸어들어갈 수 있으며, 오줌으로 그린 현실의 개천이 바로 이서국 부족장 큰아들이 첨벙첨벙 건너는 이서국의 개천이 될 수 있다.

「청도 그리고 이서국」에서 시인은 세계의 이런 출현 방식을 클라인씨 병에 비유했다. 안과 밖, 처음과 끝이 구별되지 않는 세계에 대한 갈망이 만들어낸, 순수 추상의 산물인 클라인씨 병. 그러나 이 고안물이 그야말로 기호적 추상적 세계인 데 반해, 청도─이서국의 세계는 시적 현실을 구체적으로 담고 있는 세계라는 점에서 커다란 차이를 보여준다. 관념적 유희로 만들어낸 세계가 클라인씨 병이라면, 현실적 구체성에서 나온 것이 이서국이라 할 수 있다. 그래서 이서국은 민들레를 통해 "신림동 289 종점/ 콘크리트 담벽에 끼어들어/ 잦은 숨을 몰아쉬고 있"(「신림동 289 종점」)을 수 있다. 그의 시에 여러 방식으로 드러나는 현실 비판적인 내용들은 이런 작업의 연장선상에서 이해될 수 있다.

그러나 더욱 본질적인 것은 이서국 시리즈에서 보여주는, 현실이라는 일상적 세계와 그와 동시적으로 존재하는 숨겨진 세계와의 소통이다. 이것은 단순히 현대와 고대의 만남에 그치지 않는다. 벤야민이 보들레르론에서 현대성의 문제를 고전적인 고대성과 연결하여 논한 예를 볼 때 현대성이라는 것을 "고대성에 근접시키기 위해 이 시대에 작동 중인 에너지"라고 보는 것 자체가 그런 '현실에서 초현실 읽기'의 가치를 높여줄 이론적 근거가 될 수도 있다. 그러나 고대와 현대의 만남은 더욱 본질적으로 은유의 문제로 해석되지 않으면 안 된다. 현실의 피폐한 세계 속에서 고대의 건강한 세계를 순간적으로 이끌어내어 두 세계를 연속성 위에 둘 때, 설명 불가능한 활력이 거기에서부터 솟아 나온다. 그 활력은 무엇인가. 그것은 바로 고립되고 절연된 현대인에게 소통 가능성을 환기시키는 은유의 힘이다. 은유를 통해 두 세계의 유사성과 연속성이 창조되며, 독자는 그 길을 따라 새로운 세계로 들어서게 된다. 이런 은유의 힘을 잘 보여주는 것이 현실에서 초현실 읽기라는 방식을 사용하고 있는 서림 시인의 시들이다. 서림 시인의 시를 따로 다루는 이유도 이것으로 충분하리라고 본다.

시인은 이 닫힌 세계에서 끊임없이 세상 밖으로 메시지를 보낸다. 그것은 메시지의 응답을 확신하기 때문이 아니라 이 세계가 어디로든지 열려 있음을 확신하기 때문이다. 그것은 낭만주의의 맹목에 가까운 신념에서가 아니라 냉혹한 현실에 대한 비판적 인식에서 나오는 것이다.

지금까지 은유가 신화시대의 환상이 아니라 소통 가능성에 바탕을 둔 창조적 작업임을 정진규, 오세영, 서림 세 시인을 중심으로 살펴보았지만, 물론 이들만으로 은유의 양상이 모두 설명될 수는 없을 것이다. 오늘의 미진한 논의는 더 많은 사색을 거친 후에 많은 시인들의 구체적 예를 통해 보완되리라고 본다.

좋은 시, 새로운 시란 무엇인가

1. 김억과 이상

좋은 시, 새로운 시를 쓰기 위해서 해야 할 단 한 가지 일은 시를 쓰기 전에 자신의 시가 어느 위치에 있는지 생각해보는 것이다. 자신이 쓰고자 하는 것이 기존의 누구 시를 목표로 하고 있는지, 또한 그로부터 얼마나 거리를 두고 있는지. 독창성은 결국 통찰력에서 나온다. 이상도 말하지 않았던가, "알고도 모르는 것을 폭로시켜라! 그것은 발명보다도 발견!"이라고. 자신의 시를 발명하려 하지 말고 발견해야 한다. 어느 때 그 발견이 이루어질까. 현대시사를 돌아보면 김억이 이상의 시를 말할 때 자신의 시를 발견하지 않았을까.

이상이 「정식正式」이란 시를 『카톨릭청년』에 발표하였을 때, 김억은 매일신보에 「시는 기지機智가 아니다」라는 평문을 발표하여 이상의 시에 대하여 전무후무한 혹평을 하였다. 1년 전쯤에 「오감도」를 연재하며 세상을 떠

들썩하게 만든 이상에 대한 사후적 평가가 될 만한 이 글의 일부를 보이면
다음과 같다.

> 이 「정식正式」의 작자는 그래도 시랍시고 이 산문을, 가장 조선말답지 못
> 한 이 산문을—발표하였을 것이외다. 그리고 그 자신은 이것으로써 시가
> 에서 새로운 길을 찾았다고 소위 자처할 것이외다. 어느 곳에 이것이 시로
> 서의 시적 소질이 있는지 도무지 알 수가 없는 일이외다. (중략) 의미조차
> 분명히 알 수 없는 한 개의 더듬이 말에 지나지 아니하니 생각하면 현대처
> 럼 이 작자에게 좋은 때는 없을 것이외다. (중략)
> 얼마만한 정도의 것이라야 비로소 그것에 대하여 이러니 저러니 하면서
> 말할 거리가 되는 것이외다. 워낙 도가 너무도 달라지면 우리는 그것에 대
> 하여 어떠하다는 의견조차 말할 수가 없게 되니 넓은 세상에는 〈이러한
> 것〉—시라고 하는 말을 붙이고 싶지 아니하여—도 있거니 할 뿐이외다.

이런 평문을 보면서 독자는 아마 두세 가지 정도의 반응을 보일 것이
다. 비평가에게 혹평을 당한 시인의 경우는, 문단에서 그 이름이 거의 잊혀
진 시인인 김억에 반하여 지금 우리나라 최고의 시인 중 하나로 평가받는
이상의 위상을 생각하며 이상의 가치를 읽어내지 못한 김억과 자신의 시를
제대로 보지 못한 어느 평론가를 함께 떠올리면서 상당한 위안을 얻을 것이
다. 다른 독자는 이렇게 극단적인 반응을 보인 김억에 대하여 의아한 생각
을 하며 그런 반응 자체에 재미를 느낄 것이다. 그리고 전통적인 서정시를
옹호하는 사람일 경우 김억의 지적에 수긍하며 "요즘 시란 것은……" 하며
인상비평을 시작할지도 모른다.

김억은 이상의 「정식」을 시로 인정하지 않는다. 그는 이것을 시로 인정
하기 싫어하여 '시'라는 명칭 대신 "이러한 것"이라 부르면서, 단적으로 산
문, 그것도 "가장 조선말답지 못한 산문"이라고 단정한다. 그가 「정식」을 시

로 인정하지 않는 것은 평문의 전체 내용을 감안할 때 형식, 내용의 면에 걸쳐 있는 것으로 보인다. 먼저 형식면에서는 행갈음을 하지 않은 배열 방식과 그 속에 드러나지 않은 리듬, 그리고 구두점 없이 그대로 붙여 쓴 것 등이 문제된다. 그리고 내용상으로 이 시가 지향하는 것이 일종의 빈정거림과 기지機智와 경구警句 이상이 아니라는 점이 지적된다.

신문에 발표된 이 평문에서 김억의 목소리는 상당히 흥분되어 있다. 그는 이런 산문도 못 되는 것을 시로 생각하고 발표한다는 것 자체에 대해 분노를 억누르지 못하고 있는 듯하다. 그는 「정식」을 "천황씨 이후의 최대관最大觀"이라고 비꼬면서 이 작품을 시라고 부른다면 그 자체가 "시가에 대한 다시 없는 모독"이라고 하며 시에 대한 각성을 촉구하는 것으로 이 글을 마무리 짓는다. 도대체 어떤 시이기에 그는 이렇게 흥분하였을까. 그 중 몇 부분만 살펴보자.

III
웃을수있는時間가진標本頭蓋骨에筋肉이없다

IV
너는누구냐그러나門밖에와서門을두다리며門을열라고외치니나를찾는
一心이아니고또내가너를도모지모른다고한들나는참아그대로내어버려둘
수는없어서門을열어주려하나門은안으로만고리가걸린것이아니라밖으로
도너는모르게잠겨있으니안에서만열어주면무엇을하느냐너는누구기에구태
여닫힌門앞에誕生하였느냐

_이상, 「정식」 부분

「정식 III」은 인생의 아이러니에 대한 통찰이 담겨 있는 재기 넘치는 작품이라 할 수 있다. "웃을 수 있는 時間을 가진 標本頭蓋骨"에는 고통과 고

난으로 점철되어 웃을 수 있는 시간을 전혀 가지지 못하는 인간의 삶에 대한 풍자가 담겨 있다. 그러나 이 고해의 생이 끝난 후에 비로소 웃을 수 있는 시간을 가지게 된 두개골은 이제 웃을 때 필요한 근육을 이미 지니고 있지 못하다. 결국 이승에서건 저승에서건 인간은 웃을 수 있는 기회를 가지지 못하는 것이다. 이런 아이러니가 인생의 본질과 닿아 있다는 인식이 이 시에 들어 있다. 「정식 IV」는 인간이 지닌 근원적인 소외의식을 다룬 것으로 적절한 상황 설정이 주제를 잘 드러낸 작품이라 할 수 있다.

김억은 자기 시의 위치를 이상의 작품이 나타났을 때 분명하게 인식하지 않았을까. 자신의 세계관으로 전혀 이해할 수 없는 어떤 것이 시라는 이름으로 버젓이 등장하였을 때, 시단의 권위 있는 책임자로서 그는 이성을 잃고 자신의 세계를 위해 분투했어야 했을 것이다. 앞의 평문은 그 분투의 전황보고서쯤 될 것이다. 그러나 지금의 시각으로 볼 때 이 작품이 김억의 그런 혹평을 받아야 할 이유를 찾는 데 좀 옹색해지는 것이 사실이다. 오히려 시란 무엇이라는 확신을 가지고 선지자처럼 당당하게 말할 수 있는 김억의 용기가 부러워진다. 그의 확신은 어디에 근거한 것일까. 그리고 왜 이상의 시를 두고 "워낙 도가 너무도 달라지면 우리는 그것에 대하여 어떠하다는 의견조차 말할 수가 없게" 된다고 했을까.

2. 시라는 제도 혹은 패러다임

시라는 것은 궁극적으로 패러다임의 범주를 벗어날 수 없다. 태어나면서부터 자신만의 장르를 개척하여 작품을 쓰는 사람은 없다. 습작 과정을 거치면서 그는 기존의 전범을 통해 어떤 기준을 습득하게 된다. 기존에 좋은 작품으로 평가받은 시들을 읽고 그 작품들에 내재된 시의 개념을 익히게 된다. 습작 과정에 내면화된 그 기준과 개념은 소재와 주제의 선택은 물론 표현 방식에까지 어느 정도 관여하게 된다. 그래서 작품 유형을 보고 어느 시기의 시인지 어느 정도 짐작하는 것도 불가능한 일은 아니다. 한시에서 당시풍唐詩風이니 송시풍宋詩風이니 하는 것이나 현대시에서 모더니즘 시니 전통 서정시니 하는 것이 이와 관계된다. 또 다른 측면에서 기존의 패러다임의 시들이 전혀 이해가 되지 않고 왜 좋은지 태생적으로 이해가 되지 않는 사람도 있을 수 있다. 그는 또다른 지평에 서 있다고 할 수 있다.

시의 패러다임은 그 범주의 층위를 다양하게 설정할 수 있어서, 크게는 시의 개념 전반에 작용하는 것으로 볼 수도 있고 미세하게는 시의 표현방식에 국한한 것으로 볼 수도 있다. 그러나 근원적으로 개념이 표현방식을 제어한다고 볼 때 결국 시의 패러다임은 커다란 범주 하나로 돌아간다. 그동안 시 장르에 관한 사소한 실험들이 있었다. 그러나 신체시니 언물풍월이니 양장시조니 하는 것이 널리 확산되지 못한 것은 이것들이 새로운 패러다임에 뿌리를 둔 것이 아니라 기존의 패러다임 내의 사소한, 그리고 별 흥미 없는 변주이기 때문일 것이다.

토마스 쿤의 설명처럼 기존의 패러다임이 다른 패러다임으로 교체된다고 해도 기존의 것이 완전히 사라지는 것은 아니다. 기존의 패러다임을 지닌 이들이 모두 죽고 그 패러다임에 물들지 않은 새로운 세대가 자라날 때 패러다임의 교체는 완성된다. 그렇다면 아마도 지금은 시의 패러다임이 몇 개 겹쳐서 존재하는 시기가 아닐까 한다. 시를 패러다임의 시각에서 볼 때 주의할 점은 패러다임에는 우열이 없다는 사실이다. 김억의 분노는 우위의 패러다임에서 저열한 것에 대한 분노가 아니라 소통의 통로가 전혀 없는 상태에 등장한 타자에 대한 분노라 할 수 있다. 반대로 이상이 김억의 시를 그렇게 말한다 해도 그리 이상할 것은 없다.

패러다임은 이해할 수 있는 성질의 것이 아니다. 그것은 수용과 거부 양 극단의 반응만을 유도한다. 한쪽의 시에서 다른 한쪽의 시는 시로 인정될 수가 없다. 왜냐하면 시의 기본적인 자질을 전혀 갖추지 않았기 때문이다. 김억이 이상의 시에 대하여 "워낙 도가 너무도 달라지면 우리는 그것에 대하여 어떠하다는 의견조차 말할 수가 없게" 된다고 한 것은 바로 이런 패러다임의 속성을 잘 드러내는 말이다.

시를 '시가詩歌'라고 부르는 김억은 기존의 서정시적 패러다임을 유지하고 있는 시인이다. 그는 시에 관하여 기존의 전통을 잘 계승하여 현대적으로 재해석한다. 그는 앞에 인용한 글에서 "시가라는 것이 문학의 표현을 받아 어떠한 감동이라든가 실감으로 마음을 흔들어주고 움직여주는 것"이라고 분명하게 밝히고 있다. 이 규정에서 효용론적 입장이 잘 드러난다. 실은 이런 시 규정은 개화기 이전에 유구하게 지속되어 오던 것이다. 말하자면 김억은 기존의 전통 속에 굳건하게 뿌리를 내리고 있다. 김억은 천여 년 전부터 형성되었던 시의 개념에 안전하게 발을 디디고 있는 시인이다. 그가 한자 대신에 한글로 시를 쓴다는 것만 차이가 날 뿐 기본적으로 그의 시는 고전적인 시와 다를 바가 없다. 그가 한시 번역에 신경을 쓴 것도 이런 선상에서 이해할 때 가장 자연스럽게 받아들일 수 있다. 그의 시 정신이 유구한 역사를 지니고 있음은 그가 이상을 비난할 때 사용한 "천황씨 이후의 최대 관"이라는 표현에 담겨 있다. 사실상 그의 시는 중국 태고 시대의 전설적인 황제 때부터 이어온 시의 개념을 벗어나지 않는 것이다.

이상은 이런 패러다임과 전혀 다른 곳에 시적 기반을 두고 있다. 그가 「오감도」를 신문에 연재했을 때 보인 독자들의 공격적인 반응에서 그가 서 있는 지점을 짐작할 수 있다. 그때 이상의 시는 실험으로 가득 차 있는 기괴한 것들 투성이다. 그러나 그 전에 『조선과건축』이라는 건축잡지의 만필란에 발표된 시를 본다면 「오감도」는 아주 순화된 형식에 불과한 것이다. 기호와 도표, 수학공식 등으로 가득한 작품들이 거기에 실려 있다. 아마도 그의 시는 우리 문학 풍토에서 정식의 신문 잡지에 발표되기 힘들기 때문에 할 수 없이 건축잡지의 만필란에 실릴 수밖에 없었을 것이다. 이것이 우리 문단에 지배한 시적 패러다임의 견고성을 확인케 하는 예가 될 것이다. 그러나 그것은 새로운 패러다임의 숙명이기도 하다. 우리 시의 새로운 패러다임은 이상한 잡지의 만필란에서 탄생할 수밖에 없는 것이다. 그의 시는 완결성의 거부, 시적 소재나 주제의 무제한적 선택, 표현의 과격한 자유로움 등을 공격적으로 추구하였으며, 이로 인하여 이후 조향, 송욱 등이 자신의 작품을 별다른 저항 없이 자유롭게 발표할 수 있었다. 이제 시의 새로운 패러다임이 낯설지 않게 되었기 때문이다.

근대시의 시작이라 부르는 보들레르의 『악의 꽃』도 하마터면 다른 방향으로 갈 수도, 그리하여 아예 탄생하지 않을 수도 있었다. 보들레르가 노르망디파의 3인시집을 발간하려 할 때 동인의 요청에 의하여 그는 자신의 시를 동인에게 보낸다. 그때 동인의 한 사람이 보들레르의 시에 대한 의견을 말하고 원고를 고치라고 충고하였다. 그러자 보들레르는 아무 말 하지 않고 자신의 원고를 되찾아갔다. 만일 그때 보들레르가 동인의 충고에 따라 순순히 고쳤다면 그의 시는 노르망디파 시의 아류에 불과하였을 것이다. 이미 보들레르는 자신의 패러다임을 확고하게 인식하고 있었기에 별다른 반응을 보이지 않고 원고를 회수한 것이다. 싸워서 해결될 문제가 아니기 때문이다.

이상과 보들레르는 닮은 점이 있다. 그것은 새로운 패러다임에 입각하여 시를 썼다는 점이다. 그래서 「오감도」처럼 보들레르의 시가 출판되었을 때 다음과 같은 혹평을 받을 수밖에 없었다.

> 보들레르의 정신상태를 의심하는 때가 있다. (중략) 거기서는 징글맞은 것과 더러운 것이 접종하고 있고, 지겨운 것이 독균과 연결된다. (중략) 이 책은 온갖 광란과 마음의 온갖 부패에 개방된 병원이다. 치료하기 위해서라면 또 모를 일이되, 그것들은 이미 불치의 병들이다.

그리고 새로운 패러다임에는 혹독한 비평가와 열렬한 추종자가 있다.

패러다임의 추종자는 늘 광신적일 수밖에 없다. 그것은 세계관의 문제이기 때문이다. 옹호자로서 이상에게는 김기림, 박태원이 있었고 보들레르에게는 플로베르와 위고가 있었다. 그러나 혹독한 비평과 열렬한 옹호의 근원은 동일한 것이다. 혹평과 찬사에 쉬이 실망하지도 쉬이 기뻐하지도 말 일이다.

3. 좋은 시와 새로운 시

시를 패러다임이란 틀로 보는 이상 좋은 시는 두 가지 경우밖에 없다. 첫번째는 기존 패러다임을 가장 모범적으로 명세화한 경우이다. 이를 위해서는 기존에 좋은 시로 평가받은 시들을 열심히 읽고 베끼면서 그와 유사한 세계를 창조하는 것이 필요하다. 마치 박재삼 시인이 서정주 시인의 시를 열심히 따라하였듯이.

　기존의 시작법 서적을 열심히 읽는 것이 이에 도움이 된다. 시를 어떻게 쓸 것인가, 주제와 소재는 어떻게 다루어야 할 것인가, 화자는 어떻게 설정할 것인가, 묘사와 비유는 어떻게 하고 시의 구조와 형식은 어떻게 할 것인가 등등 시에 대한 모든 것이 그런 시론서에 일목요연하게 정리되어 있다. 시에 대한 사용설명서가 시키는 대로 해보면서 점차 자신의 색채를 만들어가면 된다. 그것이 그 세계를 벗어나지 않으면서 좋은 시를 쓰는 방식이다.

　서정시의 패러다임에서 강조하는 것은 서정성이지만 그 속에 더욱 강조되는 것은 완결성이다. 비유에서도 완결성의 이념은 고수된다. 일종의 논설문과 같이 기승전결이 있거나 열고 닫음이 분명해야 한다. 완결성은 그 하위개념으로 일관성, 통일성을 거느린다. 다음의 두 시는 이미지의 비유 체계에 관하여 통일성을 잘 보여준 좋은 예가 될 것이다.

숲은 만조다
바람이란 바람 모두 밀려와 나무들 해초처럼 일렁이고
일렁임은 일렁임끼리 부딪쳐 자꾸만 파도를 만든다
숲은 얼마나 오래 웅웅거리는 벌떼들을 키워온 것일까
아주 먼 데서 온 바람이 숲을 건드리자
숨죽이고 있던 모래알갱이들까지 우우 일어나 몰려다닌다
저기 거북의 등처럼 낮게 엎드린 잿빛 바위,
그 완강한 침묵조차 남겨두지 않겠다는 듯 숲은 출렁거린다
아니라 아니라고 온몸을 흔든다 스스로 범람한다
숲에서 벗어나기 위해 숲은 肉脫한다
부러진 나뭇가지들 떠내려간다

_나희덕,「해일」전문

누가 저 막장 같은 세상 속에 묻어다오
바람마저 뒷걸음 쳐가는 저 거리에
온몸에 돋는 옴 같은 눈의 기미가 죄라고 새파란 칼로 조각내어
캄캄함 속으로 던져다오
저 어둠만으로도 온몸에 피가 돌아
싹눈이 돋고
반란하듯 어둠을 뚫고 새파란 감자잎을 줄기를 내밀테니
긴 잠으로 달콤하던 겨울도
결국은 하나 둘 벗어내어야 할 허물 같은 것
멀지 않아 춘궁기가 닥칠 테니
꽃다운 꽃 피지 않는 날이 올 테니
자주 감자에서는 자주 꽃 하얀 감자에서는 하얀 꽃 피울 테니
내 잠을 새파란 칼로 조각내어다오

베여진 상처의 아픔을 싹으로 내미는 씨감자일 테니
저 아득한 어둠 속으로 나를 묻어다오
묻혀도 썩지 않고 자라는 매장된 꿈이 될 테니

_ 김왕노, 「감자」 전문

위의 시는 '숲＝바다', '삶＝감자'라는 비유를 하나의 체계 속에 잘 형상화하고 있는 대표적인 작품이라 할 수 있다. 「해일」에서 비유 주체(원관념)와 관련된 '숲', '나무', '벌떼', '바위', '나뭇가지' 등의 시어는 비유 대상(보조관념)과 관련된 '만조', '해초', '파도', '모래알갱이', '거북', '범람' 등의 시어와 잘 어울려 하나의 세계를 완결하고 있다. 「감자」 역시 비유 주체인 '꿈'이 비유 대상인 '감자'의 시어들과 서로 잘 연계되어 있다. 그리고 그 속에서 어떤 교훈적 삶의 통찰을 읽어내는 것 또한 유사하다. 이런 점에서도 두 시는 같은 계열의 전형적인 시라 할 수 있다.

앞으로 서정시적 패러다임에서 좋은 시는 이와 유사한 시의 틀 내에서 생산될 것이다. 하지만 다양한 변주를 만들어내지 못한다면 기존 패러다임에서 매장될 것이 분명하다. 그래서 「해일」에서처럼 이런 범주의 시는 "숲에서 벗어나기 위해 숲은 肉脫한다"는 마음으로 자신의 시세계를 변주해야 한다. 그렇지 않으면 썩은 감자처럼 묻혀서 썩어버릴 것이다. 그리고 이런 변주에 관해 기존에 다루지 않은 새로운 소재를 발굴해내는 것, 그것을 깊게 집요하게 파고드는 끈기도 필요할 것이다.

두 번째 '새로운 시'는 기존의 패러다임을 철저하게 부정하는 경우이다. 패러다임은 일종의 운명론적 구도를 지니고 있다. 그렇다면 새로운 시는 불가능할 것이 아닌가. 김억의 시가 김소월의 시를 낳는 것은 당연하다. 그렇다면 이상, 보들레르의 시는 어떻게 탄생할 수 있었을까. 그것은 아마도 기존의 패러다임에 복속되지 않은 아웃사이더 기질이 강한 자들에게 맡겨진 운명일 것이다.

기존의 좋은 시라는 것들을 읽으면서 이런 시들이 왜 좋은지 도무지 이해가 가지 않을 때 또는 머리로는 이해가 가지만 가슴으로는 전혀 수긍할 수 없을 때 새로운 시는 탄생할 것이다. 그러나 그 시는 아직 좋은 시라고 할 수 없다. 새로운 패러다임의 시들이 어느 정도 규준을 보여줄 정도로 쌓일 때 그 속에서 좋은 시는 발견될 것이다. 그래서 기존 패러다임에서 볼 때 새로운 시이거나 시 같지도 않은 시가 될 수밖에 없다. 그래서 이런 새로운 패러다임의 시에서 중요한 것은 시 같은 시를 쓰지 않는 일이다. 시 같은 시는 어느 정도의 기법만 익히면 대충 쓸 수 있을 것이다. 정말 어려운 것은 자신의 한계를 넘어선 새로운 세계를 엿보는 것이다.

좋은 시이면서 새로운 시라는 것은 사실상 불가능하다. 우리는 둘 중의 하나를 선택하여야 한다. 기존의 패러다임에 입각하여 그 기준을 명세화하고 충족시키는 시를 쓰거나 아니면 아예 기존의 패러다임과 전혀 다른 지점에서 이단과 같은 시를 쓰거나.

새로운 시를 위해서도 기존의 시작법 서적을 열심히 읽는 것이 도움이 된다. 시를 어떻게 쓸 것인가, 주제와 소재는 어떻게 다루어야 할 것인가, 화자는 어떻게 설정할 것인가, 묘사와 비유는 어떻게 하고 시의 구조와 형식은 어떻게 할 것인가 등등 시에 대한 모든 것이 그런 시론서에 일목요연하게 정리되어 있다. 물론 자연스럽게 생리적으로 기존의 패러다임과 전혀 다른 지점에서 시를 쓰는 것이 바람직하겠지만, 연습 삼아 새로운 시를 억지로 써보고자 한다면 이런 시론서에 쓰인 것과 정반대의 것을 시도해보는 것이 도움이 될 것이다. 기존의 시론서가 보여주는 것은 기존 패러다임의 일목요연한 규범 목록이다. 그것들과 조목조목 반대되는 것들을 시도해본다면 거기에 뭔가 새로운 것, 우리가 지금 발견해내지 못한 것이 있을 것이다. 과거에 이미 폐기처분된 것도 있겠지만 미래에 발견될 것들도 거기에 있을 것이다.

낯선 시를 두려워해서는 안 될 것이다. 그 속에 무엇이 들어 있을지 아무도 모른다. 지금 배척받고 조롱받는 그 시가 언제 다시 우리 시의 전면에 화려하게 등장할지 아무도 모른다. 마치 16세기 형이상학파 시인 중의 하나인 존 던이 400년 후 엘리어트에 의해 20세기에 화려하게 부활했듯이.

　　그래서 나는 늘 시창작 시간이 두렵다. 그리고 학생들의 시를 평가하는 것처럼 고통스러운 일이 없다. 나는 왜 김억처럼 그런 과감한 혹평을 내릴 자신감이 없는 것일까.

환각이나 오인이 아닌 진정한 서정성은 삶과 소통하는 서정성이다.

시 속에서만 성취되는 서정성은 반쪽의 서정성이다. 서정시는 넘치는데 우리는 세계와의 단절을 강화해가고 있다.

태풍이 와서 세계는 카오스에 놓여 있어도 최신의 과학기술이 빚어낸 두세 겹의 유리창을 통해 그 세계로부터 고립되고 있다.

완전한 방음 장치로 우리는 실내의 자페아가 되어 빗방울소리, 바람소리로부터 고립되고 있다.

'자발적 소외'가 강화되고 있는 것이다. 서정성의 위기! 그것은 바로 실천이 결여된 서정성에 있는 것이다.

3

숭고의 비전

문학의 공간—공간과 장소의 시적 변증법

1. 공간에서 장소로

문학에서 공간은 무엇일까. 공간에 대한 사유가 철학만의 문제라면 문학 논의에서는 공간과 접점을 지닌 매개의 특수성만을 다루어야 할 것이다. 문학 형식 혹은 언어에 초점을 맞춘 공간 문제가 그것이다. 그러나 이것은 근대 학문의 지나친 세분화가 가져온 보편성의 상실을 가리키는 것에 지나지 않는다. 문학에서 이상과 신동엽이 관심을 가졌던 '부채꼴 인간' 혹은 '전경인全耕人'의 폭넓은 시야가 새삼 요청되는 것도 이 때문이다.

　　앞으로 근대적인 분화 과정의 일환으로 가지치기되었던 문학의 하위 장르들도 문학 담론 속에 적극적으로 통합시키는 방향으로 나아가야 할 것이다. 한문학에서 산문 장르의 대부분은 현재의 논문 혹은 논설문의 하위 장르라 할 수 있다. 예를 들어 논論, 변辨, 설說, 원原, 책策 등은 대부분 사회학적 철학적 사유를 담은 논문 형식이다. 지금 문인들의 전집은 이런 장르를 타자로 다루고 있다. 그러나 이것을 문학 담론 안에 적극적으로 수용하지 못 한다면 앞으로 문학의 깊이와 넓이가 안정적으로 확보될 수 없을 것이다.

공간론에 접근하는 시각도 사실상 문학과의 접점, 매개의 특수성에만 너무 국한해서는 안 될 것이다. 공간의 문제가 보편적이고 중요한 문제라면 문학에서도 그것이 폄하되어서는 안 된다. 따라서 문학에서 공간 문제를 작품에 나타난 구체적이고 경험적인 대상에만 초점을 맞추는 것은 편협한 방식이라 할 수 있다. 그것은 공간이라는 그릇에 담긴 물질 혹은 소재의 특성이지 공간 자체의 특성이라 할 수 없기 때문이다. 지금까지 문학의 공간 문제는 이 푸 투안의 개념을 빌리자면 공간보다는 장소의 문제에 더 치중되어 있었다. 원론적이고 본질적인 측면보다는 구체적이고 개별적인 양상의 나열에 매달려왔다는 것이다.

투안에 따르면 공간은 움직임, 개방, 자유, 위협을 의미하는데 그것은 주체의 경험이 융해되지 않은 추상적 공간이다. 이에 비해 장소는 정지, 개인들이 부여하는 가치들의 안식처, 안정과 애정을 느낄 수 있는 공간이다. 추상적 공간을 의미로 가득 찬 구체적 장소로 전환하는 것은 인간의 몸이다. 인간의 생리학적 경험, 즉 몸 담론과 밀착된 구체적인 사건을 통해 공간은 추상적인 상태로부터 벗어나 안정감과 친밀감을 획득한다. 그가 말하고 있듯이 "공간이 우리에게 완전하게 익숙해졌다고 느낄 때"(『공간과 장소』, 124쪽), "공간이 명확한 뜻과 의미를 획득함에 따라"(219쪽) 공간은 장소가 되는 것이다. 이때 공간과 장소는 모두 생리학적 경험, 인간적인 척도에 의해 생성된 개념이다. 공간의 추상성과 장소의 구체성은 여전히 실재적 공간을 염두에 두고 있다. 투안의 공간이 '추상적 공간'이긴 하지만 이때 추상적이라는 것은 낯설다는 느낌을 표현한 것이지 구체적 형상이 제거된 순수직관의 차원은 아니기에 다소 용어상의 수정이 필요하다. 여기에서는 공간의 추상성을 더욱 강화하여 경험적 요소를 제거한 선험적인 의미로 해석하여 두 개

넘을 대립적으로 사용하고자 한다.

투안의 현상학적 접근이 지닌 문제로 '인간학적 위험' (이진경, 『근대적 시·공간의 탄생』, 70쪽)이 지적되기도 한다. 현상학적 연구에서 모든 감각적 데이터는 인간을 중심으로 해석되는데 이때 인간은 구체적인 인간이 아니라 순수자아, 순수주체로서 일종의 순수하고 추상적이며 보편적인 인간으로 상정된다. 그런데 인간이란 어느 경우에도 순수한 형태로 존재하지 않으며, 언제나 특정한 역사와 사회적 규정성이 새겨진 특정한 역사적 존재 또는 불순한 주체이기 때문에 이런 가설 자체가 오류라고 한다. 하지만 투안의 문제는 인간과 공간이 너무 구체적이고 역사적이고 특수하다는 점, 순수화와 추상화가 극단에 도달하여 선험적 보편성의 차원에 도달하지 못하고 경험의 차원에 국한되었다는 점이다. 즉 공간에 대한 원론을 제대로 체계화하지 못하고 너무 손쉽게 장소로 넘어간 것이 한계인 것이다.

물론 이런 구체성이 장점을 지니고 있는 것도 사실이다. 그것이 가장 잘 드러나는 부분이 민족국가의 형성에 대한 설명이다. 근대 민족국가의 발생 이전에 국가는 추상적인 실체가 아니었다. 투안은 그리스 도시국가를 예로 든다. 그때 시민들은 폴리스를 직접 알 수 있었다. "비록 그가 자기 나라를 끝에서 끝까지 답사한 적이 없다 하더라도 적어도 자신이 충성을 바쳐야 하는 국가의 자연적 경계는 볼 수 있었다. 분명히 그는 산맥을 식별할 수 있었으며, 그 너머에는 자신의 조국과 경쟁관계에 있는 다른 국가들이 있었다."(282쪽) 구성원 모두가 눈으로 확인할 수 있는 자연적 조건을 국가의 경계로 삼은 성읍국가의 가시성에 주목하여 국가와 그 구성원의 정체감을 설득력 있게 설명하는 대목이다. 그러나 근대의 민족국가는 너무 거대해져서 그런 경험이 불가능하게 되었다. 그는 거대한 민족국가를 국민이 애정을 느낄 수 있는 구체적인 장소로 보이도록 하기 위해서 필요한 것이 '상징 수단'이라고 본다. 그것은 "직접경험과 친밀한 지식에 기초한 지역적 애착을 극복"(284쪽)하는 데 도움이 된다. 구성원들이 지닌 마을, 도시 지역에 대한 정서를 더 큰 정치적 단위로 전이시키면서 민족국가가 가시성을 획득하는 상징 수단의 예로 그는 "국가를 종교적 대상으로 만드는 것"을 든다. 애국심, 충성심의 고취를 위해 자신이 속한 국가는 신성한 나라라는 의식을 인위적으로 만들어주어야 한다. 미국에서 독립기념관, 리 장군의 묘, 각종 기념물, 역사책, 애국문학 등이 그런 국가 신성화의 중심에 놓여 있다. 이런 논증은 상당한 설득력을 지니는데 이것이 바로 구체적인 접근이 지닌 장점이라 할 수 있다. 이것의 구체화로서, 문체나 논증방식이 투안과 유사하게 어수선한 베네딕트 앤더슨의 『상상의 공동체』를 참조할 수 있을 것이다.

공간의 추상적 상태가 인간에게 불안감을 주는 것은 사실이다. 그래서 구체적인 장소에 대한 집착이 강하게 나타난다. 문학 담론에서 문학과 공간을 연계하는 논의가 대부분 산, 도시, 마을 등 장소에 대한 개별적 논의로 가득한 것도 이 때문이다. 그러나 이런 접근은 장소의 특수한 의미만을 드러낼 뿐 그것이 보편적인 형태로 추상화된 어떤 공간의 원론적인 단계로 상승하지 못하여 이론 혹은 이념에 대한 갈증을 채워주지 못 한다. 바람직한 논의는 공간과 장소의 상호소통을 통한 상승작용을 보여주는 작업이 되어야 한다.

2. 장소에서 공간으로

경험론적 접근의 한계를 피하기 위해 요구되는 것은 공간에 대한 형이상학적 접근이다. 우리가 칸트의 공간론을 피해갈 수 없는 것도 이 때문이다. 칸트는 그의 『순수이성비판』 서두, '선험적(초월적) 감성론'에 공간론과 시간론을 따로 마련함으로써 이를 자기 철학의 교두보로 삼고 있다. 칸트는 시간보다는 공간 문제를 더욱 상세하게 다루었는데 이는 공간 문제가 구체적이면서 더욱 본질적이기 때문일 것이다.

공간론에서 칸트는 독자를 명쾌하게 이해시키는 데는 성공하지 못 하고 있지만 자신의 생각을 네 가지로 명쾌하게 정리해놓고 있다. 자신의 주장을 첫 문장에 배치하여 그 명쾌함은 더욱 두드러진다. 첫 문장을 중심으로 주요 내용을 정리해보면 다음과 같다.

첫째, 공간은 외부의 경험에서 추상된 경험적 개념이 아니다. 왜냐하면 어떤 감각이 "내 바깥"에 있는 어떤 것에 관계하기 위해서는 그 근저에 공간의 표상이 먼저 존재해야 하기 때문이다. 그래서 공간의 표상은 외적 현상의 관계들로부터 경험적으로 얻어질 수 없고, 오히려 외적 경험 자신이 공간의 표상에 의해서 비로소 가능해진다.

둘째, 공간은 모든 외적 직관작용의 근저에 있는 필연적인 선험적 표상이다. 왜냐하면 공간 안에 대상이 없는 경우는 있을 수 있으나 공간이 전혀 없다고 생각할 수는 없기 때문이다. 따라서 공간은 외적 현상에 의존하는 규정이 아니라 외적 현상을 가능하게 하는 조건으로 보인다.

셋째, 공간은 사물의 일반적인 관계에서 추출된 일반적 개념이 아니라 순수직관이다. 왜냐하면 공간은 본질적으로 하나이며, 하나의 공간만이 있기 때문이다. 우리가 생각하는 공간은 그것의 구획된 일부일 뿐이다.

넷째, 공간은 이미 주어진 무한한 크기로 표상되어 그 안에 모든 공간의 부분들이 포함되어 있다. 개념들과 달리 공간은 자기 아래 무한히 많은 표상들을 포괄하는 것으로 판단된다. 따라서 공간이라는 근원적 표상은 개념이 아니라 선험적인 직관이다.

앞의 두 규정은 공간이 선험적 표상이면서 동시에 현상의 가능 조건이라는 점을 설명하고 있다. 이런 주관성을 두고 러셀은 "공간이라는 안경을 마음 속에 끼고 있기 때문에 모든 것을 공간 속에 보게 될 것을 확신할 수 있다"(러셀, 『서양철학사(하)』, 983쪽)고 설명한다. 나머지 규정은 공간이 순수직관임을 밝히고 있다. 이것은 공간과 개념의 차이점을 통해 논증된다. 개념은 개별적 대상을 '자기 아래' 포괄하는 데 반하여 공간은 균질적 동일성을 바탕으로 부분들을 '자기 안'에 포함한다. '자기 아래'라는 것은 상위 개념과 하위 개념의 관계를 가리키는데, '나무'라는 상위 개념이 '소나무, 잣나무'라는 하위 개념을 포괄하는 것을 말한다. 이것은 하위 개념 간의 이질성에 초점을 둔다. 그러나 공간은 그것의 동질적인 부분만이 있을 뿐 이질적인 하위 요소를 지니지 않는, '이미 주어진 무한한 크기'의 근원적 표상인 것이다. 따라서 전자는 지성(오성)과, 후자는 (감성적) 직관과 관련된다.

결론적으로 공간은 순수직관이면서 동시에 감성적 직관의 형식으로 작용하는 이중성을 지니는데, 이것이 '초월적 감성론'이라는 용어를 규정한다(이것은 퇴계 주리론의 리의 성격과 유사하다). 감성적 직관은 경험론과, 순수직관은 합리론과 연계되기 때문에 이 이중성은 그의 철학의 특성이면서 동시에 한계로 작용한다. 이 한계의 근원은 흔히 뉴턴 물리학과 유클리드 기하학으로 평가된다. 이들 학문에서 공간은 모든 물체에 공통적인 운동이 행해지는 유일한 장소로서, 이것은 실질적이면서 절대적이라는 특성을 지닌다. 칸트는 이것을 철학적으로 논증하는 형식을 취하고 있다.

아인슈타인의 상대성 이론과 리만의 기하학 등으로 공간개념은 절대성을 상실하였다고 평가된다(구체적인 예는 이진경, 『근대적 시·공간의 탄생』 참조). 칸트의 순수공간을 '환상적 표상'으로 보고, 경험적으로 채워진 공간의 인식에 대해서 전혀 무의미한 것으로 평가하는 논의(호젠펠더)도 이와 연관된다. 이 정도의 비판은 1930년대 신문지상에 소개될 정도의 상식에 속한다. 당시 동아일보에는 「무한차원신공간―하구박사의 세계적 신연구」라는 재미있는 기사가 실렸는데 여기에 기하학적 공간개념의 추이가 잘 정리되어 있다. 길지만 관련 부분을 인용하기로 한다.

19세기 초두에 발견된 비유클리드 기하학은 상대성 원리를 설명하기 위해 유효한 것이었지마는 그 후 19세기 후반으로부터 20세기에 걸쳐서 리만 기하학이 나와 가지고 곡공간曲空間이라는 것을 생각하게 되었다. 그러나 이것만으로는 전자기電磁氣의 영향, 양자의 문제 등을 설명하기가 불가능하게 되므로 (물리학에서는 여기까지 그쳤지마는) 수학에서는 10년 전에 비非리만 기하학이 발견되어 이에 의하여 왜곡을 가진 사영射影을 사용하여 전자기를 함含한 상대론을 해석할 수 있게 되었다.

그리고 이 비 리만 기하학으로부터 다시 일보를 전진한 것이 1928년에 발견된 판슬레르 기하학인데 이것은 보통으로 공간은 점의 집합이라고 설명하는 데 대하야 다시 점에 방향이 있음을 생각하야 점과 방향과를 합한 것을 공간으로 간주하는 것이다.

그런데 하구河口 박사의 신발견은 판슬레르 기하학보다 다시 일보를 전진하야 공간은 어떠한 '이데아'에 의하여 추상되는가를 명백히 한 것으로서 이에 의하면 제한이 없이 어떤 공간이든지 추상할 수 있다. 여기에 이르러서는 일면으로 보면 무한차원이라고도 할 수 있다. 이와 같이하여 지금까지의 모든 공간을 포함하는 것을 발견한 것이다.(「동아일보」, 1934. 3. 3)

이 연구의 의도가 어디에 있는지 지극히 의심스럽긴 하지만, 신문지상에서 공간 개념의 추이를 일목요연하게 정리한 것도 이채로울 뿐 아니라 다시 일종의 관념론으로 회귀하는 듯한 공간 연구의 방향이 우리의 흥미를 끈다. 그 관념론이 '무한차원'의 공간으로 귀결되는 점도 주목할 만하다. 그것은 칸트적 의미의 순수지각과 연계될 가능성이 높기 때문이다. 또한 칸트의 한계와 연계되기도 하지만 경험론을 바탕으로 하는 자연과학의 성과와 보조를 같이해나가는 기하학의 노곤함도 느낄 수 있다.

여기에서 어느 정도 추론할 수 있듯이 공간을 경험적 차원에서 접근하는 방식이 지닌 한계는 명백하다. 이는 경험론이 개별적인 사실들의 집적을 뛰어넘는 가능한 체계(완결된 체계를 의미하는 것이 아니라 열린 체계를 의미한다)를 제시하는 데 실패하고 만다는 사실과 관련된다. 경험의 다양성 속에 그것을 규정해줄 어떤 원칙을 추출하지 못 한다면 경험은 무의미한 파편으로 존재할 뿐이다.

공간에는 경험론이 가져다주는 수많은 구체적 공간이 있을 수 있다. 마치 문학의 공간에는 주로 산이니 도시니 하는 구체적 장소가 다양하듯이. 그러나 이런 공간은 각각의 경험을 뛰어넘는 어떤 체계에 도달하지 못한다. 마찬가지로 산과 도시의 공간을 경험적인 관점에서 정리하는 것은 강이나 바다, 농촌 등 수많은 개별들에 대한 탐구가 완료되지 않는 한 그것의 가능한 체계를 계속 차연시키는 행위가 될 것이다. 따라서 원론적으로 어떤 고정점이 존재하지 않을 수 없다. 그 한계 내에서 가능한 고정점을 찾는 것이 필요하다.

3. 형形을 지닌 순수 형식

경직된 것으로 보이는 칸트의 공간론에서 우리는 새로운 가치를 이끌어낼 수 있다. 칸트의 공간은 질료적 특성을 완전하게 탈각하지 않으면서 동시에 선험적 직관으로 나타난다. 그는 공간이 감각적 현상들에 대해서는 "경험적 실재성"을 지니고 있다고 말하면서 동시에 물자체에 대해서는 "선험적 관념성"을 지니고 있다고 주장하는 것이다. 바로 이 지점에서 공간론의 어떤 가능성을 읽을 수 있다. 경험론과 선험주의의 기묘한 만남은 우리의 단일한 논리로 포괄할 수 없는 공간의 본질에서 기인한 것이라 할 수 있다.

공간은 경험적이면서 동시에 선험적이다. 이것은 '무한연장'과 관련이 있다. 공간의 이미지를 확장으로 보는 논의에서 나카노는 유한 공간, 즉 "둘러싸인 확장"(나카노, 『공간과 인간』, 33쪽)이라는 개념을 형形을 통하여 설명하고 있다.

'둘러싸인 확장'으로 연상되는 것이 '형形'이 있다. 왜냐하면, 대부분 형이라고 하는 것은 공간의 일부를 둘러쌈으로, 혹은 사물을 하나로 묶는 것으로 만들어지기에, 당연히 본질적으로 막힌 것이기 때문이다. (중략) 형은 그것만으로 어느 정도의 완결성을 가지고 있는 것이기 때문에, 형으로서의 공간은 하나 하나가 독립해서 존재하고, 따라서 그 공간(형)과 그 이외의 공간과는 연속하지 않는다. 즉 유한연장으로서의 공간은 외부를 향해서는 비연속이라고 하는 존재방식을 갖는다. 이에 반해, 무한연장으로서의 공간은 (중략) 연속적인 것이다.

이것은 공간을 '확장'으로 보는 관점에 대해 설명하는 부분이다. 여기의 '형'은 일종의 양식style으로 비연속적 유한성이라는 질료적 특성을 가리키는 데 사용되고 있다. 따라서 형을 지니고 있는 공간은 유한 연장의 공간이라 할 수 있다. 그런데 형을 지니지 않는 연장도 가능하다. 그것이 '무한 연장'이다. 무한연장은 공간을 연장의 측면에서 본다는 점에서 공간의 구체적, 질료적 특성을 배제하지 않는다. 하지만 그것이 무한이라는 점에서 질료적 유한성을 넘어선다. 근대 우주론에서 우주는 유한하면서 동시에 한계가 없다는 역설적인 가설이 제시되는 것도 이와 관련될 것이다. 모윤숙이 연애시풍의 작품에서 다음과 같이 언급할 때 우리는 그 의미에 주목하게 된다.

> 無形한 空間에서 우리 魂이 맞날 때나
> 沈默의 줄이 우리 理性을 얽어맬 때
> 흘으는 물결은 우리 젊음의 장단 치고
> 雄大한 建設은 우리 앞에 나타나리니
> 아— 힘찬 노래의 主人이여
> 어대서 이 밤은 헤매고 잇나이까?
>
> _모윤숙, 「청춘의 노래」(『빛나는 유역』, 1933) 부분

이 시의 '無形한 空間'이란 무엇일까. 이것은 아마 당시 다른 시에서 유행적으로 사용되었던 "순수 공간"(이한직, 「범람」)이라는 말과 같은 개념일 것이다. 공간에 대한 형이상학적 관심이 해방 이전의 문학공간에서 시어로 드러난 것이라 할 수 있다. 연장이라는 질료적 특성을 가진 공간이 무형한 것은 자기 스스로의 한계(비연속성)를 지니지 않는다는 뜻이다. 이것은 연장의 개념과 모순을 일으킨다. 물질적이면서 동시에 선험적인 공간이 가능하다. 모윤숙은 이 구절("無形한 空間")을 구체적 질료를 벗어난 초월적 성격을 지시하는 말로 사용한 듯하다. 초월적 공간에서 질료로서의 몸보다는 혼이 존재하기에 더 적절하기 때문이다. 그러면서도 그것은 세속적 욕망에 물들지 않는 순수한 장소라는 구체적 공간을 전제로 한다.

'무형의 공간'은 '형'의 의미를 확장하면 칸트적 의미와 유사하다. '형'이 단순한 공간의 한정, 사물의 질료적 제약이라는 차원에서 한 단계 올라서면 칸트의 순수지각으로서의 공간이 된다. 칸트에게 '형'은 공간의 대상들, 즉 외적 현상을 인식하게 하는 선험적 양식이라는 의미를 지니기 때문이다. 칸트에게 선험적 형식으로서의 공간은 감성적 영역을 배제하지 않는다. 그럴 때 이 '형'은 칸트적 이중성을 그대로 반영하는 개념이 된다. 이때 '형'은 감성적(경험적) 요소와 순수직관적 요소를 동시에 지닌 용어가 된다.

이런 사유를 우리의 미학 사상에서도 찾을 수 있다. 『한국의 민속·종교사상』에 실린 흥미로운 텍스트인 「세·한얼 말씀」(「삼일신고」)에는 하늘을 가리켜 "저 푸른 것이 하늘 아니며, 저 까마득한 것이 하늘 아니라. 하늘은 허울形과 바탕質도 없고 첫끝도 맨끝도 없으며, 위아래 네 녘四方도 없고 겉도 속도 다 비어서 어디나 있지 않은 데가 없으며, 무엇이나 싸지 않은 것이 없다"(384쪽)고 하였다. 이 하늘은 형形과 질質이라는 구체적 요소도 지니지 않은 칸트적인 순수직관의 형식을 띠면서 동시에 어디에나 존재하며 무엇이나 그 안에 사물을 존재케 하는 구체적 공간이다. 이런 특성은 칸트의 공간개념, 모윤숙의 '무형한 공간'과 유사한 이중성이다.

이것은 공간과 장소의 시적 만남이라 할 수 있다. 이 만남은 옥타비오 파스가 지적한 바처럼 시적 변증법의 한 형식이라 할 수 있다. 변증법에서 각각의 요소가 제3의 현실을 위하여 극복과 배제의 대상이 되어 사라지는 것과 달리 시적 이미지, 즉 시적 변증법에서는 요소들이 자신의 개체성을 그대로 지닌다. 즉 시적 이미지에서 돌과 깃털은 여전히 돌과 깃털인 것이다. 그리고 "동시에 이것이 저것이다. 돌이 돌이면서 깃털이다."(옥타비오 파스, 『활과 리라』, 132쪽) 공간은 공간이면서 동시에 장소이기도 한 것이 최상의 상태라는 결론이 여기에서 나온다.

문학 담론에서도 공간은 이처럼 공간이라는 선험적 형식과 감성적 영역인 장소를 함께 지녀야 한다. 칸트의 개념 체계에서, 그리고 우리의 미학적 전통에서 말하고 있는 바도 너무 구체성의 세계로 추락하여 보편성을 잃지 말 것이며, 그렇다고 공허한 관념적 비행으로 구상적 세계를 상실하지 말라는 것이다. 다만 선험적 형식은 일종의 "내재된 가능성"으로 보아야 한다. 파스는 초월의 경험이 현재에도 유효성과 가능성을 지닌 것으로 보며 이를 "내재된 가능성"(158쪽)이라 부른다. 구체적 현실을 떠난 초월이 아니라 그 속에서 이루어지는 초월이라는 점에서 칸트의 이중성 역시 내재된 가능성이라 할 수 있을 것이다.

바슐라르의 이미지의 현상학은 이런 시도에 어떤 방향을 제시해줄 수 있다고 본다. 바슐라르는 상상력을 경험론적인 설명에서 완전히 벗어나 오직 우리들의 정신 차원에서만 가능케 함으로써, 상상력을 "하나의 관념철학의 근본적인 원리"(바슐라르, 곽광수 역, 『공간의 시학』, 14쪽)로 정립시켰다. 얼핏 보면 공간적 상상력을 보여주기 위해 제시된 집, 서랍, 상자, 장롱, 새집, 조개껍질, 구석 등 내밀한 공간의 이미지들은 개별 이미지의 어수선한 나열로 보일 수 있다. 이것은 앞에서 비판한 경험적 공간의 '자기 아래'에 속하는 개념들일 수 있기 때문이다. 하지만 이런 이미지는 그야말로 칸트가 공간을 대조적으로 설명하기 위해 끌어들인 개념처럼 하나의 예에 불과한 하위 체계의 구체적 개체가 아니라 그가 상정하고 있는 요나콤플렉스라는 공간에 대한 선험적 형식의 부분이라 할 수 있다. 요나콤플렉스라는 것은 칸트가 말한 '무한한 크기의 공간'으로 선험적 직관의 형식을 취하는 것이다. 이것이 그의 이미지 현상학의 고정점으로 존재하기에 그의 논의는 경험의 파편성으로부터 벗어나고 있다.

또다른 예로 조셉 프랭크의 「현대문학의 공간적 형식」(이것은 오세영 교수의 「문학과 공간」, 『문학연구방법론』에 잘 정리되어 있다. 이하 내용은 이 책에 기반을 두고 요약하였다)을 들 수 있다. 프랭크는 현대문학의 본질은 문학적 구현에서 공간화를 지향하는 데 있다고 주장한다. 공간성을 본질로 하는 조형예술과 시간성을 본질로 하는 문학이라는 레싱의 구분에 착안하여, 프랭크는 아이러니하게도 현대문학은 조형예술의 특징인 공간성을 자신의 본질로 받아들인 문학이라 규정한다. 이때 공간성은 조형예술과 관련된 시각적 이미지의 재생이 아니라 언어에 내재한 시각적 원리를 부정하고 사물을 시간의 지속성이 아닌 한순간에 총체성을 드러내는 것으로 파악하려는 시도를 뜻한다. 이것은 문학에서 인물의 행위와 플롯이 지닌 시간적 지속의 원칙을 파괴하고 일상 어순이나 문법적 배열이 지닌 연속의 원리를 깨트리는 것을 말한다. 한마디로 병치기법이 공간성의 핵심이라는 것이다. 장르적으로 볼 때 소설보다는 시에 이 공간성이 강세를 이룬다고 할 수 있다. 물론 이 현대문학은 모더니즘, 더 정확하게는 아방가르드 문학을 말한다. 프랭크는 블랙머의 논의를 빌려와 파운드나 엘리어트의 시에 주로 사용된 시적 방법으로 첫째 통사론적 연계성의 포기, 둘째 불연속된 어군들 사이의 관계 지각에 의존하는 구조, 셋째 단어군들의 병치, 넷째 시간적 관계성에의 의존을 버리고 동시적인 것으로서의 제시 등을 든다. 이것이 현대시에 일반화된 공간적 형식의 표현인 것이다. 프랭크의 이런 시각은 현대문학의 가장 중요한 현상을 논리적으로 해명한 창의적 논의로 평가된다. 그의 공간성은 현대문학의 구체성이라는 외적 조건으로부터 출발하여 그 외적 현상을 가능하게 하는 조건이 된 성공적 경우라 할 수 있다.

바슐라르와 프랭크는 공간과 장소의 시적 변증법을 잘 보여주는 예가 된다. 문학과 공간의 문제를 다루면서 문학의 구체적인 특성, 즉 장소로서의 특성을 놓치지 않으면서 동시에 선험적 원리로서의 공간도 제시하고 있는 모범적 경우인 것이다. 바슐라르는 공간 이미지라는 구체적 분석을 다루는 경우에 참조할 수 있을 것이며, 프랭크는 문학 원론적인 차원에서 공간의 문제를 다룰 때 참조점으로 삼을 만하다.

공간의 문제와 관련해서 언급하고 싶은 것은 '잔혹시' 혹은 '느와르시' 라고 필자가 부르고 있는 일련의 시들에서 공간이 증발해버린 사실이 어떤 의미를 지니는가 하는 점이다. 이것이 모든 사물이 사라져도 절대 사라지지 않는 순수공간의 흰 뼈를 적나라하게 극단적으로 드러내는 시도인지 아니면 구체적 공간이 갈기갈기 찢겨나간 상태의 무의식적 반영인지 혹은 그 외 제3의 의미를 지닌 것인지 아직 분명하게 판단을 내리지 못하고 있다. 하지만 문학과 공간 문제를 다룰 때 이 부분은 반드시 고려되어야 할 것이다.

공간에 대한 사유를 다루고 있는 이한직의 독특한 시의 한 구절을 함께 생각해볼 자료로 제시하면서 글을 마무리하고자 한다. "순수공간에서 그림자를 상실한/ ABERALE"이 무엇일까, "그림자"는 장소와 같은 구체성일까 자못 궁금하기 때문이다.

PIANO가 오월처럼 범람하는
오후의 그늘
잠깐 풍경이 반성한다

순수공간에서 그림자를 상실한

ABERALE

너는 여전히 삼인칭으로 참회하는가

_이한직, 「범람」 부분

전통시학 1

한국 전통시학의 가능성과 '비극적 구조'

1. 주리론의 위치

퇴계 주리론은 주자 성리학의 독자적인 전개이며 이후 독자성은 더욱 강화되어 근대로 이어져 왔다. 이 독자성은 종종 근원에 대한 일종의 계보학적 관심에 의해 희석되곤 하였으나, 이것이 우리 문화풍토에서 이룩한 창조적 결실에 대한 확인일 뿐 아니라 인류의 지적 자산을 축적, 심화시키는 데 도움이 된다는 점에서 더욱 강조될 필요가 있다. 따라서 본고는 독자성에 주목하여 '동양시학'이 아니라 '(한국)전통시학'이라는 주제로 퇴계의 주리론主理論을 다루고자 한다.

  우리의 독자적인 사상에 대한 평가가 늘 공평한 것은 아니었다. 한때 마르크시즘의 영향으로 주기론을 편애하는 시각이 우세하였다. 이런 상황에서 주기론자인 서경덕, 이이, 최한기 등 그리고 이들과 사상적 친연을 지닌 실학파의 이론이 각광을 받았다. 물론 거기에는 근대 이전의 유교적 세계에 대한 반동이 자리하고 있었다. 이후 1970년대 독재권력에 대한 저항의 한 축으로 마르크시즘이 실천 원리를 제공하였던 시기를 거치면서 주기론에 대한 편향은 더욱 강화되어 갔다. 현재도 한국 유학 중 주리론에 대한 논의는 상대적으로 열세에 놓인다고 할 수 있다. 주기론에 대한 편애로 의해 주리론의 가치가 무조건적으로 폄하되었던 것이다.

철학이나 문학에서 한쪽의 논리만이 강화되는 것은 바람직하지 않다. 주기론에 대한 편향은 결과적으로 '거꾸로 선 주리론'을 만들 것이 자명하다. 중요한 것은 그것의 비중과 상관없이 독창적인 우리의 사유를 새로운 해석의 원료로 존중하여야 한다는 사실이다. 제3세계 학자는 평생을 서구 이론의 소비자로 충실하게 삶을 마감하는 경우가 많다. 자신이 디디고 있는 땅에서 나온 사상으로 '지금 여기'의 문제를 해결하려고 하는 독창적이고 도전적인 시도가 그리 많지 않았다. 우리가 주리론에 대한 관심을 소홀히 할 수 없는 이유도 여기에 있다.

김지하와 조동일의 경우가 창조적인 제3세계 학자로 언급될 만하다. 우리의 전통 미학에 대한 고민을 심각하게 하여 새로운 미학 이론을 만들어낸 김지하 시인의 경우를 생각해볼 수 있다. 아마 그가 고민한 것은 우리의 독창적인 미학 이론을 어디에서 추출할 수 있을까 하는 것이었으리라. 유교도 사실상 우리의 독창성을 제대로 평가받을 수 없는 상황이었으므로 우리의 유교 미학은 아마도 첫 번째로 고려 대상에서 제거되었을 것이다. 그렇다고 근원을 분명하게 알 수도 없고 그 내용도 불확실한 최치원의 비문에 등장하는 '풍류지도'를 그대로 가져올 수도 없는 상황이다. 거기에는 현대적으로 가공할 수 없는 '텅 빈 개념'만 존재하였다. 결국 근원도 확실하고 독창성도 읽을 수 있는 대상에 대한 탐색이 시작되었다. 그래서 선택된 것이 동학이다. 그것은 근대에 탄생한 사상으로 근원이 확실하고 내용도 구체적으로 존재하는 사상이다. 객관적으로 보기에 이론적으로 탄탄한 구성을 지니고 있지 않지만 동학은 우리 사상의 새로운 시원으로 존중될 만한 것이었다. 그의 생명사상은 바로 동학의 현대적 변용으로 많은 사람들에게 울림을 주었다.

조동일의 경우도 비슷하다. 그가 우리의 독창적인 이론을 고민하며 탈춤과 판소리 자료를 헤치고 원효와 주기론의 사상을 재해석하여 하나의 이론 체계를 마련하게 된 것도 기존의 우리 자료에 애정을 가지고 접근하였기 때문이다. 물론 조동일의 경우도 이황보다는 이이에 더 높은 가치를 부여하며 주기론적 편애를 보인다는 점에서 한계를 지니는 것이 사실이다. 그러나 이들이 보여준 창조성은 우리 이론의 방향을 고려하는 데 나침반 역할을 한다. 그리고 앞으로도 이런 시도가 계속되어야 하고 그 시도가 적극적으로 장려되어야 할 것이다. 그리고 편애를 극복하여 편견 없는 시선으로 그 대상을 더욱 확대해야 할 것이다.

필자는 오래전부터 우리의 전통사상으로부터 현대적인 시학을 읽어내고 새로운 현대 문학이론으로 재창조하려는 노력을 해왔다. 그러나 학문적인 깊이가 모자라 그것의 결실을 제대로 보여주지 못하였다. 본고에서도 어떤 암시 정도로만 그 가능성을 언급하고 앞으로 이 가능성을 구체적인 성과로 도출하고자 한다. 이번에 다룰 주리론 역시 관련 논문을 체계 없이 섭렵한 창조적 오독의 결과로 보아주기 바란다(주리론과 관련된 구체적인 내용은 필자의 『현대시와 전통주의의 수사학』 참조).

2. 이와 기의 개념과 관계 설정

주리론은 무엇인가. 주리론은 리理와 기氣라는 개념으로 모든 철학적 문제를 해명해나가는 철학 중 전자에 절대적인 권위를 부여하는 사상을 말한다. 이를 위해서는 먼저 리와 기의 개념에 대한 설명이 필요하다.

원래 리理는 구슬 옥玉 변에 속하는 글자이며, 처음에는 반듯하게 나 있는 줄을 뜻하였으나, 조리條理라는 뜻으로, 다시 마음이 옳게 여기는 바 누가 생각하여도 지극히 옳다고 판단되는 그런 보편타당한 것으로, 또 사실을 사실일 수 있게 하는 이유를 뜻하는 것으로 의미 확장을 거쳤다. 즉 처음의 '옥의 무늬나 결' '근육의 섬유 조직' 과 같은 구체적인 형상을 의미하던 이 말은 후에 사물의 존재 원인, 즉 '원리' 라고 하는 추상적인 의미를 부여받은 것이다.

그리고 기氣라는 글자도 이와 같은 과정을 따르는데, 기氣의 '气' 는 조셉 니담에 따르면 원래 운기雲氣를 상징한 글자이며, '米' 는 쌀을 의미하는 것이 아니라 불꽃을 상징한 것이다(혹은 아지랑이나 밥할 때 나오는 김으로 보는 경우도 있다). 그리고 '气' 와 '米' 의 회의자인 기氣는 '숨〔息〕', '힘〔活力〕', 정기〔元精〕, 생기生氣의 의미로 전용되는데, 이것은 근본적으로 살아 움직이고 변화하며 운동하는 힘을 뜻한다.

퇴계는 리의 특징으로 '무성취無聲臭 · 무방체無方體 · 무내외無內外 · 무정의無情意 · 무계탁無計度 · 무조작無造作' 등을 들고, 따라서 생사生死 · 궁진窮盡하는 것이 아니라고 하였다. 한마디로 이는 현상적인 어떠한 성질도 초월해 있는 무작위無作爲의 것이라는 말이다. 반대로 기는 경중輕重 · 청탁淸濁 · 수박粹駁 외에 취산聚散 · 굴신屈伸 · 지귀至歸 및 생멸生滅의 성질을 가진 것으로 본다. 이것은 기가 지니고 있는 현상성의 다양한 존재 양식을 나열한 것이다. 이런 규정에 대해서는 주자의 견해와 동일하다.

그러나 리와 기가 어떤 관계에 놓이느냐에 따라서 차이가 생기기 시작한다. 퇴계는 이 관계 설정에서 주자와 다른 길을 걷는다. 이 지점이 퇴계의 창조적 오독이 시작되는 곳이다. 앞에서 설명한 리와 기의 성격에 대한 정의는 "리와 기가 동일한 것이 아니다非理氣爲一物" 는 전제에 근거를 두고 있다. 동일한 것이 아니기 때문에 리와 기의 관계 설정이 근본 문제로 떠오르게 된다. 퇴계는 그 둘의 관계를 논할 때 '이기관계 삼정칙理氣關係三定則' 으로 불리는 세 가지 명제를 준칙으로 제시한다. 즉, 리와 기는 떨어지지 않으며〔理氣不相離〕, 서로 섞이지 않으며〔理氣不相雜〕, 서로 치우치지 않는다〔理氣無偏〕는 것이다. 그런데 퇴계는 또한 리와 기는 "사물의 차원에서 보면 그 두 존재는 혼융되어 있어 따로따로 존재할 수 없다. 그러나 리의 차원에서 보면 비록 사물이 존재하지 않을 때라도 사물의 리는 존재할 수 있는데, 그때는 리만 존재할 뿐 아직 사물은 존재하지 않는 것이다"라고도 했다. 즉 사물의 차원에서는 리와 기의 공존설共存說을 말하지만 리의 차원에서는 '리가 기를 앞섬〔理先說〕'을 주장하는 것이다. 사물이 없을 때라도 리가 항존하는 것으로 간주하는 이 설명은 리를 하나의 법칙이나 원리로 생각하는 데 그치지 않고 현상의 원인으로, 즉 현상의 근원자로 실재시實在視함을 뜻한다. 그것은 리를 기에 실제로 선행하는 원인〔所以然者〕으로 보고 있다는 뜻이다. 리는 현상계를 초월해 있지만 한갓 공허한 관념이 아니라 모든 사물의 존재와 운행과 생성의 실재적인 근원자로 인정되는 것이다.

3. 주리론의 가치 지향성

주리론은 리와 기의 관계에서 리에 절대적인 능력을 부여하기 때문에 붙은 명칭이다. 애초에 형이상학적인 원리에 불과하던 리는 이제 기의 모든 능력을 가져온다. 원리가 스스로 작용하는 현상이 된다. 이런 리의 절대성에 대한 강조는 퇴계의 우주발생론에서 구체적으로 드러난다. 우주의 발생은 분명히 구체적 현상이기 때문에 기의 생성소멸로 볼 수밖에 없다.(리는 생성소멸과 무관하다) 그때 생성소멸하는 기의 원인을 추적하면 최초의 기〔一元之氣〕가 있게 된다. 그 최초의 기는 바로 음양(음양 중에서도 특히 양)이다. 그런데 퇴계에 따르면 그 최초의 기인 음양의 존재를 생성케 하는 것은 바로 태극太極, 즉 리가 된다. 그렇다면 이때 구체적인 현상인 우주를 생성케 하는 리는 실재하는 현상적 원인이 아닐 수 없다. 바로 문제는 여기에서 발생한다. 리와 기에 대한 정의에 따를 때, 리는 형이상의 존재로 작위성이 없는데 여기에서는 분명히 리가 기를 생성케 하기 때문이다. 이것은 또한 리의 차원에서 이론상으로만 리의 우선성이 인정될 뿐 실제 현상의 차원에서는 분리 불가능(不可分開)하다는 명제 자체를 무화시키는 주장이 된다.

학자들이 공통적으로 지적하는 퇴계의 독창성은 바로 리理의 능동성에 있다. 이와 달리 주자의 이론체계에서는 리와 기를 분명하게 구별하고 전자의 원리적, 무작위無作爲적인 측면과 후자의 작위적作爲的인 측면을 강조한다. 원리는 원리로서 존재할 뿐 이 세계의 작용에 실질적이고 물리적인 영향력을 끼치지 못한다는 것이다. 그래서 리는 작위성이 없는 "정결공활淨潔空闊한 세계" 즉 "깨끗하고 텅 빈 세계"로서만 존재한다. 즉 실질적인 작위력이 없는 명목상의 리만 존재하게 되는 것이다.

퇴계는 이런 리의 무능력에 불만을 가지고 있었다. 그는 이 세계의 핵심이 리임을 의심하지 않았기에 이를 선언적 의미로만 존재하는 것에 만족하지 않고, 이 소중한 원리가 실제 세계에 힘을 발휘하는 것이 되기를 바랐다. 그래서 그는 리를 스스로 움직이며 실제 세계의 작용을 이끌어나가는 속성이 있음을 강조하였다. 그리고 리가 스스로 작용력을 지닌다는 의미로 이것을 이발설理發說, 이동설理動說 혹은 이도설理到說이라 하였다. 바로 이것이 주자와 다른 퇴계 사상의 핵심 내용이다. 리의 능동성을 주장하는 이 이론은 형이상인 리와 형이하인 기의 변별성에 심각한 혼란을 가지고 온다. 즉 리가 기와 같은 차원의 실제적 성격을 가지게 됨으로써 현상에 대해 작위성을 가지는 기와 같은 존재가 되는 것이다.

주리론은 논리적으로 삐걱거리는 부분이 있다. 그럼에도 퇴계가 이와 같은 주장을 끝내 포기하지 않는 것은 이런 주장이 지닌 의의를 그 정도의 이론상의 미비점과 바꿀 수 없다는 그의 의지를 보여주는 것으로 볼 수 있다. 그것은 리를 능동성이 없는 무작위한 존재로 볼 경우 순수선純粹善인 리가 악의 원인이 될 수도 있는 기를 제어하지 못하게 되어 그의 도덕률 자체

가 와해될 수 있기 때문이다. 즉 무작위의 리가 불 꺼진 재와도 같은 사물死
物이 되면, 작위성을 가진 기의 부차적 속성으로 전락하게 되는 것이다. 리
의 우위성이 확보되어야 도덕적으로 유위유욕有爲有欲한 기의 세계가 침범
하지 못할 순선純善하고 초역사적인 도덕의 세계가 실재화될 수 있기 때문
에 그는 논리보다는 가치를 택한 것이다. 바로 여기에서 주리론의 가치 지
향적인 세계인식이 도출되는 것이다. 가치 지향적이라는 말은 윤사순 교수
가 언급한 바, "사실事實 · 기술記述적인 방법으로 문제를 처리하지 않고 당
위當爲 · 요청要請적 방법으로 처리하려는 의도"를 말한다. 당위 · 요청적 의
도, 즉 자연법칙인 '소이연'보다 도덕율인 '당위연'에 집착하려는 의도가
지배적이라는 뜻에서 그것은 이상적 태도라 할 수 있다. 이런 가치 지향적
인 세계인식은 정신분석학의 초자아의 성격과 상통한다. 초자아는 현실적
사고를 왜곡시키면서, 자아를 강요하여 세계를 있는 그대로가 아니라 있어
야 될 것으로 보게 만들기 때문이다. 초자아가 강한 사람은 현실을 사실 ·
기술적인 방법으로 접근하는 것이 아니라 당위론적인 입장에서 접근하려
한다. 따라서 이런 세계관은 현실의 부정적 속성을 이상에 대한 요청적 자
세로 극복하려는 현실인식으로 귀결된다.

4. 비극적 구조

김용직 교수는 이육사(퇴계의 후손으로서 이육사는 주리론의 영향에 직접적으로 노출되
어 있었다)에 대한 한 논문에서 한국 민족의 해방을 위한 투쟁사상에 끼친 이
육사의 발자취는 일제 치하에서 벌어진 민족운동의 구조적 특성 파악을 통
해 이루어져야 한다고 전제한 후 그 특성으로 '비극적 구조'를 들었다. 즉
"본래 일제 치하 한반도의 민족적 저항운동은 그 구조가 비극적인 것에 해
당한다"는 것이다. 그것은 잘 짜인 정보 조직과 강력한 치안 유지 기구 그리

고 막강한 무력을 갖추었을 뿐만 아니라 유례를 찾기 힘든 기능적인 지배기구를 정비한 일제에 대항하는, 힘이나 조직이 상대적으로 허술한 민족 운동자들의 싸움은 이미 승부가 결정되어 있는 싸움이었기 때문이다. 즉 처음부터 승산이 없는 대결인 걸 알면서도 시도되지 않을 수가 없었던 게 일제하의 민족운동이었다. 항일 저항운동을 단념하는 순간 조국 광복을 위한 투쟁이니 민족을 위한 싸움을 전제로 한 민족운동의 플롯 자체가 붕괴되어 버리기 때문이다. 이육사도 승산 없는 대결에서 손을 떼는 방도조차 거부한 채 외곬으로 항일 저항의 자세를 고집했다는 점에서 가장 철저하게 비극의 구조에 입각해 있었다. 어쩌면 피하거나 완화시킬 수 있었을 법한 그 고통과 희생을 자진해 맞아들인 채 처음부터 철저하게 비극의 구조 속으로 스스로를 몰아넣은 사람이 바로 이육사이기 때문이다.

비극적 구조는 주리론의 가치 지향적 사유의 본질적인 특성이다. 불가능을 전제로 하는 비극적 상황을 적극적으로 수용함으로써 이루게 되는 비극적 구조는 『논어』에서 그 전형을 찾을 수 있다. 『논어』 「미자微子」편에 "군주를 섬기지 아니한 즉 의義란 것도 없다. (중략) 군자가 벼슬함은 군신의 대의를 행하임이니, 나라에 도가 행하여지지 못함은 이미 알고 있는 바이다"라며 세상을 떠나 숨어 사는 은자의 자세를 비판한 자로子路의 말이 나온다. 이 말은 주자의 주注에 나온 대로 공자의 뜻을 자로가 대신한 것이다. 이것은 비록 대도大道가 행해지지 않는다 하더라도 이 사회에 대도大道 있음을 벼슬에 나아가려 함으로써 몸소 보여주는 자세를 말한다. 주자는 여기에 주를 달아 그 의미를 더욱 강조하여 "벼슬한다는 것은 군신의 의를 행하는 것이다. 그러므로 비록 도가 행해지지 못할 것이란 것을 알면서도 그만둘 수가 없는 것"이라 하며, 유교의 존립은 바로 인륜이라는 이러한 대의에 있기 때문에 이러한 의를 설정하였다면 '일의 성공·실패와 그것을 대하는 자세를 스스로 구차하게 할 수 없다'고 한 것이다. 일의 성패가 이미 결정되어 있다고 하여 대의를 생각지 않고 자신의 편안함만을 추구하는 것은 바로 스스로를 구차하게 만드는 것일 뿐이다. 그렇기 때문에 군자는 일의 성패를 문제 삼지 않는 것이다.

이러한 모습은 공자에 대한 그 시대 사람의 평가에도 나타난다. 자로가 석문石門에서 유숙할 때, 성문지기가 어디에서 왔냐고 묻자, 자로가 공자에게서 왔다고 하였다. 그러자 그 성문지기는 "바로 안 되는 줄 알면서도 하는 자 말인가?〔是知其不可而爲之者與〕" 하고 되물었다는 일화가 바로 그것이다.

주리론자인 퇴계는 철학적인 논의를 통해 그 점을 더욱 강조하고 있는데, 그것은 난해하고도 전문적인 철학 논의로 나타난다. 이해하기 쉬운 비근한 예를 그의 편지글에서 추출해서 사상의 일단을 엿볼 수 있는데, 거기에서도 결과의 성패와 관계없이 자신의 의지를 굳게 하고 성실하게 실천해 나가야 함을 강조하고 있다. 그는 "무릇 선비가 세상에 나서 벼슬을 하거나 집에 있거나 혹은 때를 만나거나 때를 만나지 못 하거나를 막론하고, 그 목적은 자기 몸을 깨끗이 하고 옳게 행하는 것뿐이니 화禍와 복福은 논할 것이 못 된다"고 하였다. 그 결과의 성패, 즉 화복禍福에 앞서는 것은 주체가 지닌 실천의 성실성일 뿐 결과는 이미 고려의 대상이 아닌 것이다. 이런 사유의 절정이 바로 앞에서 언급한 이동설, 이도설인 것이다. 이런 주리론적 사유가 지닌 비극적 구조는 이육사의 다음과 같은 언급에서 찾아볼 수 있다.

내가 들개에게 길을 비켜 줄 수 있는 겸양謙讓을 보는 사람이 없다고 해도 정면正面으로 달려드는 표범을 겁내서는 한 발자욱이라도 물러서지 않으려는 내 길을 사랑할 뿐이오. 그렇소이다. 내 길을 사랑하는 마음 그것은 내 자신에 희생을 요구하는 노력이오. 이래서 나는 내 기백을 키우고 길러서 금강심金剛心에서 나오는 내 시는 쓸지언정 유언遺言은 쓰지 않겠소. (중략) 다만 나에게는 행동의 연속만이 있을 따름이오. 행동은 말이 아니고, 나에게는 시를 생각는다는 것도 행동이 되는 까닭이오.

_「계절의 오행」

들개에게 길을 비켜줄 수 있는 겸양을 지녔다고 해도, 정면으로 달려드는 표범으로부터 한 발자욱이라도 물러서지 않으려는 그 길이란 겸양과 구차함을 구별하는 삶의 태도를 말함이다. 자신이 감당하기 힘든 상황일지라도 그 결과를 기필하지 않고 우직하게 그 속으로 자진하여 들어가는 그 길은 일의 성패, 즉 화와 복을 논하지 않고 실천의 성실성을 강조하여 자기 스스로를 구차함에 빠트리지 않으려는 결연한 의지의 길이다. 그것은 비극적 구조를 전형적으로 보여주는 길이다. 그 구조는 다른 사람의 시선 때문이 아니라 자기 자신이 자기에게 부과한 삶의 방식, 즉 "내 자신에 희생을 요구하는 노력" 때문에 생긴다. 표범이 정면으로 달려드는 경우처럼 자신의 파멸이 명약관화한 순간일지라도 자기 자신에게 희생을 요구하며 그 상황을 회피하지 않는 정신의 준열함은 바로 주리론자의 전형적인 현실인식이라 할 수 있을 것이다.

이제 이육사의 작품으로 돌아와서 이런 비극적 구조를 살펴볼 필요가 있다. 다음 시에서 앞에서 살펴본 주리론자의 음영을 찾아보는 것은 그리 어려운 일이 아니다.

> 푸른 하늘에 다을드시
> 세월에 불타고 웃둑 남아서서
> 차라리 봄도 꽃피진 말어라.
>
> 날근 거미집 휘두르고
> 끝없는 꿈길에 혼자 설내이는
> 마음은 아예 뉘우침 안이리
>
> 검은 그림자 쓸쓸하면
> 마츰내 湖水속 깊이 걱우러저

참아 바람도 흔들진 못해라.

……SS에게……

_「교목喬木」(『인문평론』, 1940. 7.)

우리는 이 시에 설정된 교목의 형상에 주의를 기울여야 한다. 시적 화자의 의지가 투영된 교목은 실제 상황인지 가정 상황인지 정확하게 파악하기 힘든 상태이지만(사실 그 구별은 화자에게 전혀 의미가 없는 듯하다) 한 가지 분명한 것은 그 교목이 세월에 불타고 봄이 와도 꽃피우지 않고, 가지엔 낡은 거미줄을 두르고 마침내 호수 속에 거꾸러지는 비극적인 존재로 설정되어 있다는 점이다. 그는 이런 상황을 설정하고 그 속에서 자신의 강렬한 의지를 드러내며 극한적인 성격을 더욱 강조하고 있다. 이것은 그의 대표작 중의 하나인 「절정」에서 '매운 계절의 챗죽'과 '하늘도 그만 지쳐 끝난 고원/ 서리빨 칼날진 그우에 서'는 화자의 상황과도 일맥상통한다.

「교목」에는 앞에서 설명한 비극적 구조가 이미 전제되어 있다. 교목으로 설정된 화자 자신이 세월에 불타고 낡은 거미줄을 두르고 결국 호수 속에 거꾸러지고 말리라는 것을 예상하면서도, 그 속에서 푸른 하늘에 닿을 의지를 노래하고 일점의 회한도 부정하고 불리한 외부적 조건의 영향도 거부하는 준열한 자세가 바로 그것이다. 그리고 첫 연의 "차라리 봄도 꽃피진 말어라"라는 구절은 외적 상황의 필연성마저도 자신의 의지로 꿰뚫고 나아가고자 하는 정신적 경지의 표현이다. 봄이 와서 교목에 꽃이 피는 것은 자연스러운 과정이지만 화자는 그런 시공간적 변화에 교목이 영향을 받는 것 자체를 인정하지 않는다. 화자에게 그 시도의 불가능성은 이미 고려의 대상이 아니며 중요한 것은 자기 의지의 강도强度일 뿐이다. 그래서 화자가 그 교목에 요구하는 것은 "푸른 하늘에 닿을 듯이/ 웃둑 남아서" 있는 자세의 준열함이다. 이런 자세는 「광인의 태양」 중 "거츠는 해협海峽마다 홀긴 눈초리/ 항상 요충지대要衝地帶를 노려가다"(『조선일보』, 1940. 4. 27)는 구절에서도 발견된다. 삼엄한 경계가 끊이지 않는 요충지대를 항상 의도적으로 '노려가는' 화자의 모습이 바로 그것이다.

그의 시적 특성을 시학적 관점에서 접근하는 본고에서 볼 때 「교목」에서는 이런 비극적 구조에 선 강렬한 의지에 그의 수사학이 견인되고 있다는 점이 무엇보다 중요하다. 그 하나는 명령법이고 다른 하나는 부사이다. 먼저 이 시에 명령형의 어미가 사용되고 있음은 우연이 아니라는 사실을 지적할 수 있다. 주체의 의지에 대한 강렬한 믿음은 주체 이외의 모든 대상에 대한 우위를 나타내고 명령법은 바로 그런 주체의 우위를 드러내는 수사의 일종이다. 다른 어떤 것도 좌절시킬 수 없는 의지의 준열함은 명령법의 단호함을 이끌어올 수밖에 없는 것이다. 다음으로 그 의지의 준열함은 극한적인 상황을 더욱 강조하는 강렬한 부사를 자주 등장하게 만든다. 이 시에는 각 연의 서술어가 들어 있는 마지막 행에 '차라리', '아예', '참아' 등의 부사가 각각 등장하고 있다. 이것은 실제적, 독립적인 의미를 지니기보다는 서술어의 의미를 강조하는 데 기여하는 부사에 불과하지만 그 어휘들은 각 연의 내용을 응축해 보여주고 있다고 할 정도의 강렬한 인상을 준다. 그러나 이 강렬한 부사 역시 시를 지배하는 의지의 강렬성에 이끌려 나온 것이라 할 수 있다. 이것은 「교목」, 「절정」, 「광인의 태양」뿐만 아니라 그의 시 전반에 걸친 특성이라 할 수 있다.

이처럼 이육사 시는 전반적으로 비극적 구조를 지니고 있으며, 그 구조를 형성하는 의지의 준열함에 시의 수사학이 종속되고 있다는 점에서 우리 시사에서 발견하기 힘든 변별성을 지니고 있다.

전통시학 2

이육사의 「절정」과 극단의 사상

1. 무극 혹은 태극

퇴계는 「성학십도」의 맨 첫머리에 주돈이周敦頤의 태극도와 그것을 설명한 「태극도설」을 싣고 간단한 설명을 붙이고 있다. 「태극도설」은 주자의 추인을 통하여 성리학의 바이블이라는 위상을 얻은 글로서 다음과 같은 구절로 시작한다.

> 무극無極이면서 태극太極이다.
> 태극이 움직여서 양陽을 낳고
> 움직임이 극極에 이르면 고요해지고,
> 고요해져서 음陰을 낳는다.
> 고요함이 극極에 이르면 다시 움직인다.
> 한 번 움직이고 한 번 고요함이 서로 뿌리가 되어

음陰으로 갈리고 양陽으로 갈리니

거기서 양의兩儀가 세워진다.

양의 변화와 음의 결합으로 말미암아

물水, 불火, 나무木, 쇠金, 흙土이 생겨난다.

이것은 「태극도설」의 앞부분을 읽기 편하게 시행처럼 나누어본 것이다. 이는 성리학에서 바라본 우주의 탄생에 대한 장엄한 계보이다. 간략하게 도식화된 창세기이다. 성경 창세기의 "하나님이 가라사대 빛이 있으라 하시매 빛이 있었고"라는 숭고한 구절에서 그 세계의 제1원인은 하나님이지만 「태극도설」에서의 그것은 '태극'이다. 그런데 이 태극은 또한 '무극'이기도 하다. 처음부터 역설이 들어선다. 태극이면서 동시에 무극인 것, 그것이 우주의 근원이다.

지금껏 무극과 태극을 동일한 대상의 다른 측면으로 읽어온 것은 단순 논리라 할 수 있다. 어쩌면 세계의 본질은 이 두 가지의 혼효일지 모른다. 아니 혼효가 아니라 그 자체가 혼효로밖에 볼 수 없는, 지금 우리의 사유로 파악되지 않는 어떤 새로운 존재양식일 수도 있다. 빛의 입자설과 파동설이 결국 모두 진리인 것으로 드러난 것처럼. 우리의 과학적 접근으로 볼 때 입자와 파동은 동일한 범주에 놓이지 않는다. 이 둘은 모순의 관계로, 어느 하나가 긍정되면 다른 쪽은 부정이 되어야 한다. 그러나 현대 과학은 이 둘 모두의 손을 들어주었다.

빛은 곧 태극이자 무극인 셈이다. 입자인가 하면 입자도 아니고 파동인가 하면 파동도 아닌 것, 즉 태극인가 하면 태극도 아니고 무극인가 하면 무극도 아닌 어떤 상태, 그것이 이 세계의 근원적인 구성 방식일 수 있다. 이 세계의 핵심 요소 중의 하나인 빛이 그러한 것처럼, 태초의 원인 역시도 그런 것이리라.

퇴계가 '무극이태극無極而太極'에 대한 기존 해석의 단순 논리를 전도시켜 "앞의 극은 유형의 극을 빌린 것이고, 뒤의 극은 무형의 극을 가리킨 것"(『퇴계전서』 상, 889쪽)이라 한 것은 그래서 더 설득력이 있다. 흔히 무극은 무無의 지극至極, 즉 절대무를 뜻하고, 태극은 유의 지극, 즉 절대유의 상태를 의미한다. 하지만 퇴계는 이것을 전도시켜 두 가지가 어떤 대상의 이질적 양상이 아니라 서로 혼효되어 버린 어떤 상태임을 암시한다. '유무'가 더 이상 구분의 기준이 될 수 없는 상태, 그것이 태초의 제1원인이라는 것이다.

유무의 기준이 무화되는 이 '무극이태극'의 바탕은 '극'의 지점이다. 이 극한의 상태가 아니면 무극과 태극이 공존할 수 없으며 또한 어떤 전환도 가져올 수 없다. 이 구절은 본체론에 해당하는 것이지만, 이로부터 현상론이 비롯된다는 점에서 그 자체에 동시성('—이면서')과 연속성('—로부터')을 함께 지닌다고 볼 수 있다. 이런 해석은 기존의 견해와 다를 수 있지만, 현상론 차원의 전환을 이해하기 위해서는 본체론에 그 특성이 이미 전제되어 있어야 한다고 보는 편이 자연스러울 것이다.

이 극은 「태극도설」에서 반복되어 나타나는데, 다음 표현은 현상론의 차원에서 극이 지닌 의미와 연관된다.

> 움직임이 극極에 이르면 고요해지고,　　動極而靜
> 고요해져서 음陰을 낳는다.　　靜而生陰
> 고요함이 극極에 이르면 다시 움직인다.　靜極復動

움직임[動]이 극에 이르면 고요함[靜]에 이르고, 고요함이 극에 이르면 다시 움직임이 시작된다. 이 두 상태의 전환은 오로지 '극'에 있다. 극을 축으로 한 이 전환은, '무극이태극'의 표현을 빌리자면 '정이동靜而動'의 차원이 된다. 이런 표현에는 '극의 추구', 그것이 새로운 전환을 가져온다는 인식이 깔려 있다. 이 극단의 사상이 바로 성리학의 사유이다.

이 극단의 사상을 더욱 극단화한 이는 바로 퇴계이다. 퇴계는 성리학의 극단이라 할 수 있다. 그런 극단화가 최고도로 이루어지는 것이 바로 "태극이 움직여서 양을 낳고〔太極動而生陽〕"에 대한 해석이다. 이 구절은 행위, 작위의 능력이 없는 추상적인 원리에 불과한 태극, 즉 리理가 어떻게 데카르트적 연장성의 공간인 현상계에 무엇인가를 생성시킬 수 있는가 하는 문제와 연결되어 있다. 그래서 이 구절을 두고 원리에 대한 관념적인 서술로 처리하는 경향이 많았다. 그러나 퇴계는 이것의 결론을 미루다 결국 태극에도 실제적인 작용력이 있다는 설, 이른바 이동설理動說을 확정하게 된다. 기대승의 이자도설理自到說에 힘입어 리의 묘용妙用을 깨닫는 것이다. 그가 이런 결론에 도달한 시간은 자신이 세상을 뜨는 해, 즉 고희가 되는 해이다. 그는 그렇게 자신의 이론을 자신의 생과 함께 마감하였다. 이론의 확정이 그를 종결시킨 것은 아닐까.

이론적 모순을 넘어 태극 혹은 리가 능동성을 지님으로써 윤리적 차원이 더욱 강화되게 된다. 이 지고지순한 원리가 이론적인 차원에 매몰되는 것이 아니라 현실에서 실제로 작동하게 된다는 것은 당위론이 현실을 장악함을 의미한다. 리理가 현상적인 차원의 기氣의 역할까지 떠맡음으로써 현실은 당위론이라고 하는 저돌적인 의지, 집요한 지향성에 자리를 내어주어야만 했던 것이다.

2. 「절정」, 극단의 사상

극단의 사상, 극한에 도달한 자만이 전환의 지점에 설 수 있다는 이러한 생각이 가장 집약적으로 드러나는 시로 이육사의 「절정絶頂」(『문장』, 1940. 1.)을 들 수 있다.

　　　매운 季節의 챗죽에 갈겨

마츰내 北方으로 휩쓸려오다

하늘도 그만 지쳐 끝난 高原
서리빨 칼날진 그우에서다

어데다 무릎을 꾸러야하나?
한발 재겨디딜 곳조차 없다

이러매 눈감아 생각해볼밖에
겨울은 강철로된 무지갠가 보다.

　　이 시의 제목 '절정'은 무엇을 의미할까. 이것은 무극과 태극을 공존케
하는, 움직임과 고요함을 전환케 하는 '극', 즉 극단의 다른 표현이라 할 수
있다. 시적 화자는 극단의 지점으로 자신을 몰아간다. 그는 위도緯度의 극단
인 '북방'으로 휩쓸려 왔다. 그리고 화자는 그런 북방에서 하늘도 끝나는 고
도高度의 극단인 '고원'에 선다. 그의 행위는 극단의 지점으로만 이어지고
있다.
　　최악의 상황으로 화자를 몰아가는 극단의 사상은 자신을 혹사시킴으로
써 존재의 새로운 차원을 개시하려는 사상이다. 그리고 이런 사상의 축이
되는 당위론은 마조히즘적인 성향과 관계가 깊다. 당위론의 현실태는 본질
적으로 자학에 가까운 것이 될 수밖에 없다. 이런 마조히즘적 성향은 육사
스스로도 인정하는 바이다. "정면으로 달려드는 표범을 겁내서는 한 발자욱
이라도 물러서지 않으려는 내 길"을 사랑하는 육사가 자신의 그 길을 사랑
하는 마음을 일러 "내 길을 사랑하는 마음 그것은 내 자신自身에 희생犧牲을
요구要求하는 노력努力"이라 할 때 극단의 사상과 마조히즘은 그 고리를 보
인다. 다른 시에서 이것은 삼엄한 경계가 끊이지 않는 요충지대를 항상 의

도적으로 "노려가는"(「광인의 태양」) 화자의 모습으로 나타나기도 한다.

「절정」의 화자가 상황의 극에 섰을 때, 그 의미도 모호한 "어데다 무릎을 꾸러야하나"는 물음을 던지는 것은 바로 이런 극단의 논리에서만 가능하다. 도대체 무릎을 꿇는다는 것의 의미는 무엇일까. 이것은 기도의 자세, 하소연하는 자세, 침몰의 선택, 기구와 굴종, 혹은 복종과 구원의 몸짓, 자포자기 혹은 항복의 자세 등으로 해석되어 왔다. 다양한 의미의 산출은 결과적으로 그 구절의 내적 맥락의 상실 혹은 비약을 의미한다. 정상적인 문맥으로부터의 이탈, 현실적인 맥락의 고집스런 거부로 인하여 이 구절은 모호하게 읽힌다.

'무릎을 꿇는 행위'가 어떤 맥락을 지니고 있다면 '북방', '고원'과 같은 극단의 어휘와 연계된 것일 수밖에 없다. 그의 수필에 "쏫벼룩이 꿀안즐 만한 땅"이라는 표현이 "최소한의 행동도 허락하지 않는 아주 좁은 공간"이라는 의미로 사용되고 있다는 점을 고려할 때, 이 행위는 최소한의 운신도 불가능한 극한 상황의 표현이라 할 수 있다. 무릎을 꿇는 행위는 공간의 극점이자 최악의 절망, 즉 심리적인 극점에 화자가 도달했음을 의미한다. 이것을 기구祈求의 행위로 보는 것은 통속적 맥락을 너무 존중한 까닭이다. '무릎 꿇음'은 '북방', '고원'과 등가에 놓인다. 극단으로 자신을 몰아가는 자신과 극단의 상황으로 쫓겨가는 자신은 이 극의 지점에서 만난다.

시인은 왜 이렇게 자신을 극점으로 몰아가는 것일까. 자학은 그 자체로 어떤 의미를 지니지 못 한다. 스스로를 최악의 상황으로 몰아가는 사유의 근거는 자학, 즉 자포자기의 절망이 아니다. 절망은 무정부적인 의지와 관련 있다. 절망은 어떤 지향도 부재함을 의미한다. 시적 화자의 극단 지향은 이런 절망과 무관하다. 그것은 오히려 어떤 세계의 열림과 관련된다. 이런 차원은 유가가 아니라 불가의 언어로 더 잘 묘사된 바 있다. 『선가귀감』의 다음과 같은 말이 그것이다.

화두는 들어 일으키는 곳에서 알아맞히려 하지도 말고, 생각으로 헤아리지도 말라. 또한 깨닫기를 기다리지도 말고 더 생각할 수 없는 데까지 나아가 생각하면 마음이 더 이상 갈 곳이 없어, 마치 늙은 쥐가 쇠뿔 속으로 들어가다가 잡히듯 할 것이다.

"늙은 쥐가 쇠뿔 속으로 들어감"이란 무엇인가. 중국 남방에 흔한 물소의 기다란 뿔은 흔히 쥐잡이에 사용한다. 쇠뿔 끝에 먹이를 두면 쥐가 그 속에 너무 깊이 들어가 끝내 돌아설 수 없어 붙잡히게 된다. 이처럼 더 이상 돌아나올 수 없는 극단의 지점까지 사유를 밀어붙이면 언어의 길이 끊어지고 거기에서 새로운 차원의 세계가 열릴 것이다. 육사가 지향하는 세계는 바로 이것이라 할 수 있다. 이것은 '무극이태극'의 사상, 극단의 사상이다.

그렇다면 이 시에서 극단의 사상이 계시하는 세계는 무엇일까. 시인은 위도와 고도 그리고 심리상의 극점에서 어떤 전환을 이루어낸다. 그 전환을 이루어내는 축은 움직임이 사라진 행위인 "눈감아 생각"해보는 것이다. 이 절대절명의 순간에 그가 선택한 것은 행동이 아니었다. 지금까지 행동으로 이어진 극점은 행동으로 해결될 수 없다. 「태극도설」에서 말한 바처럼 동動, 즉 움직임의 극점은 정靜, 즉 고요함이 아니던가. 자신을 극단으로 몰아넣는 행동의 극점이 낳은 것이 바로 이 "눈감아 생각"하는 것이다. 그러나 이것은 움직임도 아니고 그렇다고 고요함도 아니다. 이것은 고요한 움직임이다. 무극이면서 태극인 것, 고요함이면서 움직임인 것이 여기에 존재한다.

육사가 생각하는 '행동', 움직임이 단순한 의미가 아님은 이 시의 해석을 위해 임시방편으로 끌어온 억지라 할 수 없다. 육사의 행동은 일상적인 의미에서의 행동만으로 이루어진 것이 아니다. 그의 '행동'은 움직임 그것만을 의미하지는 않는다. 그가 다음과 같이 이야기할 때 이것은 어떤 유형의 행동이던가.

……나는 내 기백氣魄을 키우고 길러서 금강심金剛心에서 나오는 내 시詩
는 쓸지언정 유언遺言은 쓰지 않겠소. (중략) 다만 나에게는 행동의 연속만
이 있을 따름이오. 행동은 말이 아니고, 나에게는 시를 생각는다는 것도 행
동이 되는 까닭이오.

_「계절의 오행」

행동이 말이 아님은 당연하다. 그러나 시를 생각하는 것도 행동이라니!
시를 생각하는 것은 '눈 감아 생각하는 것'과 너무나 유사하지 않은가. 이것
이 행동이라면 행동의 범주는 현상계의 그것을 넘어서는 것이다. 그래서 그
에게 "행동의 연속만이 있다"고 했을 때 그의 '행동'은 움직임과 고요함을
포괄하는 새로운 차원의 개념이라 할 수 있다.

'눈 감아 생각하는 행위', 움직임이 극에 달하여 낳은 이 고요함, 아니
이 고요한 움직임, 이 드러나는 순간! 이때, 열리는 세계가 있다. 육사는 이
를 "겨울은 강철로 된 무지개"라 불렀다. 이 논란 많은 표현은 주리론의 핵
심이 응결된 구절이라 할 수 있다. 단적으로 말하여 이 구절은 '무극이태극'
혹은 그 실현태로서 '동이정動而靜'의 번역이다.

겨울은 현상계의 최악의 극점이다. 이는 원형론적 차원만은 아니다.
시적 화자에게 그것은 "매운 季節의 챗죽"으로 표현될 정도의 구체적인
극한이다. 이 겨울은 극에 도달하였기 때문에, 바로 그 이유로 무지개가
된다. 무지개는 절망의 극점으로서의 희망의 이미지임은 육사의 시에 자주
드러나는 바이다. 무극으로서의 겨울이 태극으로서의 무지개로 전환되는
그 경지를 그는 '~인가 보다'하고 담담하게 표현한다. 이것을 '불확실한
추정적인 어미'로 보고, 이런 어미의 사용법으로부터 그 속에 신념이 들어
있지 않음을 암시하는 것이라 본 것은 그래서 일면의 진실일 수밖에 없다.
오히려 담담한 표현은 그 이면에 의지의 강렬함을 숨겨두고 있다고 보는 것
이 옳을 것이다. 흔들리지 않는 내적 확신이 가져오는 초연함이 이 어조 속

에 담겨 있는 것이다.

그렇다면 그 사이에 놓인 "강철"은 무엇인가. 강철은 당위론적 의지의 열도와 관련된다. 시적 화자에게 겨울은 "정면으로 달려드는 표범"처럼 회피하고자 하면 회피할 수 있거나 아니면 최소한 회피를 시도할 수 있는 대상이다. 그러나 회피는 육사의 실천적 의지 속에서 용납될 수 없다. 그는 객관적 상황의 추이나 변화 등과 무관하게 자신의 의지를 이 세계 속에 관철하고자 하는 주리론자의 음영 속에 놓여 있기 때문이다. 그래서 그는 겨울을 겨울 그 자체로 받아들일 수가 없다. 현상은 그것의 객관적 조건과 무관하게 당위적으로 해석되어야 할 질료일 뿐이기에, 겨울은 그 자체에 새로운 전환을 내포한, 즉 낙관적 전망으로 관철되어야 할 극점에 불과하다. 그 전망이 무지개로 나타난다. 문제는 무지개라는 이미지의 특성이다. 무지개는 미래지향적 전망을 함축하는 이미지이지만 그럼에도 불구하고 시간이 지나면 사라질 하나의 허상에 지나지 않는다는 존재론적 한계를 지닌다. 허상이기에 일시적이고 그래서 허망한 것이다. 그것은 또한 부드럽고 연약한 이미지로 이육사가 추구하는 강렬한 정신적 열도와 거리가 있다.

'겨울=무지개' 라는 비유는 '태극이무극' 혹은 '동이정' 의 번역으로서는 훌륭하지만, 이런 단순 구도에는 무엇인가가 결핍되어 있다. 이 때문에 극점 사이에 놓인 인간의 위치가 너무 왜소하게 보인다. 그 구도 속에서 두 개의 이미지는 시적 화자로부터 고립되어 있으며 그 결과 그 이미지에 화자가 적극적으로 개입하지 못 하게 된다. '무극이태극' 이라는 것이 형이상학적 형식 논리의 차원이라면, 이 구도 속에서 화자는 관조자의 위치나 해석자의 위치에 놓인 존재에 불과하다. 여기에는 두 이미지 사이를 충만하게 채워야 할 강렬한 실천적 의지가 빠져 있는 것이다. 그래서 겨울과 무지개 사이에 '강철' 이라는 강렬한 시어가 들어올 수밖에 없다. 여기에서 '강철' 은 당위적 의지의 물질적 현현이자, 리理에 능동성을 부여하는 실천적 요청의 응답이다. 이를 통해 세계는 비로소 화자와 어떤 관계를 형성하고 의미

있는 것으로 변화한다. 한마디로 '강철'은 '겨울=무지개'라는 연약하고 평면적인 비유의 구도를 강건하게 만들어주는 당위론적 철골의 역할을 하는 것이다. 이런 입체적인 비유의 구도 속에 이제 세계는 의지로 충만하게 되고 당위론적 지향 속에서 질서를 지니게 된다. 바로 이곳이 퇴계의 이동설이 개입할 수 있는 지점이라 한다면 너무 과장이라 할 것인가.

3. 다시 태극론으로

극에 달한 움직임이 고요함을 낳듯이, 극에 달한 겨울이 강철로 된 무지개를 낳는다. 이 겨울을 퇴계의 언어로 다시 풀어볼 수 있다. 논의는 다시 태극이 양陽을 낳는 지점으로 돌아간다. 퇴계는 어느 편지에서 다음과 같이 말하고 있다.

> 염계(주돈이−인용자)가 말하기를 "태극이 움직이면 양을 낳는다"고 한 것은 리理가 움직이면 기氣가 생긴다는 말이요, 주역에서 말하되, "복에서 그 천지지심을 본다[復, 其見天地之心]"고 한 것은 기가 움직이면 리가 드러난다[氣動而理顯]는 말이니, 그러므로 볼 수 있다는 것이다. 위의 두 가지는 모두 천지조화에 속하는 것으로 두 가지를 이루는 것이 아니다. 그러므로 연평(주자의 스승 이통李桐−인용자)이 "복에서 그 천지지심을 본다"고 하는 것을, 움직이면 양陽을 낳는 리理로 생각했다. 그 말은 간략하지만 모든 것을 드러낸 표현이다.

퇴계는 해석의 극점 사이에 있다. 태극의 능동성을 적극적으로 부정하지도 인정하지도 않는다. 그는 그 사이에 끊임없이 유동하고 있다. 그러나 그의 장점은 이처럼 어떤 결론에 바로 다가서지 않는 태도에 있다. 이런 망설임이 바로 '무극이태극'의 언어적 번역이 아닐까. 태극이라는 우주적 근원이 논리적 언어로 규정될 수 없다면 망설임이 가장 적절한 포즈일 것이다.

위의 인용은 "태극이 움직여서 양을 낳음〔太極動而生陽〕"에 대해 퇴계의 고민이 드러나는 지점이다. 태극은 어떤 경우에든 양을 낳는다. 그것의 원리는 무엇일까. 그는 이와 관련하여 주역의 한 구절을 떠올린다. 그것은 바로 복괘復卦이다. 복괘는 위가 땅〔☷〕이고 아래가 번개〔☳〕로서, 전체가 음으로만 이루어져 있는, 즉 음의 극점인 곤괘坤卦에서 처음으로 양의 기운이 되살아나는 것을 형상하는 괘이기 때문이다. 극점에서 새로운 차원을 개시하는 괘다.

「절정」의 겨울은 태극론의 이 복괘와 연결된다. 극점으로서의 겨울은 단순한 절망적인 상황, 음의 극한상황만은 아니다. 겨울은 음의 극점이다. 바로 극점이기 때문에 새로운 전환을 가져올 수 있다. 겨울의 한창인 동지冬至를 양의 기운이 싹트는 새해의 시작으로 보는 이유도 여기에 있다. 주역은 복괘를 겨울의 극점인 11월에 배치하였다. 그래서 중국의 주周나라에서는 11월을 정월로 삼고 동지를 설로 삼았다. 전통사회에서 동지를 '작은 설'이라 하여 설 다음 가는 경사스러운 날로 생각한 것도 바로 이런 까닭이다.

육사의 교양은 이런 사유의 한가운데에 있다. 그래서 그가 겨울에서 무지개를 발견한 것은 복괘와 같은 전통적인 지식을 염두에 둔 것이라 짐작하는 것도 크게 무리는 아닐 것이다. 그래서 현재 우리가 높이 평가하는 "겨울은 강철로 된 무지개"라는 구절은 육사에게는 어쩌면 가장 통속적인 비유였을지도 모른다. 셸리의 "겨울이 오면 봄도 멀지 않으리"라는 구절이 '무극이태극'의 가장 통속적인 번역이라 할 수 있듯이.

전통사회에서는 이미 죽어버린 은유가 그 전통과의 연계가 끊어지면서 우리에게 놀라운 은유로 되살아난 것은 아닐까. 우리는 기존의 지혜를 모더니즘과 같은 서구 사조에 너무 쉽게 양위해버린 것은 아닐까. 우리의 전통 시학에 대한 갈망이 생기는 것도 바로 이 지점이다.

리와 기의 구도로 본 현대시의 지형도

1. 기와 리의 파노라마

이기철학理氣哲學이란 우주만물을 기氣와 리理라는 개념으로 설명하는 철학이다. 이미 설명한 바 있듯이, 기는 사물의 현상 혹은 사물을 이루는 내용 즉 질료를 의미하고, 리는 이런 질료와 관련된 일체의 형이상학적 원리를 의미한다. 따라서 기는 물질성 · 감각성 · 특수성이라는 개념으로, 리는 영원성 · 초월성 · 보편성이란 개념으로 설명될 수 있다.

　　조셉 니담은 물리학적 관점에서 기를 물질 에너지, 리를 조직 또는 조직의 원리principle of organization로 파악하기도 한다. 리는 형이상학적 법칙이라는 점에서 어느 정도의 동의가 이루어져 있지만, 기에 대해서는 이것이 하나의 실체냐 아니냐를 두고 논란이 있었다. 지금은 대체로 형이하의 존재인 기를 "물질임과 동시에 에너지이거나 에너지를 내재한 물질로서 자연적인 세계를 구성하는 물질적인 기본원소"라는 점에서 의견의 일치를 보는 모양이다. 에너지가 하나의 물리적 실체로 인정되었기 때문일 것이다.

기와 리라는 개념은 아리스토텔레스의 개념인 '질료matter'와 '형상form'에 대응시키고자 하는 유혹을 불러일으킨다. 니담은 '형상'이란 사물의 개성화의 요인이어서 모든 유기체와 그 목적과의 결합을 야기하는 것으로, 이런 점에서 리의 성격과 동일하다고 본다. 그러나 그는 형상이 사물의 본질이며 기본적 실체라는 점에서 신유학의 리의 개념과 완전하게 다르다고 하며 더 이상의 유사성을 거부한다. 하지만 퇴계의 리는 오히려 아리스토텔레스의 형상 개념과 더 유사하다고 할 수 있다. 그의 리는 기의 요소를 흡수함으로써 사물의 본질을 이루기도 하기 때문이다. 이 점이 퇴계와 주희의 차이가 생기는 지점이자 퇴계의 독창성이 발현되는 지점이라 할 수 있다.

기를 위주로 하건 리를 위주로 하건 성리학자에게 리와 기는 세계의 모든 현상을 설명할 수 있는 궁극적인 두 축이라는 점에는 변함이 없다. 퇴계 이후 한국 성리학에서 이 둘의 관계를 어떻게 보느냐에 따라 학자 간의 의견 차가 생기고 이로 인하여 의미 있는 논쟁과 다양한 학파가 생기게 되었다. 이를 통하여 중국 성리학과 구별되는 철학적 성과가 우리 땅에 나타나게 되었던 것이다. 그 결과 퇴계는 리에 능동성을 부여하여 이동설理動說를 주장하는 주리론자, 율곡은 그와 반대의 입장에서 기의 자율성을 강조하는 주기론자로서의 면모를 당대와 후대인들에게 확고하게 각인시킨다. 주리론과 주기론의 차이에 대해서는 다음의 도표를 참조할 수 있다.

주리론	주기론
리를 본질적인 구성요소로 봄. 리의 성격은 초월적이고 절대적임.	리보다 기의 역할을 더 중시함. 리의 성격은 주리론보다 제한적임.
내재적 의미를 강조함으로써 객관 사물을 관념적으로 파악함.	객관 사물 그 자체의 속성을 상대적으로 더 긍정적으로 인정함.
리의 능동성을 인정함으로써 논리보다는 가치를 따름.	리의 능동성을 철저히 거부하여 논리적 일관성(리와 기의 구별)을 유지함.

물론 주기론, 주리론이란 개념 사용과 이에 따른 사상사적 분류에 대해선 논란이 있긴 하다. 그러나 그것의 효용성이 전면적으로 부정되지는 않는다. 그것이 일본인 학자 다카하시 도오루〔高橋亨〕의 논문(「이조 유학사에 있어서의 주리파(主理派)·주기파(主氣派)의 발달」)에 제기된 분류라는 점에서 경계의 대상이 되긴 하지만 퇴계의 논의에 주리, 주기라는 어휘의 사용이 없는 것이 아니라는 점을 고려하면 용어 자체는 그리 문제되지 않는다. 또한 이런 이분법적 분류가 인간 인식의 가장 초보적이고 일반적인 형식으로서 사상사 서술에도 일정한 의미를 지닌다는 주장도 있고, 또한 현재 이런 개념을 사용한 논문들이 지속적으로 발표되는 것을 보면 이런 분류가 어느 정도의 설득력을 지니고 있음을 확인할 수 있다.

　　리와 기를 두 축으로 놓고 한국 성리학의 지형도를 그려볼 수 있다. 한쪽 끝에는 리, 다른 한쪽 끝에는 기를 배치하고 그 사이의 다양한 경향을 배치한다면 다음과 같은 도표가 나올 수 있다. 이 지형도는 부채의 형상을 지닐 것이다.

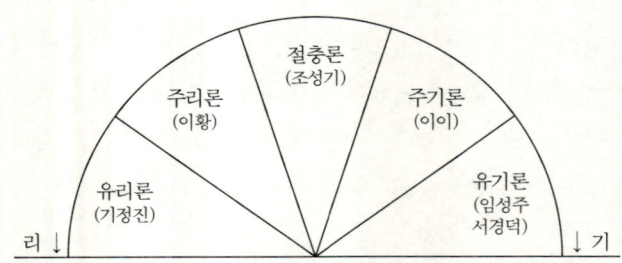

　　이 도표에서 왼쪽 방향으로 갈수록 리의 성격이 강화되고, 오른쪽 방향으로 갈수록 기의 성격이 강화된다. 왼쪽 끝에 있는 유리론은 리의 위상이 절대적으로 된 리 일원론을 말하고, 오른쪽 끝의 유기론은 기의 위상이 절대적인 기 일원론을 가리킨다. 이 둘은 기와 리의 관계에서 한쪽이 다른 한

쪽을 형식적으로만 필요로 하는 경우이다. 이 양 극단의 사상을 기준으로 그 사이에 다양한 스펙트럼을 지닌 사상이 펼쳐져 있다. 이 부채꼴은 철학뿐 아니라 문학으로도 전용 가능하다는 점에서 우리 논의에 많은 시사점을 던져준다.

2. 리와 기 혹은 기의와 기표

우리는 이 표를 시학적 방향으로 전환할 수 있다. 리와 기는 세계의 본질을 이루는 두 축이라는 점에서 시의 문제에 적용하는 데 원칙적으로 문제가 없다. 그러나 더 세밀하게 만들기 위하여 문학에 가까운 용어로 해석할 필요가 있다. 나는 이 리와 기를 소쉬르가 말한 기호의 두 구성 요소인 기표 signifier와 기의signified로 해석하고자 한다.

소쉬르에 따르면 기호는 '개념'으로서의 기의와 '청각 영상'으로서의 기표의 종합이다. 기표는 기호의 물질적 형태를, 기의는 기표의 자극을 통해 생성된 정신적 개념으로 이해된다. 이 기표와 기의의 관계에 의해서 하나의 의미가 발생한다. 기표는 기호의 물질적인 양상인 질료이며 기의는 그 질료로부터 연상되는 정신적인 내용이라는 점에서 각각 기와 리에 대응된다.

이기론을 기호의 문제에 적용하여 리를 기의로, 기를 기표로 본다면 앞에서 제시한 부채꼴은 다른 내용을 지닐 것이다. 주리론과 주기론을 예를 들어 살펴본다면 그 이론이 지향하는 시는 각각 다른 특성을 보여줄 것이다. 전자에서는 질료적인 측면보다 관념적인 측면을 강조하면서, 외물의 감각적 아름다움보다는 본질적으로 불변하는 어떤 '도道의 구현물具現物'을 나타내는 어휘들이 많이 사용될 것이다. 어휘는 물질적 이미지보다는 개념 중심으로 되어 추상화된 특성을 선호할 것이다. 이에 반하여 후자에서는 대

상의 물질성과 연계된 감각적인 시어들이 어느 정도 긍정적으로 나타나게
될 것이다. 관념적인 어휘보다는 질료적인 측면을 잘 나타내는 감각적인 어
휘들이 주를 이룰 것이다. 이것은 퇴계의 연시조 「도산십이곡陶山十二曲」과
율곡의 연시조 「고산구곡가高山九曲歌」를 비교해보면 더욱 뚜렷해진다. 전자
에는 감각적이거나 구복을 자극하는 시어들이 전혀 나타나지 않는 데 반해,
후자에는 감각적 흥취를 불러일으키는 이미지들이 자연스럽게 나타나는 것
이다.

　기의. 즉 리의 축에 다가가면 갈수록 그 시는 관념적인 성격을 강하게
지닌다. 이에 반하여 기표 즉 기의 축으로 다가갈수록 그 시는 질료적인 특
성을 더욱 생생하게 드러내게 될 것이다. 우리는 동일한 대상을 다루는 다
음의 두 시를 통하여 그 차이를 쉽게 이해할 수 있다.

　　　(가)
　　　홋트러진 갈기
　　　후주군한 눈
　　　밤송이 가튼 털
　　　오! 먼길에 지친말
　　　채죽에 지친 말이여!

　　　수굿한 목통
　　　축처—진 쇠리
　　　서리에 번적이는 네굽
　　　오! 구름을 헷치려는 말
　　　새해에 소리칠 힌말이여!

_이육사, 「말」 전문

(나)

말아, 다락 같은 말아,

너는 즘잔도 하다 마는

너는 웨그리 슬퍼 뵈니?

말아, 사람편인 말아,

검정 콩 푸렁 콩을 주마.

이말은 누가 난줄도 모르고

밤이면 먼데 달을 보며 잔다.

_정지용, 「말」 전문

　　(가)는 실제적인 대상의 질료적 특성을 시각적으로 나타낸 시로 보인다. "흣트러진 갈기", "후주군한 눈", "밤송이 가튼 털"은 모두 시각을 통해 지각되는 구체적인 이미지들이기 때문이다. 그런데 2연의 "새해"라는 어휘는 이 시가 말을 구체적으로 그리는 것이 아니라는 사실을 알려준다. "새해"와 "흰말"의 관계는 이 시가 발표된 1930년, 즉 경오년庚午年과 관련된다. 오행의 기호학에 따르면 '경庚'은 '신辛'과 같이 오행 중의 금金에 속하고, '금'은 색깔로 '흰색〔白〕'을 의미한다. 그러므로 '경오년'은 흰말〔白馬〕의 해가 되는 것이다. 육사의 시 「말」에 나오는 '흰말'은 구체적 감각적인 물질적 속성을 가지고 있는 자연적 이미지가 아니라 동양에서 전통적으로 해年를 나타내기 위해 사용하는 기호체계 중 하나에 속하는 표상emblem이다. 폴드만은 이런 이미지를 "이미지를 가장한 표상emblems masquerading as image"으로 부른다.

　　(나)는 육사의 작품과 똑같은 대상을 다루고 있는 정지용의 시이다. 이것은 이용악이 "지용의 「말」이 없으면 내가 지용을 숭배하지 않았을 것이다"며 극구 칭찬한 시로 알려져 있다. 이 시를 육사의 시 「말」과 비교해볼

경우, 정지용의 말은 전체적으로 감각을 바탕으로 한 구체적 질료성을 가지고 있음이 드러난다. 정지용의 「말」은 시적 화자가 직접 대상을 마주하고 있음을 전제로 하여 전개되고 있다. 1연은 커다란 몸집과 말의 표정을 직접 보고 있는 것처럼 말하고 있으며, 이러한 점은 2연 끝까지 전복되지 않는다. 육사의 「말」이 구체적인 자연적 이미지인 듯이 전개되다가 마지막에 표상임을 암시하는 표지를 보여주면서 이미지의 반전을 보여주는 것과 달리, 지용의 시는 처음부터 끝까지 자연적 이미지를 안정되게 유지하고 있다.

　이 두 편의 시는 이미지의 특성에서 각각 리의 축과 기의 축으로 서로 다른 방향으로 향하고 있다. (가)가 물질성을 탈각한 형이상적 이미지, 즉 표상으로 이루어지고 있다는 점에서 관념적인 측면이 강하여 리의 축에 가까운 작품이 된다. 이와 달리 (나)는 시 전체가 '자연적 대상의 존재론적 우월성'이라는 질료적 특성을 유지하고 있다는 점에서 기의 축에 가까운 작품이라 할 수 있다.

3. 기표와 기의, 그리고 이미지

이제 현대시의 여러 경향을 염두에 두고 이 부채꼴의 나머지 공백을 하나씩 채워가보자. 앞에서 예를 든 이육사와 정지용의 시는 이미지의 특성상 앞의 부채꼴에서 주리론과 주기론의 자리에 들어갈 수 있다. 이육사의 시와 같은 경우는 관념시 혹은 알레고리 시가 된다. 이미지가 이미지 자체로 사용되기보다는 어떤 관념의 대리물로 사용되기 때문이다. 정지용의 시는 우리가 익히 아는 바대로 이미지즘 시가 된다.

　그렇다면 나머지에는 어떤 시가 들어갈 수 있을까(시의 부채꼴에는 시인의 이름보다는 시의 유형이 들어가는 것이 더 적절할 듯하다). 먼저 좌우 양 극단에 위치할 시부터 검토해보자. 기표로서의 기가 가장 극단적으로 드러나는 시와 기의로서의 리가 가장 극단적으로 드러나는 시를 찾는 일은 관념적 경향과 물질적 경향의 극단을 가리는 일이 될 것이다.

이때 기표의 극단(기)과 기의의 극단(리)이 무엇을 의미하는가를 규정하여야 할 것이다. 그 기준은 앞의 시에서 살펴보았듯이 이미지의 특성과 관련이 있다. 이미지는 상당히 넓은 의미를 지닌 개념으로서, 언어에 의해 재현되는 개념의 감각적 자극을 의미한다. 그것은 시각뿐 아니라 청각, 촉각, 미각 등의 감각 전체를 의미한다. 이미지는 기표와 기의 어느 한 곳에 전적으로 귀속되지 않는 미묘한 개념이다. '촛불'이라는 기호를 볼 때, 이것이 시각적 이미지라는 것은 그 어휘를 구성하고 있는 물질적 요소를 바탕으로 판단하는 것이 아니다. 그 기호의 물질적 요소, 즉 기표는 'ㅊㅗㅅㅂㅜㄹ'이라는 음운으로 구성된 문자이고 이 기표에서 우리가 일반적으로 생각하는 촛불의 시각적 이미지를 얻지는 않기 때문이다.

여기에서 소쉬르의 기호 개념을 다시 고찰할 필요가 있다. 그의 '청각 영상'이라는 말이 일반적인 이미지를 암시하는 것처럼 보여 오해의 소지가 있기 때문이다. 소쉬르가 말하는 청각 영상이란 그의 말대로 "순전히 물리적 사물인 실체적 소리가 아니라 그 소리의 정신적 흔적, 즉 감각이 우리에게 증언해주는 소리의 재현"이 된다. 청각 영상은 발화되건 발화되지 않건 기호의 표지를 인식하는 어떤 행위의 결과를 말한다.

우리는 '촛불'이라는 기표(청각 영상)만으로는 하얀 촛대에 노란 불이 타오르는 촛불의 시각적 자극, 즉 이미지를 얻지 못한다. 그것이 청각 영상으로 인식되면서 우리의 뇌는 그 기표가 지시하는 개념을 우리의 기호 체계 내에서 검색을 한다. 그 검색에 합당한 결과가 나타날 때 그것이 바로 기표의 적절한 기의가 된다. 소쉬르적인 관점에서 이미지는 기표와 기의의 사이에 존재한다. 구체적이건 아니건 개념은 어떤 이미지의 매개를 통하여 등장하기 때문이다. 그 사이에서 감각적 이미지가 강한 것은 기표 쪽으로, 감각보다 개념적 성격이 강한 것은 기의 쪽으로 가게 될 것이다.

그런데 이것만을 이미지라 할 수 있을까. 그럴 경우 청각 영상이 가져다주는 기의(개념)가 우리의 기호체계 내에 존재할 때만 이미지가 그 존재를 인정받게 된다. 이것은 기의와 기표의 일대일의 대응이 전제될 때 가능하다. 그러나 현대시는 이런 기의와 기표의 행복한 만남을 인정하지 않는 경우가 많다. 라캉은 모든 기표는 근원적으로 기의에 도달할 수 없다고 하였다. 그래서 욕망이 하나의 절대적 대상에 고정되지 않고 계속 미끄러지듯이 기표 역시 하나의 기의에 가닿지 못하고 계속 미끄러진다고 하였던 것이다. 그는 이런 미끄러짐을 '환유'라는 수사학적 개념을 사용하여 논의한다.

4. 기와 리, 양 극단의 시

기표가 기의와 대응되지 않는 경우에 이미지는 어떻게 될까. 기표만 있고 그에 합당한 기의가 부재할 때 이미지는 부재하는가. 다음의 조향의 시를 보자.

> 고로비요마카나코루기나야라야마니고니카카
> 로네그나마노니가로구다노사야마고고로니비
> 니바니노나노가니바고로비츠시기라메니카르
> 로사니가나사바로나크루가야니타티치치코바
> (음향으로만 즐겨 주길 바란다)
>
> _조향, 「H씨의 呪文」 전문

이것은 조향의 음향시이다. 음향시는 다다이즘에서 시도한 실험적 시 형식이다. 이 음향시는 기의의 탈각을 목표로 한다. 그래서 이 시에서 기표는 어떤 기의에도 가닿지 않는다. 기표의 물질성만 전면에 노출되어 있다.

이런 시를 쓰는 이유는 조향 스스로 밝힌 바 있듯이 "언어에는 그때까지의 문명사적 중량, 다시 말하자면 케케묵은 '의미의 세계'가 엉켜 있었기 때문에 때묻은 말을 깨끗이 씻어서 순수화함으로써 모든 가치를 깨끗이 청산하려" 하기 위해서이다. 그가 말하는 '의미의 세계'란 바로 기의의 세계이다. 이 시에서 그것은 철저하게 배제되어 있다. 이 시에서 언어들은 어떠한 기의도 지시하지 않고 기표의 층위에서 유동한다. 언어들은 기표의 차원에서 끊임없이 유동할 뿐 어떤 기의를 연상시키거나 생성하지 않는다. 기표와 기의는 접점을 찾지 못하고 계속 미끄러지고 그 의미는 차연된다. 시인이 괄호를 사용하여 "음향으로만 즐겨 주길 바란다"라는 주의사항까지 단 것은 바로 기의에 대한 인간적 갈망을 포기하라는 의미인 것이다. 이는 곧 의미의 세계를 청산한 순수한 놀이, 즉 기의 없는 기표의 유희를 가리키는 말이다.

소쉬르에 의하면 이런 시의 기호는 기호라 부를 수 없을 것이다. 이것은 반쪽만 기호의 특성을 지니는 결핍의 기호일 뿐이다. 그러나 현대시는 이 기표 자체에도 매력적인 이미지가 충만함을 강조한다. 기표만으로 즐거움을 누리는 시를 김춘수 시인이 '무의미시'라고 한 바 있듯이 이런 시풍은 현대에 보편적인 시 경향이 되었다. 이미지는 기의가 아니라 기표에도 있음을 인정할 때 이런 시의 존재가 그 의의를 갖게 될 것이다.

이처럼 기표만을 강조하는 시는 부채꼴의 오른쪽 끝, 즉 '기'의 축에 가장 가깝게 자리 잡을 것이다. 기, 즉 질료의 가장 극단적인 형태를 적극적으로 활용하는 시이기 때문이다. 여기에는 언어의 물질성을 극도로 강조하는 아방가르드의 실험시들이 속한다. 조향의 음향시처럼 아무런 기의를 나타내지 않는 시뿐 아니라 이른바 구체시라고 불리는 시도 여기에 포함된다. 문자를 이용하여 그림을 그려 기의에서 이미지가 발생하기 전에 이미 시각적으로 이미지를 보여주는 시들이 그것이다.

그렇다면 정반대의 경우, 즉 가장 왼쪽에 놓이는 것은 어떤 시일까. 그것은 리, 즉 기의가 극단화된 시일 것이다. 기의는 소쉬르의 '개념'에 해당한다. 그러나 이것이 극단화되면 이미지가 전혀 형성될 수 없는 순수 추상적 개념만 나타나는 상태가 가능할 것이다. 그런 시는 추상적 개념만으로 이루어지는 시이다. 사실상 절대적으로 이미지를 지니지 않는 어휘는 없을 것이다. 어떤 어휘든지 그것을 개념의 지도 속에 들여놓는 순간 각자의 경험에서 체득한 어떤 감각을 부여하기 때문이다. 그러나 여기에서는 구체적이고 감각적인 이미지를 지니지 않는 추상적인 기의만을 고찰해보자.

추상적인 개념, 즉 기의가 가장 극단화된 시란 어떤 경우일까. 아마도 생경한 관념만 늘어놓는 시들이 여기에 속할 것이다. 개화기의 창가나 카프 시가 대표적인 경우이다. 이들 시에서는 감각적 이미지가 존재가치를 지니지 못한다. 이런 시들에서 중요한 것은 그야말로 가장 순수한 기의에 불과한 추상적인 메시지이기 때문이다. 다음과 같은 1920년대의 카프시가 그럴 듯한 예가 될 것이다.

나는 무산자이다!
아모 것도 갖지 못한

그러나 나는 다만
'인간'이라는 재산만을
진실한 의미의 '인간'을……
요구한다 절규한다!

_김석송, 「무산자의 절규」 부분

이 시에는 어떤 감각적 이미지도 드러나지 않는다. 철저하게 추상적이고 관념적인 어휘들이 사용되고 있다. 기표는 메마른 기의만을 우리에게 던진다. 어떤 감각적인 자극도 만들어내지 못 하는 리, 관념적 메시지만 나타나 있다. 이런 시에 앙상한 기의만 남아 있는 것은 시 이전에 어떤 의도가 강하게 작용하고 있기 때문이다. 이미지의 풍부한 사용이 메시지의 전달에 오히려 방해가 된다는 생각 또는 메시지를 신속하게 전달해야 한다는 계몽의 목적으로 인해 직선적인 표현이 형성되는 것이다. 이것은 리얼리즘 시들이 공통적으로 지니고 있는 특성이자 한계이다. 그렇기 때문에 이런 카프시 류에 임화나 신경림과 같이 감각적 이미지를 적절하게 구사하는 시인이 나타났을 때 민중들이 왜 환호하였는가는 굳이 물을 필요가 없을 것이다.

이제 양극단의 시들도 결정되었다면 마지막으로 가운데 항목(절충론)에 들어갈 시에 대해 생각해보아야 한다. 주지하다시피 절충론에 해당하는 것은 기의와 기표의 행복한 만남을 전제로 하는 서정시가 가장 적절할 것이다. 서정시의 핵심적인 특성이 세계와 자아의 동일시이며, 이것은 자연스럽게 기표와 기의의 적절한 만남을 기반으로 하기 때문이다.

서정시에서 질료이자 현상으로서의 기표들은 세계의 어떤 저항도 없이 기의의 세계와 적절한 통일을 이룬다. 서정시의 이미지들이 정서적 안정감을 주는 것도 이런 점에 기인한다고 할 수 있다. 서정시의 세계에서 이 세계의 모든 기표는 초월적 세계의 기의와 조화로운 상태에 놓여 있다. 일상적인 세계에서 분명하게 구별되는 세계와 자아, 혼란에 빠진 기표와 기의의 관계는 서정적인 순간에 합일을 이루는 것이다. 모든 기표는 기의에 정확하게 가 닿는다. 이런 기의의 안정성을 최종적으로 보증해주는 것은 초월적 존재일 것이다. 데리다는 이것을 '초월 기의'라 부른 바 있다. 라캉의 철학과 달리, 서정시는 기표와 기의의 물리적 간격을 초월하여 소통의 단계에 놓는다. 서정시에서 이 둘의 관계는 어느 쪽에도 치우치지 않는다. 따라서 서정시를 리와 기, 즉 기의와 기표의 조화를 보여주는 절충론의 항목에 놓는 것은 논리적으로 타당하다고 할 수 있다.

지금까지 리와 기를 기의와 기표로 해석하여 이기철학의 지형도를 문학적으로 전환하여 보았다. 이제 이런 검토를 바탕으로 리와 기를 축으로 하는 현대시의 부채꼴을 완성하면 다음과 같이 될 것이다.

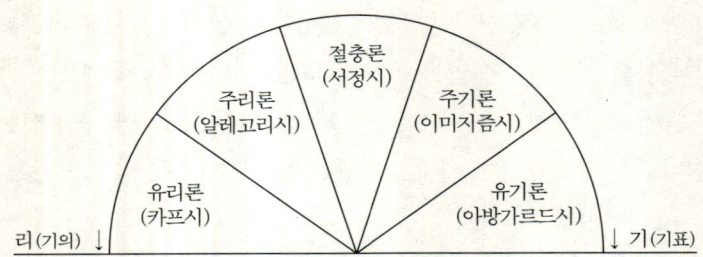

전통시학 4
이원조의 '포즈론'과 전통시학

1. 이육사와 이원조

문학 전공자가 아니라면 이원조李源朝(1909~?)라는 이름의 비평가가 낯설게 느껴질 것이다. 지금 우리에게 잘 알려지지 않은 평론가인 여천黎泉 이원조는 육사 이원록李源祿의 아우이다. 지금 와서는 이원조를 이육사의 동생으로 소개하는 것이 독자의 이해를 돕는 방식이겠으나, 1930년대만 해도 그 반대가 훨씬 더 편리한 방식이었다. 그래서 당시 잡지의 이육사 프로필은 주로 '이원조의 형'으로 표기되곤 했다. 이런 변화는 분단의 역사, 이념 대립의 극단적 경향 등으로 인해 문학과 문인에 대한 완전한 이해를 가질 수 없었기 때문이다.

등단은 이원조가 훨씬 빨랐다. 이원조는 1928년 조선일보 신춘문예 시 부문에 「전영사」가 입선되고, 다음 해에 소설 부문에서 「탈가」가 선외가작으로 뽑혀 문단에 이름을 등록하였다. 그러나 이쯤은 하나의 습작기에 불과했을 뿐 그의 문인으로서의 진정한 출발은 1932년 2월에 발표한 「신춘당선 문예개평」이라는 평론이라 할 수 있다. 이후 그는 평론가로 활동하였다. 한편 이육사의 등단은 「말」이 발표된 1930년으로 볼 수 있으나, 본격적인 등단은 역시 「춘수삼제」와 「황혼」이 발표된 1935년이라 할 수 있다.

해방공간에서 이원조는 해방정국의 혼돈을 뚫고 나갈 새로운 이념적 지표를 제시하는 데 문학적 역량을 집중하였다. 그의 이념적 지향은 박헌영 계열 즉 남로당을 향하고 있었는데, 그는 그 이념의 문학적 버전인 인민민주주의 민족문학론의 골격을 형성하는 데 임화와 더불어 결정적인 역할을 하였다.

지금 문학사의 반쪽에 불과한 남한 문학사에서 이육사에 비하여 이원조의 이름이 미미하게 된 것은 이원조의 월북에 있다. 조선문학가동맹을 조직하여 초대 서기장을 맡아 활동하였던 그는 이승만 정권의 득세로 남로당의 입지가 좁아지자 1947년 초에 월북한 것으로 알려져 있다. 월북 후 그는 해주 제일인쇄소에서 편집국 차장으로 일하였으며, 한국전쟁 시에는 서울에서 해방일보 주필로 있었고 후에는 중앙당 선전선동부 부부장을 지내기도 하였다. 이후 1953년 남로당 숙청 때 임화, 설정식 등과 함께 투옥되어 임화, 설정식 등은 사형되고 오직 윤달순, 이원조만이 사형을 면하였는 바 이원조는 그 중 가장 형량이 낮은 징역 12년을 받았다. 그 후의 행적은 알려지지 않고 1955년 3월 46세의 나이로 평화교도소에서 평화스럽지 못하게 옥사한 것으로 추정되고 있다. 이육사처럼 아우 이원조 역시 불행하고 신산한 삶을 이렇게 마감했다.

이 두 형제는 각각 시와 평론을 담당하여 같은 장르에서 경쟁을 할 필요는 없었으나 내적 경쟁이 없었을 리가 없다. 이육사 집안에 전해 내려오는 재미있는 일화가 있다. 육사와 그의 형제들은 어릴 때 조부에게서 글을 배웠다. 5형제가 모두 재주가 뛰어났으나 그 중 재주가 가장 뛰어난 이는 평론가로 이름을 떨친 이원조이고, 가장 근엄한 이는 육사라 할 수 있다. 어릴 때 원조는 재기발랄하고 장난도 심하여 곧잘 지어낸 글귀를 가지고 형인 육사의 약을 올리는 경우가 많았다. 어느 날 육사가 원조의 그런 기롱譏弄에 화가 나서 읽던 책을 내던지자 형제끼리 송사訟事가 났다. 마침내 동생 원조가 형을 걸어 조부에게 소송을 제기하였다. 형제가 각기 사유를 설명하며 조부의 동조를 구하였는데, 마지막에 원조가 말하기를 "책 속에는 공자와 뭇 성현이 계시거늘 책을 내던지는 것은 성현을 욕보이는 것과 다름이 없으니 형을 벌주십시오" 하였다. 당연히 이 말 한 마디로 육사는 완전히 판정패를 당하였다고 한다. 문인에 관한 어린 시절의 단순한 일화로 볼 수도 있으나, 이 일화 속에는 무언가 듣는 이를 압도하는 기풍이 있어 가벼운 웃음으로 지나칠 수가 없다. 더구나 훗날 형인 육사의 시를 세상에 전한 사람이 이원조라는 점을 상기할 때 남다른 부분이 있다. 해방 이후 이원조는 이육사의 원고를 모아『육사시집』을 간행함으로써 시인으로서의 이육사를 급부상케 하였다. 사실 이육사의 절창「광야」는 이원조의 이런 노력이 없었다면 알려지기 힘들었을지도 모른다. 이육사가 아우 이원조에게 진 빚이 여기에 있다. 물론 형의 시에 주관적으로 개입하여 원텍스트를 왜곡한 부분이 꽤 있다는 한계도 지적되어야 할 것이다.

2. 이육사 형제, 마르크시즘 선택의 근거

이육사와 이원조는 초기부터 마르크시즘에 경도되어 있었다. 이육사는 초기에 마르크시즘에 입각한 평론을 많이 썼다. 1934년 4월『대중』이란 잡지에 이활李活, 즉 이육사가 쓴「자연과학과 유물변증법」(목차엔「변증법과 자연과학」으로 되어 있다)이라는 글이 있다. 이 글에서 레닌의 변증법 해석에 공감하는 그의 모습이 나타난다. 레닌의 인용과 육사의 목소리가 모호하게 뒤섞여 있는 이 글은 마르크스주의자로서의 레닌의 면모를 드러내면서 그의 변증법이 지닌 구체성을 좋게 평가하고 있다.

그리고 이 글이 실린 잡지의 해당 호 목차에는 검열로 삭제된 글의 목록이 보이는 바(그 목록 앞에 "다음의 원고는 실리지 못한다. 그 이유는 동무들의 경험으로서 추측하라. 대중과학연구사 백"이라는 설명이 달려 있다) 그 목록의 맨 앞에 이육사(李戮史— '陸史'라는 필명을 사용하기 이전에 썼던 이름)의 「레닌주의 철학의 임무」가 확인된다. 원문이 없지만 내용상 레닌주의에 대한 설명일 것은 틀림없다. 이육사는 레닌주의에 대해 친화성을 느끼고 있었던 것으로 보이며 그 외의 평문에도 이런 지향은 배경으로 깔려 있다.

이원조 역시 1930년대에 마르크시즘에 입각한 비평활동을 하였다. 그는 카프 회원은 아니었지만 카프문학에 동조하고 있었다. 초기 비평에서 그는 "과감히 투쟁하는 카프만을 통해, 그 확대강화를 통해서만 참다운 우리들의 진출을 볼 수 있을 것이며 또한 카프만이 신진의 영도적 지위에 있다는 것을 강조한다"(「신춘당선문예개평」)고 하거나, 프롤레타리아 문예비평은 "오직 계급투쟁이라는 조건의 한 포인트에서 그 가치평정의 최고 기준을 발견"(「시에 나타난 로맨티시즘에 대하야」)해야 한다고 주장하기도 한다.

해방 이후에도 이런 입장에는 변함이 없다. 오히려 더욱 강화되는 경향을 보인다. 그는 1945년에 조선문화건설 중앙협의회를 조직하고 서기장으로 일하면서 공산당에 정식으로 입당하게 된다. 그 즈음의 평론에서 그는 "좋은 문학이란 항상 역사적 법칙에 의한 현실의 발전상을 가장 정확하게 파악하고 가장 여실하게 표현하는 것"(「비평가의 임무」)이라고 단언하고 있다. 여기에서 말하는 역사적 법칙이란 마르크시즘의 그것이다.

앞에서 잠깐 언급하였듯이 해방공간에서 이원조가 택한 노선은 박헌영 계열의 인민민주주의이다. 김윤식 교수의 지적에 따르면 해방공간은 크게 세 가지 국가형이 존재하였다. 하나는 부르주아 단독 독재국가 모델(국민국가의 모델)이며 다른 하나는 노동계급 단독 독재국가 모델(국가사회주의, 즉 북로당의 국가형), 마지막은 연합독재(인민연대) 국가 모델(남로당의 국가형)이 그것이다.

그 중 인민민주주의는 마지막 방식이다. 이들 노선의 문학적 버전은 모두가 민족문학론을 달고 나오는데, 이에는 김동리(박종화)의 민족문학론, 안함광의 민족문학론, 이원조의 민족문학론이 각각 대응된다. 이원조가 발표한 "중후한 민족문학론"(김윤식, 『해방공간 한국작가의 민족문학 글쓰기론』, 서울대학교출판부, 2006. 265쪽)은 노동자·농민을 중심으로 소지식인 등의 연대로 한 인민연합을 옹호하며, 기본적으로 마르크시즘의 입장을 떠나지 않는다.

이쯤에서 이들 형제가 마르크시즘을 선택한 정신적 배경이 궁금하지 않을 수 없다. 그들은 왜 마르크시즘을 선택하였을까. 어려서부터 전근대적 교육에 익숙한 그들이 새로운 이념을 선택할 때 우연이 모든 것을 결정하기는 힘들 것이다. 그 선택에는 이념적 친화성이 개입되어 있다고 보아야 한다. 그것이 과연 무엇이었는가에 대해서는 여러 논의가 가능하겠지만, 본고는 김윤식의 논의에 주목한다. 그는 이원조의 경우를 들어 다음과 같이 말하고 있다.

> (……) 그렇다면 그(이원조—인용자)가 끊임없이 회복하고자 하는 지향점은 자기를 키워냈던 주자학적 이념의 고귀성에 준하는 그 무엇이 아니었겠는가. 이념의 고귀성을 당대에서 찾는다면 마르크스주의밖에 없었다. 마르크스주의를 주자학의 이념성과 등가로 파악할 수 있는 근거는 비단 이원조에서만은 아닐 터이다. 이념에 대한 등가적 인식방식은 주자학의 이념의 고귀성이 다만 한 가지 표준이었던 까닭이다(김윤식, 『해방공간 한국작가의 민족문학 글쓰기론』, 서울대학교출판부, 2006. 288~9쪽).

인용문에 따르면 이원조가 마르크시즘을 선택한 것은 그것이 주자학적(구체적으로 퇴계의 주리론) 이념의 고귀성에 필적하는 특성을 지니고 있었기 때문이다. 이원조에게 마르크시즘은 전근대적 세계에서 차지하고 있던 절대이념의 근대적 대안이었다는 것이다. 이것은 그가 지도이념에 대한 간절한 갈증을 지니고 있었다는 점을 염두에 두면 더 설득력이 있다. "한 개의 원리"에 대한 간절한 그리움은 그런 것이 "도그마라도 좋으니 비평이 제 몸을 붙이고 제 본질적 사명인 비판적이요 영도적인 역할을 할 수 있는 한 개의 원리"(「민족문학 확립에」)에 대한 집요한 갈망으로 드러난다. 근대적 세계에서 주자학을 대체할 만한 이 "한 개의 원리"는 마르크시즘 외에 아무것도 없었던 것이다.

김윤식은 여기에서 한 걸음 더 나아가 해방공간에서 발표된 이원조의 「민족문학론」의 정신적 지향에서도 이런 요소를 지적한다. 즉 그 글의 이념적 기준이 된 모택동의 문화혁명론인 「신민주주의론」의 수용도 결국은 잠재적 이념의 유사성에 있다는 것이다. 그는 그 근거로 모택동의 사상은 일반 마르크시즘의 중국적 변형으로서 그 속에는 주자학적 사상 구조와의 관련성이 있다는 지적을 든다. 즉 모택동 저술 속에 인용된 책들은 주자학 쪽이 22개소, 도가의 것이 12, 민요 · 전설 · 문학이 13, 기타가 7개소이며 마르크스 · 엥겔스가 4개소, 레닌이 18개소, 스탈린이 24개소로서 주자학이 절대 다수에 속한다는 것이다.

이원조가 「민족문학론」에 사용한 필명이 '청량산인淸凉山人' 혹은 '안동학인安東學人'이었음은 이 글이 주자학, 모택동, 청량산, 퇴계와 지적 네트워크를 이루고 각각의 음영을 강하게 지니고 있다는 사실을 말해준다. 청량산은 퇴계가 공부하기 위해 자주 갔던 곳이다. 그리고 퇴계 스스로 자신을 청량산인이라고 부른 사실이 있으며, 또 "청량산 육륙봉을 아는 이 나와 백구"란 유명한 시조도 남기고 있다는 사실에서 김윤식의 주장은 단순한 가능성 이상의 것이다.

이원조는 이육사와 함께 일찍이 조부에게서 한학을 배우고, 후에는 당대의 최고 석학인 위당 정인보 문하에서 배웠다. 이원조의 비범한 재기에 위당은 그를 장안 삼재三才의 한 사람으로 높이 평가하였다고 한다. 1935년에는 조병옥의 주례로 학부대신 이재곤의 손녀와 이른바 국혼國婚을 한 바 있는 그는 당대 비평계를 안하에 두는 고고함이 있었는데 김윤식은 이를 '제3의 논리'라는 말로 표현한다. 이 모든 것의 바탕에는 주자학의 전통이 더욱 강화된 퇴계의 주리론이 있었다는 사실을 기억해야 할 것이다.

3. 주리론으로 읽는 '포즈론'

이제 그의 평론에 나타난 주리론의 음영을 구체적으로 살펴보기로 하자. 이념 선택의 차원에서 연관성을 주장하는 것은 공허한 울림만을 준다. 그것이 단순한 가설의 혐의를 지니는 것도 이 때문이다. 내용상의 구체성을 확인하기 위해 해방 이전의 그의 중요한 평론 「현단계의 문학과 우리의 포즈에 대한 성찰」(「조선일보」, 1936. 7. 12)을 살펴볼 필요가 있다.

이 글은 현실에 대한 작가의 포즈, 즉 몸가짐을 다루고 있다는 점에서 '포즈론'으로 명명된다. 포즈론은 자주 그의 이념적 퇴보를 보여주는 증거로 사용되었다. 그러나 깊이 읽어보면 이것은 그의 전체 문학활동의 바탕에 놓인 불변하는 문학관을 보여주며 그의 모든 논의는 이런 입장에서 크게 벗어나지 않는다는 사실을 발견할 수 있다.

이원조가 이런 글을 쓰게 된 것은 프로문학이 쇠퇴하자 그의 표현대로 '기괴한 현상'이 발생하였기 때문이다. 그는 이 현상의 원인을 밝히고 그로부터 새로운 대안을 제시하는 데 이 글의 목적을 두었다. 기괴한 현상이란 "오늘날에 와서 프로문학을 방안放案하고 타매하는 것은 일찍이 프로문학이 왕성하였을 때 소부르주아 인텔리라고 지목받던 그 사람이 아니라 도리어 일찍이 프로문학의 용사이고 효장이라고 자처하던 그 사람들이라는 것"이다. 그리고 이들이 오히려 행동과 문학의 무관성을 주장한다는 것이다.

문학과 행동의 연계를 지지하는 이원조에 따르면 이런 현상의 원인은 그들이 지닌 문학과 행동의 관계에 대한 잘못된 인식에 있다. 즉 그들은 문학과 정치와의 관련성만 보고 그것의 특수성을 몰각하였다. '문학=정치'의 도식을 정치적 입장에서만 접근하여 문학적 각도를 고려하지 못하였다는 것이다. 정치적 관점에서 바라보면 이 도식은 결국 힘의 논리만을 반영한 것에 불과하다. 따라서 그들이 힘을 얻고 있을 때는 그 도식의 정당성을 주장하다가 객관적 정세가 불리하게 되니까 패배의식에 젖어 이전의 도식을 폐기한다는 것이다. 여기에는 자신이 선택한 이념을 상황에 따라 쉽게 배신하는 소인배적 태도에 대한 강렬한 비판이 깔려 있다. 바로 이곳이 주리론자로서의 이원조의 면모가 드러나는 지점이다. 그가 마지막에 "시대의 첨단을 걸으려고 조운모우朝雲暮雨하는 것"을 비판하는 것도 이런 시각에 기인한다. 그가 생각하는 문학의 본질은 다음 대목에 잘 드러난다.

그러나 힘의 패배가 반드시 사실의 패배를 의미하는 것도 아니며 또한 문학은 힘의 현화顯化가 아닌 때문에 문학의 매력은 행동 그것보다도 도리어 '포즈' 거기에 있는 것이다.

문학과 정치의 관계를 놓고 볼 때 문학의 본질은 행동에 있는 것이 아니라 포즈에 있다는 것이다. 여기서 말하는 행동이란 그의 말대로 "육체적 노동을 의미하는 것이 아니라 가장 단적으로 말하면 정치적 실천을 말하는 것"이다. 그렇다면 문학의 본질을 정치적 실천이 아니라 포즈에서 찾는 것은 이념적 후퇴로 보이기 쉽다. 특히 같은 부분에서 언급하는 갈릴레오의 예가 그런 혐의를 더욱 부추긴다. 그러나 객관적 정세로서의 힘의 패배가 사실의 패배가 아니기 때문에 이를 바탕으로 문학의 패배를 단정하는 것이 일종의 오류가 아닐 수 없다는 그의 말은 오히려 현실의 조건에 동요되지 않는 강인한 정신주의의 면모를 드러내는 것이다. 포즈에 담긴 모럴을 "자기 자신에 대한 의무의 자각"으로 설명하는 것도 이런 사유의 연장선상이다.

포즈란 무엇인가. 그는 이것을 "한 개의 몸가짐"이라 부른다. 이것은 진리에 대한 확고한 신념을 지키는 태도, 진리를 위한 진실한 태도를 뜻한다. 이를 두고 행동에서 개인의 내면으로 일보 후퇴한 것으로 평가하는 것, 즉 "실천과 행동이 포기된 마르크스주의를 향한 자유주의적 태도"라고 보는 것은 일부분을 과장한 것이다. 그의 포즈는 이런 피상적 차원이 아니기 때문이다.

이원조는 포즈와 제스처를 구분한다. 프로문학이 하강의 국면에 접어들 때 작품의 빈곤이 생긴 현상을 두고 그는 이러한 현상은 "작가가 먼저 프로작가로서의 포즈를 가지기 전에 갈팡질팡하는 제스처만으로 날뛰다가 보니 문학과는 동떨어지는 허무의 경지에서 느끼는 자기부정이라는 것에 유래된 것"으로 해석한다. 여기에서 포즈는 "갈팡질팡하는 제스처"의 상대적인 개념으로 사용되고 있다. 제스처와 포즈는 일반적인 상황에서 의미상의 차이를 별로 지니지 않는 어휘지만, 그는 자신의 논리를 선명하게 부각하기 위해 이것을 대척적인 개념으로 사용한다. 제스처는 진리에 대한 확신도 없고 그에 대한 성실성도 없는 무주관, 무주체적인 태도를 말한다. 이에 반해 포즈는 진리에 대한 확신을 지닌 견일불발의 자세를 의미한다.

그의 포즈는 그냥 포즈가 아니다. 그가 후반부에 계속 강조하는 것은 이 포즈가 객관적 정세의 변화에 따라 변화될 수 있는 유동적인 포즈가 아니라 "일정한 포즈"라는 점이다. 그의 말대로 "일정한 포즈를 가진다는 것은 결코 쉬운 일이 아니다." 그는 문학하는 사람으로서 이런 포즈를 갖게 된다면 그것은 벌써 "문학수행의 반공정半工程을 닦은 것"이나 마찬가지라고 단언한다. 따라서 다음과 같은 언급은 포즈론의 핵심으로 가는 입구라 할 수 있다.

그러므로 만약 나더러 한 개의 극단의 말을 허한다면 문학하는 사람이란 시대의 첨단만 걸으려고 조운모우朝雲暮雨하는 것보다는 차라리 반동적이요, 진부하다고 하더라도 한 개의 포즈를 가지는 것을 더 높이 평가하고 싶은 것이니 이것을 우리 문단에서 예를 드는 것보다 내가 콕토를 달게 알지 않는 것도 이 때문이며 종교는 '타태惰怠의 정신'이라고 해서 대전大戰 당시에 홍수와 같은 카톨리시즘에의 개종선풍에 항거한 자크 리비에르를 신뢰하는 바와 같은 정도로 클로텔까지 신뢰하는 것도 진실로 여기에 있는 것이다.

이 글에 따르면 문학의 핵심은 시대의 추이 혹은 객관적 정세의 변화에 민감하게 반응하는 데 있는 게 아니라 오히려 반동적이고 진부하더라도 하나의 일관된 자세를 견지하는 데 있다. 그는 콕토와 리비에르를 대척점에 두고 전자를 비판하고 있는데, 콕토가 재기 발랄함은 지니고 있지만 그것이 시대에 대한 깊은 고민 속에 용해되지 않고 하나의 경박함에 함몰되었기 때문이다. 콕토의 가벼운 재치는 하나의 포즈로 승화되지 않고 시대의 추이에 가볍게 추종한 결과이다.

이런 경로를 거쳐 이원조의 논의는 드디어 그 핵심에 이른다. 그는 포즈를 하나의 몸가짐으로만 말하고 핵심적인 말을 미루어왔다고 하면서, 핵심적인 것은 바로 "포즈라는 말은 또한 진실한 자태姿態"에 있다고 밝힌다. 여기에 진실이라는 것이 진리의 성격을 지닌다는 지적도 덧붙인다.

다시 말하면 진리라는 것이 항상 자기를 표시할 때는 먼저 한 개의 이론적 관계를 가지고서 하는 것이다. 그러나 이것은 아직도 옳은 의미로서의 진리라고 할 수는 없는 것이니 그것은 비록 객관적 진실성은 가졌더라도 주체적 진실성을 가지지 못한 때문인 것이다. 그러나 한 개의 객관적 진실성을 가진 진리를 주체적으로 파악하자면 또한 그 주체 스스로가 진실하지 않으면 안 되는 것이니 여기에 있어서 진리와 진실이라는 것은 그 존재에 있어서나 인식에 있어서나 영원히 떠날 수 없는 일체양면一體兩面이라는 것을 짐작할 수 있을 것이다.

이 글의 핵심은 진리와 주체의 상관관계를 밝히는 데 있다. 진리가 "한 개의 이론적 관계"에 있을 때 그것은 주체와 유리된 관념에 불과하다. 따라서 그것이 주체의 성실성과 만나지 않고서는 옳은 의미로서의 진리가 될 수 없다. 관념으로서의 진리는 하나의 객관적 진실성만을 가질 뿐이다. 이것은 반쪽의 진리일 뿐인데, 이런 진리를 완성케 하는 것이 바로 주체적 진실성이다. 이원조는 주로 전자를 진리로, 후자를 진실로 부르며 이 둘이 존재나 인식에 있어서 불가분의 관계임을 강조한다.

이 진리와 주체의 문제, 그리고 그 둘을 연결하는 진실성, 이것은 우리가 지금까지 다루어왔던 주리론의 개념들과 상당한 동질성을 지닌다. 이것은 객관적 실체로서의 리理와 주체의 관계를 다루는 퇴계의 논리와 비교해 볼 만하다.

(주자는) 또 말하기를 "리에는 반드시 용用이 있으니 어찌 또 마음의 용을 말할 것이 있는가?"라 하였다. 그 용은 비록 사람의 마음을 벗어나는 것이 아니지만 그 용의 미묘함을 이루는 까닭은 실로 리의 발현 때문이니, 마음의 이름에 따라 이르지 않음이 없게 된다. 다만 나의 격물이 지극하지 못함을 걱정할 뿐 리가 자도自到할 수 없음을 걱정해서는 안 된다. 그러므로 격물格物이라 하면 내가 물리의 극처에 궁지窮至함을 말하지만, 물격物格이라 하게 되면 어찌 물리物理의 극처가 나의 궁구함에 따라 이르지 않음이 없음을 말하는 것이 아니겠는가?

이 글은 퇴계가 만년에 객관적 진리로서의 '리理'의 능동성을 인정하면서 주체의 성실성을 강조하는 부분이다. 여기에서는 격물론을 문제삼고 있는데 이때 '격물格物'은 주체가 사물의 리에 이른다('격'은 '이르다'의 의미로 해석됨)는 의미로 별 문제가 없지만, '물격物格'은 곧 사물의 이치가 나에게 이름을 말하는 것이 되어 리의 성격상 문제가 된다. 이전에 퇴계가 리의 능동성을 부정할 때는 리의 '무동정無動靜'이라는 기준에 의거하여 사물의 리가 주체에게 이를 수 없다고 보았다. 그래서 '물격'을 '물이 격하다'라고 읽지 않고 '(사람이) 물에 격하다'로 읽음으로써 논리적 모순을 해결하였다. 그러나 인용문에서 보는 바와 같이 퇴계가 체용설體用說에 입각하여 리의 능동성을 인정하면서 사물의 리도 주체에 이를 수 있다고 하여 이전의 주장을 수정하였던 것이다.

문제는 리의 자도설自到說에서 사물의 리가 아무 조건 없이 내 마음의 궁구와 무관하게 무조건 이르는 것이 아니라 '나의 궁구에 따라 도래한다'는 것이다. "다만 나의 격물이 지극하지 못할까를 걱정해야지, 리가 자도할 수 없음을 걱정해서는 안 된다"는 말은 바로 이런 뜻이다. 리의 능동성을 인정할 때조차도 퇴계는 이처럼 인식 주체인 자아의 역할을 강조해마지 않은 것이다. 이것은 인간의 성실성을 매개로 할 때만 객관적 진리인 리의 자도自到가 가능하다는 인식이다. 이 성실성의 실천으로 퇴계는 '경敬'을 강조해마지 않았다.

객관적 진실성, 즉 객관적 진리에 반드시 대응해야 하는 주체의 성실성은 퇴계 주리론의 중심 사유이다. 이원조의 객관적 진실성, 주체적 진실성은 이런 사유의 연장선상에 있다. 퇴계의 리자도설에 대한 다음의 평가에서 우리는 이원조의 용어 사용과 호응하는 부분을 확인할 수 있다.

> 이때의 리가 한낱 객관적 진리만 의미하지 않고, 선善 또는 소당연所當然
> 으로서의 주체적 진리까지 의미하며, 주체적 진리의 의미의 비중이 더 큼
> 을 고려해야 할 것이다. 이 점을 고려한다면, 리의 자도를 믿는 것은 곧 의
> 리를 '불변적 진리'로 하는 '주체적 진리의 절대성' 또는 사필귀정과 같이
> 의리가 언제든지 실현되지 않을 수 없는 '주체적 진리의 절대적 실현성'을
> 확신하는 사고라 풀이될 수 있다.(윤사순, 『퇴계철학의 연구』, 고려대학교출판부,
> 1980, 32쪽)

이처럼 리는 우주에 실재하는 '객관적 진리'이면서 동시에 인간과의 상호소통을 통해 현현되는 "주체적 진리"이다. 이원조의 용어로 말하자면 전자는 객관적 진실성, 즉 진리이며 후자는 주체적 진실성, 즉 진실이 된다. 또한 전자의 고립에 의미를 두지 않고 주체와의 연계 속에서 진리의 문제를 다룬다는 점도 유사하다. 퇴계가 '주체적 진리의 절대성'을 강조하는 바처럼 이원조는 주체적 진실성의 실천, 즉 포즈를 강조한다. 절대적 진리를 설정하고 그것을 실천, 즉 행동의 문제와 연계하는 이런 사유는 사상사적 동질성을 바탕으로 할 때 가능한 것이라 할 수 있다. 퇴계의 거경궁리居敬窮理, 이원조의 포즈는 이런 점에서 사상적 연계를 지니고 있는 것이다. 이원조는 이 진실이라는 것은 사리사욕을 위한 것이 아니라 "내가 아닌 다른 것에 대한 봉사"이기 때문에 항상 고난을 내포하고 있으며 어떤 의무라는 관념과 연계된다고 본다. 이것은 나의 격물이 지극해야 한다는 퇴계의 명제가 스스로에게 가하는 윤리적 무게와 동질의 것이라 할 수 있다.

지금까지 이원조의 포즈론이 단순한 내면으로의 침잠 혹은 객관적 정세에 따른 주관의 후퇴로 평가되고 이런 사상사적 연관에 주목하지 못한 것은 그의 사유를 피상적으로 파악했기 때문이다. 또한 모든 연구자들이 천편일률적으로 인용하는 특정 부분에만 주목하고 정작 이원조의 핵심이 놓인 후반부를 간과했기 때문으로 보인다.

이원조는 문학과 행동의 연관성을 끝까지 고수하고 있으면서 객관적 진리와 주체적 성실성의 상호결합을 무한하게 신뢰하고 있다. 그의 포즈론은 바로 이 결합에서 주체적 성실성의 측면을 강조한 말이다. 이원조의 포즈론을 더 실감나게 표현한 것은 아마도 이육사의 다음과 같은 말일 것이다. 이원조에게 이육사의 도움이 필요한 부분, 이육사가 아우에게 진 빚을 갚는 부분도 바로 이곳이 아닐까.

내가 들개에게 길을 비켜 줄 수 있는 겸양謙讓을 보는 사람이 없다고 해도 정면正面으로 달려드는 표범을 겁내서는 한 발자욱이라도 물러서지 않으려는 내 길을 사랑할 뿐이오. 그렇소이다. 내 길을 사랑하는 마음 그것은 내 자신에 희생을 요구하는 노력이오. 이래서 나는 내 기백을 키우고 길러서 금강심金剛心에서 나오는 내 시는 쓸지언정 유언遺言은 쓰지 않겠소. (중략) 다만 나에게는 행동의 연속만이 있을 따름이오. 행동은 말이 아니고, 나에게는 시를 생각는다는 것도 행동이 되는 까닭이오.

_ 이육사, 「계절의 오행」 부분

숭고와 동이적 상상력

1

포스트모더니즘의 영향으로 문학과 예술뿐 아니라 전사회적인 분야에서 타자의 복귀가 이루어져 왔다. 이성 중심주의의 폐쇄적 자기동일성은 신채호의 용어로 하자면 아我와 비아非我와의 관계 속에서만 정립되며, 타자의 억압을 통해 유지되는 것이다. 이성 중심주의는 필연적으로 비아非我를 타자들로 악마화하고 객관화한다.[1] 그러나 근대적 이성의 군림이 약화되고 반이성적 조류가 강화됨으로써 억압된 타자들의 귀환이 시작되었다. 수용미학과 페미니즘의 등장이나 비천한 것으로 간주된 3류 장르의 부상은 이런 사회적 조류의 결과라 할 수 있다. 그러나 힐튼 크레머가 "속물들의 복수"[2]라

---

1. 레이먼 셸던 외, 「포스트구조주의 이론」, 정정호 · 이소영 편 『여행하는 이론1』, 197쪽.
2. 김욱동, 『모더니즘과 포스트모더니즘』, 현암사, 1992, 225쪽.

부른 이런 현상은 여전히 서구 이성의 질서 내에 존재하고 있다는 점에서 제3세계의 입장에서 볼 때 기만적인 현상이라 할 수도 있다. 타자들의 귀환이니 속물들의 복수니 해도 그것들의 범위는 제한적이었기 때문이다.

우리 문학 담론에서도 그런 타자들의 등장은 여러 번 시도되긴 했으나 그것은 비주류나 아웃사이더의 입장일 뿐이었다. 그 중 김지하의 동이적東夷的 담론이 주목할 만하다. 『생명』이라는 저서에 함축되어 있는 동학적東學的 담론은 수년전부터 동이적 담론으로 옮겨가고 있다(사실 옮겨간다기보다 기존에 잠재적으로 존재하던 것들이 명시적으로 강조되었다고 보는 것이 더 적절할 것이다). 이것들 모두 서구적 근대성에서 배척되어 온 토착적 담론이라는 점에서 일관성을 지니고 있으며 동학론을 거쳐 율려론 혹은 마고론으로의 전이는 사상사적 맥락을 따르고 있다는 점에서 정합성을 지니고 있다고 할 수 있다. 그가 『동경대전』에서 『부도지』, 『천부경』 등으로 자신의 기반 텍스트를 확장해 간 것은 한국 미학의 가능성을 또다른 차원에서 확대한 것이다. 그가 말하는 마고는 박제상의 저술로 전해지는 『부도지』에 나오는 바, 파미르 고원에 있었던 것으로 추정되는 인류 시원의 문명지 마고성에서 온 것이다.[3] 이 위서 논란에 휩싸인 텍스트에서부터 그가 읽어내고자 하는 것은 제3세계 지식인이 선취하고 싶은 새로운 전망이다. 문학 혹은 문학 이론이 이런 텍스트로부터 도출되는 것은 텍스트의 범위가 최대한 확장된 지금 그리 부자연스러운 일은 아니지만 여전히 그 시도는 주류로 편입되지 못하고 낯선 변방에 머물러 있을 뿐이다. 동이적 사유에 뿌리를 내리고 있는 그의 미학은 '오래된 낯섦'을 지닌 새로운 패러다임을 함유하고 있다. 이 타자의 귀환은 뜸하긴 하지만 시에서 새로운 양상으로 전개되고 있다.

우리의 문학 공간에서 거대한 광역을 형성하고 있는 동이적 상상력은

---

3. 구체적인 내용은 김은수 역해, 『부도지』, 기린원, 1986 참조. 김지하의 논의는 『예감에 가득 찬 숲 그늘』, 실천문학사, 1999, 『셋과 둘 그리고 혼돈』, 솔과학, 2000 참조.

고대적 사유를 바탕으로 오래된 낯선 이미지를 상상력의 새로운 차원으로 영입하고 문학의 새로운 전망을 선취하고자 하는 타자의 상상력이다. 이것은 인간 사유의 폭을 깨트리는 광활한 신비적 비전을 특질로 한다.

동이적 상상력이라는 개념이 성립하기 위해서는 상상력의 지형도가 그려질 필요가 있는데, 상고시대 신화나 문화의 범주가 그 기원이 된다. 중국 대륙의 신화는 3대 종족 집단의 거주 구역 및 문화적 특징에 따라 서방의 화하계華夏系, 동방의 동이계東夷系, 남방의 묘만계苗蠻系로 나누어지지만 묘만계는 동이계의 분화로 보이기 때문에 결국 중국 대륙의 신화 및 문화계통은 크게 화하계와 동이계로 대별될 수 있다.[4]

우리 문헌에서 이 두 상상력의 대립을 가장 날카롭게 지적한 이는 신채호일 것이다. 그는 「조선역사상 일천년래 제일대사건」에서 그 대립을 낭가郞家와 유가儒家 의 대결로 압축하여 명징하게 보여주며, 묘청의 난에 상당한 의미를 부여한 바 있다. 그에 따르면 묘청의 난은 단순한 반란이 아니라 낭郞 · 불佛 양가 대 유가儒家, 국풍파國風派 대 한학파漢學派, 독립당獨立黨 대 사대당事大黨, 진취사상 대 보수사상의 일대 격전이다. 부연한다면 문학에서 이 대립은 정지상과 김부식의 대립으로 나타나는데, 결과적으로 정지상이 김부식에 의해 살해됨으로써 전자의 사유에 내재되어 있던 동이적 상상력이 크게 위축되었다는 것이다.

화하적 상상력과 동이적 상상력은 동북 아시아의 상상력에 그치지 않는다. 괴력난신怪力亂神의 그로테스크한 담론을 거부하고 합리적이며 휴머니즘적 질서에 바탕을 둔 것이 전자라면, 괴력난신을 적극적으로 끌어안으며 인간적 한계를 넘어서는 초월적 질서에 바탕을 둔 것이 후자이다.

전자는 모든 초월을 인간화, 현실화하며 그 충격을 극소화한다. 화하적

---

4. 정재서, 『동양적인 것의 슬픔』, 살림, 1996, 125~126쪽.

상상력의 대표가 유가적 상상력이라 할 수 있는데 이것은 인간의 지평을 넘어선 어떤 개념도 인간의 세계로 길들여버린다. 인간적 질서, 합리적 질서가 최고의 가치가 된다. 그러나 후자는 이 세계에서 괴력난신, 즉 인간의 인식 밖에 존재하는 부분의 가치를 인정한다. 그래서 세계는 현실계와 초월계의 혼융 상태로 존재한다. 흔히 후자가 앞서고 전자가 뒤늦게 나온 점을 두고 가치평가를 내리기도 하지만 그것은 시간의 선후와 무관하다. 화하적 상상력에 입각한 『삼국사기』가 쓰여진 이후 동이적 상상력에 의한 『삼국유사』가 탄생한 것을 보아도 이것은 시간적 선후 문제와 무관하게 미학적 보편성의 관점에서 접근해야 함을 알 수 있다.

화하적 상상력이 인간적 정한과 규범의 아름다움을 중시한다면, 동이적 상상력은 인간 사유의 극한을 일시에 돌파하여버리는 신비적 비전의 숭고를 강조한다. 이 두 상상력은 미와 숭고의 동아시아적 버전이며, 특수성과 보편성을 동시에 갖춘 미학적 범주라 할 수 있다.

문학의 아키타이프인 신화가 이 두 범주로 정리될 수 있다는 것은 이에 바탕을 둔 미학 체계도 두 가지로 성립됨을 전제로 한다. 동이적 상상력은 따라서 이런 상상력의 두 범주 중 중요한 축으로서 앞으로 미학의 대상이 될 수 있을 것이다. 문학사를 하나의 실체로 본다면 이 상상력은 문학사의 무의식이다. 현재 이 무의식은 전의식의 상태로 전이되어 조그만 계기만 주어줘도 의식의 상태로 부상되는 지점에 이르고 있다.

동이적 상상력이 가장 성공적으로 드러난 작품은 이육사의 「광야」와 백석의 「북방에서」일 것이다. 전자에는 바다를 연모해 휘달리는 산맥들의 꿈틀거림이 살아 있는 신화적 시간과 그런 산맥조차 범접할 수 없는 신성한 공간이 그려져 있고, 후자에는 우리에게 잊혀진 "부여를 숙신을 발해를 여진을 요를 금을/ 흥안령을 음산을 아무우르를 숭가리를" 다시 환기시키는 아득한 옛날이 그려져 있다. 그리고 이 모두는 시인의 현재와 연계되어 숭고미를 형성하고 있다.[5] 이들 시는 모두 민족의 고대적 사유를 기반으로 하고 있지만 숭고가 지닌 부정적 기능 속에 함몰되지 않고 있다는 점에서 동이적 상상력을 활용하는 후일의 문학도에게 귀감이 될 만하다. 이 상상력은 상희구 시인의 발해 시편들에서 지속적으로 탐색되어 왔다. 그에게 발해는 새로운 상상력의 발판으로 충분했다. "막연하기만 하고 튼실하지 못한 발해의 역사성은 우리 문학하는 문학도에게 신화가 비집고 들어갈 만한 공간을 끝없이 확장시켜 주기도"[6] 하기 때문이다. 겨우 몇 개만 발견된 토기 파편을 바탕으로 하여 지금 여기의 진흙으로 우리 상상력의 테두리를 그리는 것은 단순한 회고주의나 국수주의의 소산이 아니다. 이는 많이 양보한다고 해도 모든 것이 고갈되어 버린 듯한 오늘 우리 문학에서 상상력의 보족이란 의미를 지닐 것이다.

2

2001년 겨울에 발표된 시들 속에서 이런 상상력을 읽고자 하는 것은 그리 낯설거나 억지스런 시도는 아닐 것이다. 먼저 최정례 시인의 시에서부터 시작하는 것이 도움이 된다.

> 동해 碧海之中에 한 뿌리의 扶桑나무가 있다
> 태양과 그의 열 아들이 거기 산다
> 아홉 아들 해는 아래 둥치에 한 아들은 윗가지에 산다
> 새벽마다 龍車가 태양 하나씩을 싣고

---

5. 이에 대한 자세한 논의는 박현수, 「일제강점기 시의 숭고 고찰—이육사의 '광야'와 백석의 '북방에서'를 중심으로」, 『현대시와 전통주의의 수사학』, 서울대학교출판부, 2004 참조.
6. 상희구, 「발해—내 문학의 원형적 시공」, 『시안』, 1998, 겨울, 55쪽. 상희구 시인의 이 글은 이 잡지의 기획 특집(발해의 역사와 문학)의 일부이다.

함지에서 목욕하고 扶桑에 오른다
冉冉騰空 緩緩西行한다

20년 동안 30년 동안
열 개의 태양이 뜨거나 말거나
백 날의 龍車가 창밖으로 지나거나 말거나
맹목적인 잎을 달고
깜깜하게 서 있었다

냉혹한 잎 미련한 잎 시큼한 잎으로
서서만 있었다

스무 살 새파란 잎 기억의 헛간 속에서 휘경동 286-326 그 주소는 왜 사라져주지 않는 것일까 비 쏟아지는 날 728번 버스에 올라타 오락가락했고 백 통쯤 편지를 썼었다 수억 년 전이다 그런데 느닷없이 꿈에 갈갈이 찢겨진 편지가 돌아오고 기겁을 하고 깨어났다

뜨거운 잎 무의식의 잎 사이를 뚫고
쏟아지는 천 개의 화살이 있다
태양은 열 아들을 키워 날마다 빙글빙글 돌리고 지루하게
오랜 잎들이 세월의 약들이
아무짝에도 소용없는 잎이 되었다

양말짝 같은 잎 혓바닥 같은 잎으로
다시 천 개의 빛 화살을 막으려 한다

너덜너덜한 잎 뒤에 만 룩스의 불빛이

두개골 심장 창자를 뒤진다 파낸다 갈피갈피

몸에서 수천의 태양계가 태어났다 사라진다

꿈속의 잎 챙피한 잎 잎사귀들

_ 최정례, 「태양의 잎사귀들」 전문

이 시의 서두는 태양 신화로 시작된다. 이 세상을 거대한 신화적 인과 관계로 해석하는 신비적 비전이 그 속에 들어 있다. 이 시는 이런 신화를 끌고 들어오면서 개인적 서정의 폭을 확대하고 있다. 이 신화는 그의 시 속에 사소하고도 중요한 기능을 하는데, 전자는 그 신화를 단순히 시간의 헛된 반복("열 개의 태양이 뜨거나 지거나/백 날의 龍車가 창밖으로 지나거나 말거나", "태양은 열 아들을 키워 날마다 빙글빙글 돌리고")으로 사용하는 데에서, 후자는 부상목으로부터 가리고 싶은 기억들("맹목적인 잎")과 그를 뚫고 새어나오는 무의식("뜨거운 잎 무의식의 잎 사이를 뚫고/ 쏟아지는 천 개의 화살")에 대한 비유로 나아가는 데에서 발견된다. 태양을 품고 있는 찬란한 부상목과 "맹목적인 잎을 달고/ 깜깜하게 서 있"는 화자의 대조는 기억과 무의식에 대한 자의식을 잘 드러내고 있다. 이 시는 비유가 사소하고 낯익은 차원에서 이탈하지 못하고 있는 우리 시에 농익은 솜씨로 새로운 감각의 동이적 상상력을 접목시킨 작품이라 할 수 있다.

이 시가 동이적 상상력을 보여주는 시라고 하는 데에는 설명이 필요할 것이다. 이 시에 등장하는 부상과 함지는 너무나 유명한 태양 신화의 구성 요소들이다. 이 신화의 근원은 『산해경』으로 거슬러 올라간다. 이 괴이한 책의 사유는 동이적이라는 사실을 지적할 필요가 있다.[7] 정재서 교수가 지적

---

7. 중국역사서에서는 부상扶桑은 조선朝鮮을 지칭한다. 남사 동이전의 "부상의 풍속은 혼인을 하면 사위가 처갓집 문 밖에 집을 짓고 산다"고 할 때의 이 부상은 데릴사위제를 지니는 고구려를 뜻한다. 이후 우리 한시에

하고 있듯이 이 책의 중요 부분은 제준—고조선—발해 등의 신화·지리소를 축으로 한 문화체계 위에 기초해 있기 때문이다. 이에 중국 근대의 신화학자 손작운이 『산해경』을 동이계 고서古書로 단정하고자 했다는 사실도 덧붙이는 것이 좋을 것이다.[8] 이 책은 고래로부터 시인 묵객의 상상력을 자극하는 데 많은 기여를 해왔다. 이 고대적 사유가 현대에 다시 부활하고 있는 것에는 문화사적 요청이 개입되어 있을 것이다. 상상력의 새로운 돌파구와 새로운 패러다임의 설정이 필요하기 때문이다.

이원 시인은 이 상상력을 사이버 세계의 본질을 형상화하는 데 사용한다.

그곳은
바다의 한가운데라고도 하고[1]
어느 산의 그림자 속이라고도 하고[2]
빛과 어둠의 경계라고도 하고[3]
어느 모니터의 속이라고도 하고[4]
어떤 짐승의 발자국 끝이라고도 하고[5]
동북쪽에서부터 오천오십번째 사과나무 밑이라고도 하고[6]
서북쪽에서부터 칠만칠천번째 빛 너머라고도 하고[7]
25분 1초의 안이라고도 하고[8]

————————————

[1] 이곳의 짐승들은 그림자를 끓여먹고 산다 특별한 날에는 모종삽으로

서도 중국에 대해 우리나라를 뜻하는 경우가 있는데, 지리상의 발견이 더해지면서 일본의 별칭으로 사용되었다. 하신(홍희 역), 「신수부상과 우주관념」, 『신의 기원』, 동문선, 1990, 163쪽의 각주 14 참조.
8. 정재서, 「산해경 다시 읽기의 전략」, 『동양적인 것의 슬픔』, 살림, 1996. 정재서 교수는 『산해경』이 발해만 연안의 무당 혹은 방사들에 의해 성립되었지만, 동이계 문화 이외에도 다양한 문화가 흡수되어 있다고 본다.

퍼낸 내장을 섞기도 한다 미처 순번이 돌아오지 않은 그림자가 저 혼자 끓
게 되면 날이 새지 않는다

2) 이 산에 사는 짐승들은 다리를 뺐다 꼈다 한다 다리를 빼놓고도 잘 달
리며 아무런 표시를 해놓지 않아도 다른 다리를 끼는 경우는 없다 여기저
기에 널려 있는 다리들 때문에 산이 늘 덜그럭거린다

3) 이곳에는 무엇인가를 입 안 가득 쑤셔 넣고 우는 짐승들이 있다 그걸
보고 막무가내로 따라 우는 짐승들이 있다 사방이 늘 반짝여서 낮인지 밤
인지 분간이 가지 않는다

4) 개방형 동굴인 이곳에서 짐승들은 한 발에 신은 것과 똑같은 신발 한
짝을 손에 들고 있다 오른쪽 신발을 들고 있는 것들은 왼쪽 발을 찾아 헤매
고 왼쪽 신발을 들고 있는 것들은 오른쪽 발을 찾아 헤맨다 사시사철 외다
리로 서서 애타게 찾는다

5) 이 짐승은 상백피와 감초와 당귀와 다진 시간을 넣고 끓인 물을 먹고
사는데 그 비율은 알려진 바가 없다

6) 이곳에는 사과나무가 가득 심겨질 때가 있다 바람도 없는데 사과나무
잎사귀가 흔들릴 때가 있다 사과나무에 꽃이 피어 있는 동안에는 지평선이
나 수평선 너머로 걸어갈 수 있다

7) 이곳의 짐승들은 지퍼가 달린 몸을 갖고 있다 지퍼를 내리고 무엇인가
를 자주 집어넣는다 몸 속에서 무엇인가를 꺼내는 예외적인 날엔 별이 폭
우처럼 쏟아진다 대외적으로는 냉장고나 금고로 쓴다는 주장을 유포하지

만 납골당이라는 게 공공연한 정설이다

8) 이 허공의 깊숙한 곳에서 긴 줄이 하나 늘어져 있다 짐승들은 이 줄을 주식으로 잘라 먹는다 줄은 마르지 않고 굳지 않고 비린내가 가시지 않는다 얼핏 탯줄이나 창자처럼 보이기도 하는데 이 줄의 태초와 맛은 짐작하기조차 어렵다

_이원, 「즐거운 인생2─공고」 전문

이 시의 각 행에는 각주를 달아 『역주 산해경』의 맛을 내고 있다. 이 시는 사이버 세계를 설명하기 위해 모니터라는 어휘를 직접 등장시키고 있는데, 이 시행에 붙은 각주는 "4) 개방형 동굴인 이곳에서 짐승들은 한 발에 신은 것과 똑같은 신발 한 짝을 손에 들고 있다 오른쪽 신발을 들고 있는 것들은 왼쪽 발을 찾아 헤매고 왼쪽 신발을 들고 있는 것들은 오른쪽 발을 찾아 헤맨다 사시사철 외다리로 서서 애타게 찾는다"로 되어 있다. 각주를 어려운 어휘에 대한 단순한 정보제공의 수단이 아니라 하나의 시 형식으로 사용하는 방식은 작품의 완결성에 대한 회의, 본문에 대한 단절과 연계의 교차를 암시하고 있다. 모니터 부분에서는 사이버 세계를 개방형 동굴로 보고 이것의 특성을 욕망의 환유적 미끄러짐, 즉 무한한 결핍으로 상정하고 있다. 이런 설정을 통해 그 시 속의 대상들은 신비적인 차원에 거주하며 무한한 의미를 파생시키는 효과를 거둔다. 그러나 「즐거운 인생 1」이나 「Ghost World」(『문학사상』, 1월호)에서 보이듯, 하나의 유형으로 성립될 수 있는 이 『산해경』 문체는 바로 바닥을 드러내보이는 운용방식으로 인하여 바로 낯익어버리고 식상해버린다. 앞으로 이것이 넘어야 할 과제가 아닐까 한다.

강태열 시인의 「우주─우주영가 69」도 이런 사유의 연장선상에 있다. 동이적 상상력의 특질이 인간 사유의 폭을 넘어서는 광대한 신비적 비전을 포괄하고 있기 때문이다.

영혼이 내 속에 무로 있길 좋아하여 지워진 시간과 함께 빈집에 모이면 빈 마음이 된다 그 끝이 무심이라 빈집의 안팎이 모두 무다 영혼이 무의 자유를 만끽할 때 비로소 시간은 무에 떨어지는 영감, 영감이 꽃피운 詩가 바로 지구가 아니던가

영혼이 내 속에 지구를 낳고 무수한 성좌를 낳아 지은 집이 우주다 우주의 무를 한 켜씩 젖힐 때마다 드러나는 새로운 탄생, 만물을 볕과 그늘로 형상화 하는 궁합하는 흰빛과 흰소리의 눈먼 몸짓 귀먼 침묵 또한 정엄하다 무를 한 켜씩 젖히는 일 또한 무한하여 나는 영원한 것이다

_강태열, 「우주─우주영가 69」 전문

유한한 인간이 광대한 우주를 논하는 것 자체가 장엄하고 숭고한 행위가 된다. 만물의 생성을 낳는 무에서 우주의 창조 원리로 나아가는 이 전개 방식은 우리 사유의 한계를 절감하게 만든다. 이 시의 연작을 본 일이 없지만 이 시의 작품번호 '우주영가 69'는 일련번호 중의 하나에 그치는 것이 아닌 듯싶다. 즉 68번 다음에 오는 작품이라는 의미에서 사용된 것이기보다는 음과 양이 서로 엇물려 있는 태극의 형상으로 사용된 것으로 보인다. 시에서 음과 양의 작용으로 만물이 화하는 것을 '만물을 볕과 그늘로 형상화' 한다고 한 것도 이와 관련된다. 우주에 대한 사유가 폭넓으면서도 시대착오적으로 보이지 않을 정도로 육화되어 있다는 점이 이 시를 절실하게 만든다.

3

타자의 상상력으로서의 동이적 상상력은 민족적 특성을 탈각하여 보편적

상상력으로 승화하는 데 최종 목표가 있다. 신비적 비전과 상상력의 묘막한 스케일, 낡고도 새로운 이미지, 문학의 새로운 전망 등을 내질로 하는 모든 상상력의 결과들이 이 속에 수렴될 수 있다. 조정권 시인의 「두 개의 주검 노래」, 최하림 시인의 「오늘 밤에도 우리는」, 윤의섭 시인의 「북벽 연대기」나 하연승 시인의 「주남에 가서」는 이런 유형에 분류될 수 있을 것이다.

어제는 몰다우 강 다리 물들이는 장엄한 핏빛 구름을 보며

구름기둥들로 솟구친 첨탑 드높이며
불길 속에서 서서히 붕괴되는 신들의 황혼 끝 악장을
가슴에 모았어

불길에 싸여 함몰하는 葬送의 배들과
잿빛 구름 속으로 가라앉는 신들의 정원이 보였지

나는 잠시 日沒 속으로 내려와 있었어

이상하리만큼 가라앉은 잿빛 하늘과
아직도 불타오르고 있는 神殿의 돛

_조정권, 「두 개의 주검 노래」 부분

　　이 시는 장중한 어조로 시종일관하고 있는데 그 목소리는 신들의 거주지에 펼쳐지는 장엄한 풍경 위에 천천히 퍼져 나가고 있다. 황혼의 풍경은 신들의 음악으로 변주되고 종교적 제의 속에 놓인 화자는 지상적 번뇌로부터 자유로운 초인으로 설정된다. 그래서 화자가 죽음을 앞두고 내려놓는 '황금방울'은 곧 이 세상의 종말을 알리는 악기가 되는 것이다. 이 초월적

풍경은 우리 인간의 나약함과 왜소함을 초월하게 만들어준다. 이 시의 힘을 상상력의 스케일과 신비적 비전에서 찾는 것은 결코 억지가 아닐 것이다. 이 시는 마치 횔덜린의 시와도 같이 거대한 울림이 있지만 상상력의 근원이 다르다.

> 보라 한밤을 지나서 북두칠성은 서북 쪽으로 이동하고
> 금성은 새벽 가까이 눈부시게 떠오른다 나무숲을
> 헤치며 멧돼지들은 세차게 비무장지대를 달린다
> 사건들이 쉴새없이 시간의 틈새를 비집고 나온다
> 밤은 우리가 사용한 말들을 거두어 가지고
> 바삐 간다 빈 들이 광활하게 열린다
> 예감들이 우수수 우수수 떨어진다
> 검은 숲에서 흔들리는 침엽수림처럼
> 우리는 아직도 밤에 귀 대고 있다
> 금강천 물고기들이 상류로 올라가는 소리
> 쉿쉿쉿 들리고 검은 혓바닥으로 어둠이
> 돌과 나무를 쓸며 간다 사각이 창문을 열고 바람들이
> 밤하늘로 떠오른다 흐르고 흘러내린 것들을 우리는 무어라 말해야 하리오

_ 최하림, 「오늘 밤에도 우리는」 전문

이 시에 전반적으로 깔려 있는 고양된 심적 상태는 "밤은 우리가 사용한 말들을 거두어 가지고/ 바삐 간다 빈 들이 광활하게 열린다"는 표현에서 폭과 깊이를 획득한다. 북두칠성과 금성으로 표상되는 천상계와 광활한 빈 들이 열리고 예감들이 우수수 떨어지는 지상계, 그 사이에 가득 찬 태고적 경외의 정서로 인해 화자는 말을 잃었다. 이미 밤이 인간의 언어를 거두어

갔기에 우리에게 남겨진 것은 "우리는 무어라 말해야 하리오"라는 탄식뿐이리라. 이 시가 지닌 장엄미는 역시 경외의 고양된 의식이 가져다주는 신비적 비전에 기인하는 것이라 할 수 있다.

> 내 지향점은 늘 북반구로 향한다 자성에 이끌리듯이
>
> 그곳에 거대한 절벽이 서 있다 시간을 뚫고 솟은 망각의 벽
> 한 귀퉁이에 강의 흔적이 남아 있다 은하를 탁본하여
> 남에서 북으로 천구를 가로지른 삼백 억의 태양이 흘러간 흔적이 새겨있다
> 나는 안다 북벽의 뿌리와 마천루 사이는 고단한 영혼으로 채워야 할 여백이라는 것을
> 작은 틈바구니에 겨우 둥지를 튼 이 간빙기가 단 한 줄 그어진 퇴적층인 것을
> 북벽을 생각하면 이미 북벽에 이른다
> 미래를 꿈꾸자 모든 과거가 생겨나듯
>
> _윤의섭, 「북벽 연대기」 부분

이 인용 부분의 스케일은 상당한 폭넓어 독자의 사유 영역을 확대시키고 있으며, 과장은 눈치 채지 못할 정도로 정선되어 있어 독자의 시선을 오래 잡는 장점이 있다. "은하를 탁본"한다는 표현이나 "간빙기가 단 한 줄 그어진 퇴적층"이라는 표현은 이 시인이 지향하는 '북벽'의 숭고와 장렬함을 내포하고 있다. 동이적 상상력이 몸을 얻은 것이라 할 수 있다. 그러나 이어지는 내용들이 층위의 심도 조절에 불안정함을 보이고 있는 듯해 아쉬운 것도 사실이다.

바람이
알래스카나 시베리아의 등을
밀고 오기 전,
철새의 안근은 먼저 아뢰아식
에 가 닿은 것이라 했다.
은박지로 구겨진 몇 만 m²의
수면이 겨울잠에 들기 전
그들은
묻어 오는 서릿발의 눈먼 하늘을
한 무리 키질로 거기까지 날아온 것이라
그렇게 말했다.
물 가, 늪의 가생이에 부리를 틀고
곤鯤이 붕鵬이 된 장주莊周의 꿈……
그렇다는 연유로 슬그머니
눈을 감고 있다.

_ 하연승, 「주남에 가서」 전문

　　이 시는 철새의 생태를 통해 우리의 좁은 시야를 깨치게 만드는 힘을
지니고 있다. 인간과 대비에 놓이는 철새가 보여주는 세계의 광막한 범위를
포괄하는 개관과 조감의 능력 앞에 일상적인 인간의 사유는 차가운 강물로
세례를 받는다. 고립되고 유폐된 인간의 상상력은 여기에서 새로운 차원을
획득하게 된다. 지금까지 다룬 시들을 통해 동이적 상상력은 발생론적 한계
를 벗어나 보편적인 자질을 얻게 될 수 있음을 알 수 있다.

4

동이적 상상력이 더 미묘한 층위로 삼투된다면 어떤 것으로 나아갈 수 있을까. 한 개념의 적용이 보편적으로 이루어지고 다양한 스펙트럼을 지니기 위해 개념의 확장보다는 그 미묘한 층위를 다루는 것이 더 좋을 것이다. 오태환 시인의 「사랑」은 그 미묘함을 잘 드러내준다.

> 어느 손手이 와서 선사시대 고분 안에 附葬된 깨진 진흙항아리나 청동세발솥의 표면에 새겨진 글씨들을 닦아내듯이 가만가만 흙먼지를 털고 금속때를 훔쳐 글씨들을 맑게 닦아내듯이 누가 내 오래된 죽음 안에 새겨진 글씨들을 맑게 닦아내 줬으면 좋겠다 내 몸이 쓴 글씨들을 肉脫시켜 줬으면 좋겠다 내 몸을 저 어둠 속의 별빛들처럼 맑게 肉脫된 글씨들인 채로 염습해 줬으면 좋겠다 그래서 저 별빛들처럼 맑게 肉脫된 글씨들인 채로 내 몸이 더, 죽고 싶다 사랑이여

_오태환, 「사랑」 전문

이 시를 동이적 상상력과 연계하는 것은 시가 고대적 사유를 근원적인 힘으로 받아들이고 있기 때문이다. 선사시대 고분 안의 "깨진 진흙항아리나 청동세발솥의 표면에 새겨진 글씨들"이 지니고 있는 이미지의 중량감을 이 시는 십분 활용하고 있다. 그것이 단순한 호사가의 소재주의에 함몰되지 않는 것은 소재를 자연스럽고도 세밀하게 풀어나가 사랑에 닿게 하는 세심한 배려에 있다. 또한 이상인 시인이 물활론적 세계에 귀기울이는 모습도 주목할 만하다.

> 바다의 귓밥이 엉글어 쏟아지고 있다.
> 허리를 반쯤 파도에게 주어버린

선무당바위 옆
남촌댁이 잘 익은 한 묶음의 바다를
거꾸로 잡고 털고 있다.
잔잔하게 쏟아지는 흰 물살들
수평선이 푸른 엉덩이를 몇 번 흔들더니
순한 눈을 끔벅이며 쳐다본다.

그동안 바다를 향해 활짝 열어놓았던
이쁜 깨꽃들의 둥근 통신망 속에는
우럭과 도다리들의 가쁜 숨결 소리
먼 우레 같은 뱃고동소리와 갈매기 소리
수년 전에 바다가 된 벌뙤양반의 기침소리까지도
낱낱이 잡히고
그것들은 뜨거운 한 계절을 그리움으로 서서 흔들리며
향 맑게 여물어
남촌댁이 휘두르는 세월의 매를 맞고
쏴아 쏴아 쏟아지고 있는 것이다.

_이상인, 「참깨를 터는 남촌댁」 부분

이 시에 전반적으로 깔려 있는 것은 물활론적 생기다. 남촌댁이 한 묶음의 바다를 거꾸로 잡고 터는 장면이 선무당바위 옆에서 이루어지는 것은 역시 우연이 아니라 할 수 있다(『산해경』이 발해만 연안의 무당 혹은 방사들에 의해 성립되었다는 정재서 교수의 지적을 기억할 만하다). 지금 무기질의 비유가 한계에 도달하여 낯설게 하기에 실패할 때 이 물활론의 비전은 확실히 생기를 내뿜고 있다. 그리고 이 비전을 시대착오적인 것에서부터 벗어나게 하는 것은 이 시인의 역량에 의한 것이라 할 수 있다. 낯선 상상력을 기대할 때 이수명 시인의 시도 낡은 낯설음을 지닌다.

> 집에 돌아오면 늘 이가 빠졌다. (중략) 어느 날인가 피곤하여 돌아온 날 밤 그는 화장실에서 이상한 소리가 들려 잠을 깼다. 일어나 보니 이빨들이 컵에서 나와 똑딱거리며 몸을 부딪쳐 가면서 춤을 추고 있었다. 참 재미있 겠구나. 나도 끼워줘. 그의 말에 이빨 하나가 대답했다. 어서 들어와. 그는 춤을 추었다. 그러자 이빨들이 컵 속으로 모두 들어가버렸다.
>
> (중략)
>
> 그가 죽었을 때 그의 가방과 가방 속에 있던 물건들은 이리저리 흩어졌 지만, 화장실에 있던 이빨들은 그와 함께 묻혔다. 그는 밤마다 이빨들과 함 께 춤을 추었다.
>
> _ 이수명, 「이빨들의 춤」 부분

이 시는 환상적인 요소를 기반으로 삼고 있다. 이빨은 흔히 '말발'과 같 은 의미로 화술을 상징하는데, 이 이빨의 소유자가 세일즈맨인 것은 논리적 상관관계를 지닌다. 그러나 이 시는 그 논리적 연관을 제거하고 각각의 신 체처럼 이미지들을 고립시키고자 한다. 그것이 신체 이탈 혹은 신체 훼손과 같은 환상적인 이미지로 나타나는 것이다. 이것은 그리 낯선 상상력은 아니 다. 『산해경』 해외남경이나 해외북경에 가득 차 있는 신체 훼손의 이미지들 은 이 시의 이미지와 연계될 수 있다. 가령 '형천形天'이 머리가 없어졌지만 "젖으로 눈을 삼고 배꼽으로 입을 삼아 방패와 도끼를 들고 춤추었다"는 것 이 그것이다. 이탈된 이빨의 춤은 현실의 고단함으로부터의 탈출을 의미하 고 그 이빨은 화술이라는 추상적 의미를 지닌다. 마찬가지로 본질(머리)로부 터 이탈된 형천의 춤은 죽어도 그만두지 않는 맹렬한 전투 의지라는 추상적 의미를 지닌다. 이는 상호텍스트성의 문제와 무관하게, 이미지의 계보가 하 나의 범주를 중심으로 분류될 수 있음을 보여주는 예가 될 것이다.

5

평론은 아무리 생각해도 평자가 지닌 선입견의 합리화 이상이 될 수가 없다. 우리가 본능적으로 지니고 있는 질서에 대한 욕구는 무질서한 현상 속에서 어떤 법칙을 읽게 만들거나 법칙을 창출하게 만든다. 한 계절 동안 각종 잡지에 수없이 흩어져 발표되어 있는 시들 속에 무엇인가 일관된 질서를 읽고자 하는 것, 아니 더 근원적으로 자신이 지닌 일관된 질서에 맞는 작품을 선택하고 배열하는 것이 비평의 본질과 맞닿아 있는 것이 아닐까 생각해본다. 비평의 가치 중 일부를 거기에서 찾는 것은 기존의 평론가에게 실례가 되는 것일까. 하나의 개념을 내세우기 위해 그 외 좋은 시들을 언급하지 못한 점 아쉽고 또 송구스럽다. 프로스트가 "시란 번역으로 잃어버리는 부분"이라 했다면, 평론은 질서로 잃어버리는 부분이 아닐까 생각해본다.

동이적 담론과 시의 공간

1. 김지하 미학 사상의 가치

시인이자 사상가이자 미학자로서의 김지하는 시와 사상 분야에서는 이미 확고부동한 지위를 공인받았지만 오히려 근래 그가 많은 공을 들이고 있는 미학 분야에서는 평가가 유보 상태에 놓여 있다고 할 수 있다. 그의 미학에 대한 비평계의 반응을 지켜보면 동학사상에 근거를 두고 생명사상으로 나아갈 때에는 각광을 받았지만 율려론 혹은 마고론으로 불리는 동이적東夷的 담론이 전개된 이후 그에 대한 비평적 관심이 급격하게 줄어들었다는 사실을 알게 된다.

그것은 김지하 시인의 미학 담론이 지니는 성격에 기인한다. 본고에서는 최근의 그의 미학을 동이적 담론으로 명명하고자 하는데, 그것은 그가 사용하고 있는 율려나 마고 등의 개념이 동이적 상상력 내에 존재하는 어휘들이기 때문이다. 구체적으로 율려나 마고는 우리 민족의 고대사를 다루고 있는 『부도지』라는 텍스트에 등장하는 중심 어휘들이다. 그의 이런 경향은 '초고대사 복원 운동'으로서의 '전도된 식민청산론'[1] 혹은 '야만으로의 퇴행'[2] 등으로 비판받기도 한다.

그러나 김지하의 동이적 담론은 우리의 문학사상에서 상당히 중요한 진전이며 새로운 패러다임의 씨앗을 담고 있다는 점을 간과해서는 안 된다. 그것의 가치는 첫째, 예술·과학·정치 등 현대 사회의 전 분야에서 감지되는 근원적인 위기의식에 대한 제3세계 지식인의 야심적인 전망을 담고 있다는 점에서 찾을 수 있다. 그는 현대의 위기에 대한 해결에 골몰하며 서구적 사유로부터 독립된 새로운 담론을 선취해왔다. 국내외 학자들의 주목을 받은 바 있는 동학사상 중심의 생명사상처럼, 동이적 담론도 그 점에서 예외일 수 없다. 둘째, 논의의 근거를 서구발 박래 텍스트가 아니라 자생적 텍스트에서부터 찾고자 끊임없이 노력하고 있다는 점에서 또다른 가치가 발견될 수 있다. 텍스트의 선택은 사상의 방향을 선택하는 일이다. 이 점에서 김지하 시인은 애초부터 분명한 방향을 보이고 있는 바, 그의 문학 특히 「오적」에 사용된 민간설화적, 판소리적 담론 형식에 대한 주목 등이 그 좋은 예가 된다. 자기의 정체성을 형성시킨 문화적 토양으로부터 이론적 맹아를 찾고 이를 하나의 체계로 정립하고자 하는 노력은 한국의 이론가에 일종의 의무사항으로 부단히 권장될 성질의 것이다. 하지만 동학 담론과 달리 동이적 담론은 텍스트의 성격 때문에 많은 지식인의 경계를 사는 바가 되었다. 그러나 위서논쟁에 휘말리고 있는 『천부경』, 『부도지』, 『환단고기』 등의 텍스트는 실증을 생명으로 하는 역사학에서와 달리, 문학과 예술 분야에서는 비교적 자유로운 상태에서 그 자체의 미학적 가치를 지닌다. 사서삼경 중의

---

1. 박광용, 「'율려관념' 속으로 침강한 상고사, 전도된 식민청산론」, 연세대 대학신문, 1999. 10. 6.
2. 홍윤기, 「우리의 허약한 현대, 그리고 야만으로의 퇴행—김지하, 시적 강인함과 철학적 혼돈 뒤에 오는 것」, 『당대비평』, 1999. 겨울. 『당대비평』은 '우리에게 김지하는 무엇인가'라는 주제로 이 글과 장석만의 「우주적 상상력의 '시중적 성찰'을 위해—김지하 사상의 틈 벌리기」라는 글을 싣고 있다.

『중용』, 『서경』이나 『장자』, 『산해경』 등이 텍스트의 완전성에 문제가 많지만 거기에서 추출된 문학 사상이나 미학 사상이 가치를 지니는 것과 마찬가지이다.

중요한 것은 어떤 각도에서 텍스트에 접근할 것인가 하는 문제이다. 그좋은 예가 '글'의 어원을 다루는 두 가지 시각에서 찾아볼 수 있다. 최창렬은 '글'이라는 말을 '글씨', '먹', '붓' 등과 같이 "한자에서 귀화되어 우리말 속에 익어진 말"로 보며 그 기원 한자는 '契(계 혹은 글로 발음)'로 보았다.[3] 한편 똑같은 글자의 어원을 정반대 방향에서 해석하는 류렬의 논의를 보면 혼란에 빠진다. 그에 따르면 '글'은 '금'을 '긋는다'는 '긋'의 옛 형태에서 생겨난 것으로, 이 말이 한자어 '契'의 기원이 된다.[4]

'글'의 어원은 우리에게 둘 중 하나의 선택을 요구하는 문제로, 이것은 결국 사고의 정향 혹은 패러다임의 문제로 귀결된다. 토마스 쿤이 강조한 대로 패러다임에 의해 자료 선택과 배열과 해석과 고증이 결정되기 때문이다. 이 어원을 어느 방향에서 파악할 것인가를 우리는 결정해야 할 것이다.[5] 그러나 결정은 지금 이 순간이 아니라 오래전에 주어진 것이라 할 수 있다. 김지하의 동이적 담론이 어떤 평가를 받는가 하는 것은 바로 이런 패러다임의 문제와 연관된다. 그에 대한 비평이 극히 적막한 이유도 바로 이 문제가 설득의 문제를 떠난 일종의 세계관의 선택과 관련되어 있기 때문이라 할 수

---

3. 최창렬, 『우리말 어원연구』, 일지사, 1986, 255~258쪽. 그는 '쓰다'는 '書'에서, '붓'은 '筆'(중국고대 발음 piet)에서 온 것으로 본다.
4. 그에 따르면 '契'은 '大(큰 대)'가 부수로 되고 나머지 부분이 음과 뜻을 나타내는 짜임인데 그 부분에는 '글'을 뜻하는 발음(k'iat)의 요소가 없다. 그러나 그 부분을 나눠보면 앞의 '丰'이란 부분은 '글'을 이루는 '금'이고 '刀'는 그 금을 새기는 '칼'인 만큼 우리말 '글(긁/갉)'을 나타내는 요소가 되어, 이들 한자는 우리말에서 기원한 것이 된다. 그는 '筆', '書' 역시 우리말에서 기원한 것으로 본다. 류렬, 「신지글자와 '창힐글자'와의 관계에 대하여」, 『단군과 고조선』, 살림터, 1999 참조.
5. 김지하 시인의 방향이 내면화되어 있음은 그의 비유에서 잘 드러난다. 그는 욕망학적 존재로서의 인간과 영적이면서 과학적인 두뇌 중심의 인간의 통합형태를 '웅녀와 환웅'의 결합에 비유한다(김지하·김영현 대담, 「대립을 넘어, 생성의 문화로」, 『실천문학』, 2001, 여름, 321쪽). 이것은 흔히 욕정의 신 헤르메스와 이지의 신 아테네의 결합으로 비유할 수도 있는 것이다. 그는 똑같은 사유를 박래 텍스트가 아닌 자생적 텍스트에 의거하여 표현한다. 후자가 박래지향적 비유라면 전자는 동이지향적 비유라 할 수 있다.

있다.

2. '흰 그늘'의 미학과 생성적 민중

김지하 시인은 지금까지 일관성을 지니고 그의 문학과 사상의 근원을 하나의 기준에 의거하여 선별해왔는데, 그것은 바로 그의 민중관이다. 그에게 민중은 정규적이고 권위적인 그리고 세련된 차원의 세계가 아니라 비정규적이고 하나의 질서로 귀결되지 않는 차별받고 억압되어 온 타자의 세계이다. 그는 타자의 세계, 그 깊은 우물에서부터 끊이지 않는 사상의 샘물을 길어올린다. 민중의 집단무의식과 관련된 민간신앙적 비전에 그가 지속적으로 관심을 기울인 것도 이에 기인할 것이다.

  근래 그가 주장하는 율려론이나 마고론의 미학적 변용인 '흰 그늘'이라는 개념도 근원적으로 그의 민중관과 직결되어 있다. 그는 근래의 대담에서 '민중의 이중성'을 긍정하고 있다. 민중이 지닌 극과 극 사이의 이중성, 논리적 이성으로 볼 때 모순율을 정면으로 범하는 이 명백한 오류를 그는 "끊임없이 생성하는 생명은 반드시 이중적"[6]이라며 옹호한다. 이것은 상당한 의미를 지닌 통찰이라 할 수 있다. 논리적 질서는 관념적 재단이며 의도적인 배제의 결과로 생긴 편의적인 개념이다. 이 세상은 한 번도 논리적 질서 내에 있어본 적이 없음에도, 일관되지 않는 현실은 늘 질서의 규정에 억압되어 왔다. 질서는 현실의 그 탈논리성, 부조리성에 대한 불안으로부터 도피하기 위한 지적인 유희의 결과이다. 지금까지 추상적 논리에 의해 배제되어 온 이 현실의 생생한 이중성에 대한 긍정은 지식인의 사유가 지닌 한계

---

6. 김지하 · 김영현 대담, 앞의 책, 318쪽.

에 대한 지적이다. '생성적 민중'으로 부를 수 있는 이런 민중에 대한 통찰에 의해 그는 유교적인 사유에서 대안을 찾는 것을 거부한다.

'흰 그늘'의 미학은 이분법에 대한 생성적 초월의 미학이라 할 수 있다. 이는 밝음과 어둠, 육성과 영성, 현실성과 초월성 등 양극의 역설적 균형 상태, 카오스모스의 상태에 대한 적극적인 포용을 지향하는 긍정의 미학이다. 이런 미학 사상에 입각할 때, "미적 패러다임은 윤리적 패러다임과 반드시 같은 패러다임이어야 한다"고 단언할 수 있다. 그리고 이 미학의 바탕에 깔려 있는 것은 논리로부터 추방된 민간신앙적 비전이다. 거기에는 현재 계몽 이성에 의해 억압되어 왜곡된 이미지를 지니고 있는 단군 사상, 미륵 사상, 『정역』, 증산 사상, 민중의 갈망이 담긴 메시아 사상이 잠재되어 미학의 근원을 이룬다. 그러나 아직 그의 미학은 새로운 사상이 통과해야 할 여명기의 묵묵부답과 소란을 지나야 할 것으로 보인다.

3. 미학의 현현으로서의 최근의 시

6년여의 공백을 거쳐 다시 발표된 김지하 시인의 시를 읽는 데에는 그의 미학적 배경에 대한 이해가 필요하다. 앞에서 다룬 미학적 내용이 이 시들을 읽는 데 유용하다는 것은 다른 말로 최근 발표작이 자신의 미학 사상에 대한 강박관념으로부터 자유롭지 못하다는 뜻으로 해석될 수 있다. 그러나 그의 시가 미학적 개념을 기계적으로 한번 대입한 순간 모두 해석되어 버리고 시적 생명을 잃어버리는 단순한 알레고리적 차원으로 떨어지지 않는 것은 그의 시적 역량을 말해주는 것이라 할 수 있다.

최근의 시(『실천문학』, 『창작과 비평』, 2001년 소재)는 그의 사상기행을 압축한 듯한 면모를 보이는데, 이들 모두 특정 공간을 시적 모티프로 다루는 일종의 기행시라는 점에서 그 유사성은 더욱 짙어진다. 『실천문학』(2001, 봄) 소재의 시 6편(「서쪽」,「설날1」,「설날2」,「북극전1」,「북극전2」,「북극전3」)과 『창작과 비평』(2001, 여름) 소재의 시 7편(「백학봉1」,「백학봉1」,「백학봉3」,「금산사 밤뜨락에서」,「광제국에서 한낮에」,「흰 방」,「검은 방」) 중 8편이 그런 경향의 시이다. 이것은 육화된 그의 미학을 시로 풀어내는 가장 적합한 방식이 아닌가 싶다. 그것이 시 속에서의 생경한 미학 논의를 막아주는 역할을 하기 때문이다.

발표 순서상 첫 번째 여행의 기항지는 「북극전」이며, 이는 신시神市 기행이다.

북극전 속 감추인
소소리 바람소리
풍경 흔드는 저 흰 그늘
내 붉은 눈동자에 비치는
三南의 푸른 술
술잔의 神託이여
일어서리라

神佛山 아래
언양 밤 골목에서
언듯 스쳐간
處容의 뒷모습 따라

아득한 옛날의
神市여
和白이여
은혜로운 새 첫소리
風流여 風流여

(중략)

일어서
제 스스로
뚜벅뚜벅
北極 가리라.

_「북극전3」부분

　이 시는 그의 미학의 중핵을 형성하고 있는 "아득한 옛날"로의 기행을 담고 있는데, 사상기행의 시 중 가장 먼저 다루는 것이 이 「북극전」인 것은 내적 필연성이 있지 않은가 싶다. 이 시에서 시인은 예언자적 목소리로 새로운 시대의 도래를 노래하고 있다. "북극전 속에 감추인/ 소소리 바람소리"란 "통도사 비로암 뒤편 호젓한 북극전에는 황웅천황, 삼신과 북두칠성이 남몰래 모셔져 있다"는 각주에 밝힌 바 있는 동이적 담론의 응축된 에너지를 말한다. 그것은 또한 민족 전래의 사상이 불교의 의장 속에 스며들어 이어져야만 했던 시대적 흐름을 반영하고 있다. 지배 담론으로부터 끊임없이 억압받아 타자가 되어 "영축산 비로암 뒤/ 숨죽인 북극전"(「북극전1」)에 감춰지고 "남몰래 모셔"지는 그런 담론의 운명이 그 속에 담겨 있다. 「북극전」 시편은 바로 이런 담론의 고난 상황, 즉 '숨음'을 중심적으로 드러낸다. 그러나 시인은 "풍경 흔드는 저 흰 그늘"의 세계처럼 그런 담론이 소소리바람처럼 "일어서/ 제 스스로/ 뚜벅뚜벅/ 北極 가리라"는 사실을 확신하고 있다. 이런 분위기이기에 이 북극전의 인물(대담에 의하면 고승 경허·경봉의 수좌인 '괴물 스님')은 서라벌의 밤거리를 밤들이 노니는 신라의 처용과 같은 존재로 그려지며 그 공간은 자연스럽게 "아득한 옛날의/ 神市"로 이어질 수 있는 것이다.

　두 번째는 백학봉 아래 백양사로, 가장 내면화된 사상기행이다. 육화된 미학에서부터 자연스럽게 나온 시 중의 하나가 「백학봉1」이라 할 수 있다.

멀리서 보는
白鶴峰

슬프고
두렵구나

가까이서 보면 영락없는
한 마리 흰 학

봉우리 아래 치솟은
저 팔층 사리탑

고통과
고통의 결정체인
저 검은 돌탑이
왜 이토록 아리따운가
왜 이토록 소롯소롯한가

투쟁으로 병들고
병으로 여윈 知訖스님 얼굴이
오늘
웬일로
이리 아담한가
이리 소담한가

산문 밖 개울가에서

합장하고 헤어질 때
검은 물위에 언뜻 비친
흰 장삼 한자락이 펄럭,

아
이제야 알겠구나
흰빛의
서로 다른
두 얼굴을.

_ 「백학봉1」 전문

　이 작품은 백양사에 들러 지선 스님을 만나고 헤어지면서 얻은 어떤 깨달음을 다루고 있다. 이 시에서 시인은 그 깨달음으로 가는 도정에 세 가지 사물에 대한 반응을 보인다. 백학봉에서 느끼는 슬픔과 두려움, "고통의 결정체"인 팔층 사리탑에서 느끼는 아리따움과 소롯함, 투쟁으로 병들고 여윈 지선 스님 얼굴에서 느끼는 아담함과 소담함이다. 그의 반응은 어떻게 보면 전도된 반응이라 할 수 있는데, 고요하고 평화로운 이미지에서 슬픔을, 고통과 고뇌의 이미지에서 평화로움을 읽어내고 있기 때문이다. 이 별개로 체험된 전도된 반응은 마지막에 가서 하나의 깨달음에 도달하자 그 의미를 암시적으로 드러낸다. 군생群生에 대한 미적 체험(그에 따르면 이는 곧 윤리적 체험이다)은 이분법적 도식의 체험이 아니라 극과 극을 넘나드는 생성적인 체험이다. 그는 이것을 "아/ 이제야 알겠구나/ 흰빛의/ 서로 다른/ 두 얼굴을"이라는 탄성으로 표현하고 있다. 이것을 그가 강조해온 '흰 그늘'의 미학으로 연계시킬 수 있지만, 그러나 시는 '끊임없이 생성하는 생명'이기에 하나의 일관된 논리로 재단하기보다는 이 상태로 두고 보는 것도 좋을 것이다. 개별적인 전도된 반응에서 하나의 깨달음으로 나아가는 그 도정을, 그 깨달음의 절실함을 느끼는 것으로 충분하다고 하겠다.

세 번째는 미륵신앙의 근본도량인 금산사로, 이는 민간 메시아 사상으로의 떠남이다.

어미산 아래는
금산사
제비산 앞에는 금평못,
우주의 음부 곁에 우뚝 섰구나
미륵이 섰다
(중략)
내
신발을 벗고 조심조심 마루 올라라
금평물이
원평으로 콸콸콸 쏟아져라
미륵은 한 순간,
이윽고
여자의 때가 되었으니
내 이제
다 마쳤구나
달은 검은 숲속에 잦아들고
내 넋은 이내 깊은 잠에 든다
아아
눈부신 황극이여
빛나는 금산이여
댓잎은 우수수 바람에 지고.

_「금산사 밤뜨락에서」 부분

이 시의 시작 부분은 광막한 스케일의 상상력을 지니고 있다. 어미산母岳山 아래의 금산사는 미륵 세계의 우주목으로서 새로운 이미지를 얻는다. 우주목이자 동시에 미륵인 금산사의 웅혼한 이미지는 기원과 명령의 의미를 지닌 '뽑으라', '올라라', '쏟아져라' 등의 어미에 의해 잘 유지되지만, 명상 혹은 환청에 의해 그 이미지는 다소 힘을 잃는다. 개인적 체험이 실감으로 다가오지 않기 때문이다. 여기에서 시의 흐름이 끊어지는 듯하다가 후반에 와서 다시 회복된다. 이런 패턴은 그의 최근시가 지닌 공통적인 특징이라 할 수 있다. 이 한계에 대해서는 다음 시를 통해 언급하고자 한다.

네 번째는 광제국廣濟局, 강증산의 사유로 떠나는 여행이다.

날개 피 묻은
나비 한 마리
내내 눈가에 날더니
텅 빈 廣濟局
좁은 방안 들어서자
없다
(중략)

아아
오고 오지 않는
율려의 세월이여
(중략)

방금의 나비는
현실인가
환상인가

누군가 이제 맞이할

새봄의 예감인가

죽음의

기인 긴 죽음의

불길한 조짐인가

대답은

여기 지금

없다.

_「광제국에서 한낮에」 부분

　　전북 김제시 금산면 청도리의 일명 구릿골〔銅谷〕에 있는 광제국은 민중 사상가 강증산이 득도한 후 중생의 병을 고치겠다는 의지를 실천으로 옮기기 위해 친구의 집 한 귀퉁이에 열었던 약방이다. 시인은 이곳에서도 개인적 신비 체험을 언급하고 있지만 투쟁가, 사상가 혹은 예언자적 확신을 유보한다. 피 묻은 나비의 자취도 없고, 예언 실현의 기미도 없고, 기이한 시간을 날아간 나비도 없다. 이 시에는 불확정의 사유로 가득하다. 그것이 이 시의 장점이라 할 수 있다. 예언자적 확신을 접어두고 해석할 수 없는 상징을 두고 고민하는 시인은 "대답은/ 여기 지금/ 없다"고 한다. 이 유보 속에 비로소 문학의 공간이 들어설 수 있으며, 이렇게 될 때 시가 사상의 알레고리가 되지 않고 사상의 그늘에서 살아나 제 자리를 마련하게 되는 것이다. 그때 시는 사상의 강렬하고도 오만한 빛을 "적당히 그늘로 가리면서"[7] 그 속에서 제 밝음을 얻을 수 있을 것이다. 이 유보가 그의 시적 행보에 대한 독

---

37. 김지하 · 김영현 대담, 앞의 글, 316쪽.

자의 불안감을 덜어주는 것도 사실이다.

　지금까지 김지하 시인의 신작시 중 사상기행의 성격을 지닌 시들을 중심으로 그의 미학과의 관계를 살펴보았다. 이들 시는 대부분 미학의 현현으로서 탄생한 작품들이며 시적 스케일이 크고 메시지가 강하게 드러난다는 점과 개인적 신비 체험이 강조된다는 점에서 의의와 한계를 지닌다. 그러나 이들 시는 그의 미학에 대한 오랜 사유 이후 처음으로 발표된 작품이라는 점에서 주목을 요하며 그 자체로 소중한 의미를 지니고 있다. 이후 그의 미학과 시가 어떤 방향에서 생성의 관계를 이루어갈지 궁금해하는 독자의 한 사람으로서 다음 작품이 자못 기다려진다.

다친 한울님이 어떻게 참외에 깃드셨는가

1. 서정성에 도달하는 몇 가지 방식

서정시의 위기는 서정성의 존재 기반에 대한 회의로부터 온다. 서정성은 자아와 타자(세계) 사이에 존재하는 거리의 마법적 초월을 의미한다. 자아와 타자가 어느 순간 번개처럼 그 간극을 넘어서 혼융한 세계에 도달할 때 서정성이 성립한다. 그러나 두 세계 사이에 놓인 거리의 소멸이 어떤 성격의 것인가는 여러 측면에서 고려해보아야 할 문제이다. 실제적인 소멸인가 혹은 수사학적 소멸인가, 일종의 환각인가 혹은 제스처인가.

자아와 타자에 내재한 간극의 초월은 서정시에서 여러 방식으로 시도되었다. 서정시에서 주로 사용하는 방식은 크게 세 가지 정도로 나타나는데, 두 세계의 간극을 처음부터 제거하기, 거리를 인간화하기, 거리의 흔적을 포함하기 등이 그것이다. 이것은 각각 신학화, 인간화, 논리화의 방식이라 할 수 있다.

첫 번째 방식은 서정주의 「동천」이 취하는 방식이다. 자아와 세계는 작품 속에서 애초부터 하나였던 것처럼 간극을 지워버린 채 등장한다. 망설임 없이 눈썹은 한순간에 천상으로 초월하여 하늘의 거주민이 되어버린다. 독자는 사전에 결정된 이 세계를 아무런 회의 없이 받아들이든가 아니면 아예 거부하든가 둘 중의 하나를 선택할 수밖에 없다. 이런 시에 대해서 찬사와 비판이 극렬하게 대립하는 것도 이 성격에 기인한다. 이것이 서정주의 '신라주의'의 핵심이다. 이것은 일종의 종교적 확신이 필요한 경우로서, 기존의 '세계의 자아화'와는 거리가 있는 방식이다.

　　첫 번째가 자아와 세계를 초월적인 차원에서 동등하게 접근한 것이라면 두 번째는 자아의 측면에서 세계를 포괄하는 방식이다. 이는 가장 전통적인 방식으로, 흔히 '세계의 자아화'라는 개념으로 정리된다. 두 세계 사이의 간극을 인식하지만 그 거리를 어떤 방식으로든 넘어서고 싶은 인간적 욕구가 투영된 방식이다. 황진이의 "동짓달 기나긴 밤을 한 허리 베어내어" 하는 시조가 대표적이리라. '시간의 자유자재한 제어'라는 꿈을 보여주는 이 시의 화자는 그럼에도 불구하고 그것이 현실적으로도 가능하다는 확신을 보여주지는 않는다. 다만 시간이라는 타자를 그런 식으로 제어해보았으면 하는 바람을 인간화하고 있을 뿐이다. 이 방식에 의인화가 동원되는 것은 자연스러운 현상이다. 의인화는 '세계의 자아화'를 위한 가장 기본적인 단계로서 '세계를 사람의 방식으로 바라보기' 즉 '세계의 인간화'를 드러내는 수사학이기 때문이다.

　　마지막은 거리의 소멸을 천천히 단계적으로 이루어가는 방식이다. 그 속에 설득의 과정이 개입된다. 두 세계의 거리를 완전하게 소멸시킬 만한 종교적 열정과도 같은 확신이 없는 시인은 대부분 이 방식을 택한다. 이것의 가장 전형적인 형태가 선경후정先景後情의 방식일 것이다. 앞에서 물경物景, 즉 세계의 형상을 보여주고 나중에 인정人情, 즉 자아의 세계가 그와 융합되어 있음을 제시하는 것이 그것이다. 가장 기본적인 형태는 이방원의

「하여가」일 것이다. "이런들 엇더하며 져런들 엇더하리. 만수산萬壽山 드렁 츩이 얼거진들 긔 엇더하리. 우리도 이갓치 얼거져 백년까지 누리리라." 이 시에서 '만수산 드렁츩' 이라는 세계의 형상이 제시된다. 그리고 자아의 세 계는 '도' 라는 조사를 통해 간단하게 성취된다. 이 조사는 두 세계의 유사성 이 만인에게 숙지되었다는 사실을 전제로 할 때 사용될 수 있다. 그런 전제 를 바탕으로 논리적으로 독자를 설득하는 것이다. 이 방식이 논리화인 이유 가 여기에 있다.

그런데 이 '도' 라는 조사는 늘 '처럼' , '같이' 라는 어휘를 통해 직유법을 형성한다. 「하여가」의 "우리도 이같이", 왕방연의 "저 물도 내 안 같아서" 등 이 전형적일 것이다. 이것은 물경과 인정의 교착, 즉 서정성을 나타내는 한 방식이다. 이를 통해 두 세계의 거리는 모호해지면서 거리의 서정적 결핍이 마련될 수 있다. 이방원의 「하여가」는 이 서정성을 정치적으로 이용한 경우 이다. 그는 세계와 자아의 대립을 무화시키는 서정성의 전략을 통해 정몽주 를 회유하고 있다. 이에 정몽주의 「단심가」가 인정의 세계만으로 응답하는 것은 서정성의 정치적 이용을 경계하는 수사학적 대응이라 할 수 있다. "이 몸이 죽고 죽어"로 시작하여 "님 향한 일편단심"으로 귀결되는 인정의 세계 는 철저한 윤리의 세계로서 타자와의 거리를 분명하게 전제하고 있다.

이 세 가지 방식은 방법상의 변별성을 지니지만 근원적으로 모두 서정 적 동일성을 전제로 하고 있다. 동일한 내용에서 첫 번째 방식이 종교적 초 월이라면, 나머지 두 개는 수사학적 초월의 방식을 따르고 있을 뿐이다. 그 런데 이 초월을 지금 우리는 어떤 식으로 이해하여야 할 것인가.

2. 서정성의 근거로서의 초월기의 혹은 한울님

자아와 세계의 동일성을 보증해주는 최후의 기반은 데리다의 용어로 하자면 '초월기의a transcendental signified'일 수밖에 없다. 서정적 동일성이 이루어지는 공간은 분열과 균열의 현실을 넘어선 초월적인 차원이며 그곳은 곧 신의 영역이기 때문이다. 그러나 데리다가 비판적 관점에서 염두에 둔 이 차원은 현실과 유리된 세계라는 점에서 현실적 설득력이 떨어진다. 이와 다른 초월기의의 존재방식이 있을 수 있다. 우리는 그것을 동학사상에서 발견하게 된다.

동학사상의 '인시천人是天' 혹은 '인내천人乃天'은 '사람이 곧 한울님'이라는 등식을 보여준다. 이에 따르면 사람은 그 속에 한울님을 모시고 사는 존재이므로 그 자체로 한울님이 된다. 그래서 해월 최시형 선생은 '사람 모시기를 하늘같이 하라'고 한 것이다. 사람은 고립된 개체가 아니라 그 자체로 보편적 소통 가능성을 지닌 숭고한 존재가 된다. 이 한울님을 매개로 자아와 타자(남)가 동일성을 획득할 수 있다. 현실에 현현하는 초월이며 최상의 휴머니즘이다.

해월 선생은 한 걸음 더 나아가서 '우주만물이 한 기운 한 마음으로 연계되어 있음'을 주장하여 사람뿐만 아니라 사물도 같은 한울님을 모신 존재임을 역설함으로써 만물평등의 휴머니즘, 물활론적 휴머니즘으로 더욱 승격해간다. 이것을 '인오동포人吾同胞 물오동포物吾同胞', 즉 '자아와 타자와의 동일성, 사물과 자아와의 동일성'이라 부른다. 그래서 농기구 하나도 한울님을 모시는 마음으로 경건하게 다루어야 한다는 권고가 나오는 것이다. 이때 한울님은 자아와 세계의 동일성을 지지해주는 가장 강력한 근거가 된다. '모든 사물이 한울님이요 모든 일이 한울님[物物天 事事天]'이기에 이 한울님을 통해 우주의 모든 존재는 등가에 놓이게 되며 근원적으로 서정적 동일성을 성취한 존재가 된다. 그래서 동학은 가장 서정성이 풍부한 사상이라 할 수 있다.

동학의 한울님은 내재적 초월의 주체이다. 현실 속에서 이루어내는 혹은 이루어진 초월이라는 점에서 데리다가 그리고 있는 초월과 이질적이다.

자아와 세계의 합일은 현실 속에서 자기 자신 속에 내재해 있는 이 한울님의 존재를 통해 이루어진다. 동학의 초월 기의는 모든 기표들의 존재 근거로서, 그 기표들의 소통 가능성의 근거로 작용한다. 이를 통해 성취되는 동일성은 사실 일종의 환각 혹은 착오에 기반을 둔 기존의 서정성과는 달리 현실 속에서 획득하는 내재적 초월의 동일성이라는 점에서 시적 차원의 진정성을 획득한다. 그리고 동학의 서정성은 삶과 유리되지 않는, 실천과 미학의 일치로서의 서정성이다. 이는 앞으로 우리의 서정성 논쟁이 뚫고 나아가야 할 지표의 일단을 보여준다는 점에서 주목되어야 할 것이다.

3. 상처난 한울님, 상처받은 소통

한영옥의 「참외, 노랗다」(『시안』, 2006. 가을)는 상처받은 아이의 내면에 깃든 상처받은 서정성의 증언이다.

> 퉤퉤 침을 발라 놓은 것까지 마다하지 않고
> 덥석, 움켜쥐고 먹었을 뻔한 서늘함과
> 어떤 벼락 같은 단호함이 다행스럽게
> 그 찰나를 내리쳐 준 아찔한 직절直截,
> 한 여름이면 등줄기에 악몽처럼 흥건하다
> 사각사각, 참외 껍질을 벗겨내는
> 친척 아저씨의 느린 칼질을 노려보면서
> 쬐끄만 나는 햇볕 속에서 땡땡하게 팽창하고 있었다
> 입안 가득 먹탐은 부글거리고 있었을 것이다
> 햇살이 하얗게 맥을 놓는 평상 위에서였다
> 아저씨는 느릿느릿 깎은 참외에 침을 뱉은 뒤

먹어보련, 바싹 들이밀며 약을 올렸다
폭발하듯 고개를 젓고 쏟아지는 매미울음으로
얼굴을 가린 채로 나는 멀리 뛰어 나갔다
올여름도 참외 깎는 소리 여기 저기 사각거리고
매미울음은 곧 쏟아질 듯 쏟아질 듯
그때 그 쬐끄만 나도 여전히 아슬아슬하다
단호하게 고개를 저어야 할 일, 당장에도 서너 가지,
참외들이 노랗게 닦달해온다.

_한영옥, 「참외, 노랗다」 전문

　　이 시에서 서정성은 '거리의 흔적을 포함하기'의 방식으로 이루어지고
있다. 과거의 기억이 일종의 물경으로 존재하고, 이것이 "올 여름도 참외 깎
는 소리 여기 저기 사각거리고"라는 구절을 통해 현재의 자아와 연계되면서
서정적 소통을 이룬다. 그리고 그것은 "단호하게 고개를 저어야 할 일, 당장
에도 서너 가지"라는 구절로 다시 확인된다. 그 연계가 상투적이지 않은 점
에서 이 서정 시인의 저력을 느끼게 한다.

　　이 시에서 두 세계, 즉 과거와 현재의 소통은 그러나 상처받은 소통이
다. 인류의 원흔적으로서 평화 속에서 잊고 지나야 할 유년은 어른의 희롱
으로 인하여 외상의 형태로 참외에 저장되었다. 프루스트의 '사지에 저장된
기억'과 달리 참외 속의 상한 한울님으로 인하여 이 상처의 기억은 고통스
럽게 재현된다. 그 순간 참외를 둘러싼 모든 요소(껍질 깎기, 빛깔, 향기 등)는 상
처난 제의처럼 계절 속에 반복된다.

　　"아이를 때리지 말라"는 해월 선생의 정언명령이 있다. 아이를 때리는
것은 한울님을 때리는 일이다. 김지하 시인의 미학서에 보면 동학교도 김기
전 선생의 감동적인 일화가 나온다. 김기전 선생은 해월 선생의 이 가르침
을 실천하여, 아이들이 학교 갈 때에는 문 밖까지 나와 "안녕히 다녀오세요"

하고 인사를 하였다고 한다. 그러나 이 시에서 한 아이의 한울님은 손상되었다. 그것은 서정적 동일성을 위태롭게 한다. 상처받은 한울님은 서정적 동일성으로 건너가게 해줄 징검다리의 손실을 의미한다.

상처난 한울님! 이 시가 서정시이면서도 기존의 서정시와 다른 성격을 지닌 것도 바로 이 때문이다. 이 시는 완전한 서정성이 상실된 이 세계에 편재해 있는 상처난 서정의 한 형식을 보여준다는 점에서 중요한 의의를 지닌다. 지금 서정시는 어떤 형식으로든 완전한 서정성의 결여태로서만 존재한다. 알리바이처럼 부재로서 존재를 증명해야 할 부정적 서정성으로만 존재한다. 그것의 원인을 미학 속에서만 찾는 것만큼 어리석은 일도 없을 것이다.

환각이나 오인이 아닌 진정한 서정성은 삶과 소통하는 서정성이다. 시 속에서만 성취되는 서정성은 반쪽의 서정성이다. 서정시는 넘치는데 우리는 세계와의 단절을 강화해가고 있다. 태풍이 와서 세계는 카오스에 놓여 있어도 최신의 과학기술이 빚어낸 두세 겹의 유리창을 통해 그 세계로부터 고립되고 있다. 완전한 방음 장치로 우리는 실내의 자폐아가 되어 빗방울소리, 바람소리로부터 고립되고 있다. '자발적 소외'가 강화되고 있는 것이다. 서정성의 위기! 그것은 바로 실천이 결여된 서정성에 있는 것이다.

아이가 상처 받는 순간 그 상처는 하나의 참외와 관련된 사건으로 그치지 않는다. 그것은 모든 참외들의 한울님 속에 편재해 있다. 시인은 분명하게 말한다. "참외들이 노랗게 닦달해온다"고. 참외의 기억은 순식간에 '참외들'로 퍼져나간다. 이 세계의 상처가 이렇게 깊고 넓어지는 것이다. 상처난 서정은 이 "참외들"의 기억을 수사학에서 끄집어내어 삶으로 되돌림으로써 치유되어야 할 것이다. 사물들 속에 편재한 실천적 소통 가능성을 통하여. 새로운 서정시는 거기에서 다시 태어날 것이다.